Alexander Rieckhoff, Stefan Ummenhofer
Höhenschwindel

W0056112

PIPER

Zu diesem Buch

Die Schwarzwaldwanderung auf dem berühmten Westweg bietet dem Lehrer Hubertus Hummel nur wenig Entspannung: Als er am sagenumwobenen Teufelsfelsen vorbeikommt, ist dort kurz zuvor Anwalt Dr. Guntram Bröse abgestürzt – Hummels ehemaliger Nebenbuhler um die Gunst seiner Frau Elke. Die Kripo findet schnell heraus, dass es kein Unfall war. Doch wer hatte Interesse am Tod des Anwalts und Kommunalpolitikers? Einer seiner vielen politischen Gegner, ein unzufriedener Mandant oder gar ein gehörnter Ehemann? Oder hat sich die dunkle Prophezeiung einer alten Sage erfüllt, wonach der Felsen auf ewig unberührt bleiben muss und derjenige, der ihn zur Mondwende schändet, sterben wird? Als Hubertus' Ehefrau Elke sich in die Ermittlungen einschaltet, stoßen die Hummels im mystischen Schwarzwald auf ein dunkles Geheimnis ...

Alexander Rieckhoff, geboren 1969 und aufgewachsen in Villingen, studierte Geschichte und Politikwissenschaft in Konstanz und Rom und ist zurzeit als Fernsehredakteur beim ZDF in Mainz beschäftigt. Er lebt mit seiner Familie in der Nähe von Mainz.
Stefan Ummenhofer, geboren 1969 und aufgewachsen in Villingen und Schwenningen, studierte Politikwissenschaft und Geschichte in Freiburg, Wien und Bonn. Er ist als Journalist für Zeitungen sowie die dpa tätig und lebt mit seiner Familie bei Freiburg.
Gemeinsam haben die Autoren mehrere erfolgreiche Schwarzwald-Krimis geschrieben, zuletzt »Giftpilz«.
Weiteres zu den Autoren: www.schwarzwald-krimi.de

Alexander Rieckhoff
Stefan Ummenhofer

HÖHENSCHWINDEL

Ein Fall für Hubertus Hummel

Piper München Zürich

Mehr über unsere Autoren und Bücher:
www.piper.de

Von Alexander Rieckhoff und Stefan Ummenhofer liegen bei Piper vor:
Honigsüßer Tod
Giftpilz
Strafzeit
Höhenschwindel

Originalausgabe
November 2011
© 2011 Piper Verlag GmbH, München
Umschlag: semper smile, München
Umschlagmotiv: Andrea Schoenrock/plainpicture, Tobias Pfau/iStockphoto
Satz: Kösel, Krugzell
Gesetzt aus der Sabon
Papier: Munken Print von Arctic Paper Munkedals AB, Schweden
Druck und Bindung: CPI – Clausen & Bosse, Leck
Printed in Germany   ISBN 978-3-492-27288-9

INHALT

1. TEUFELSFELSEN

Er fühlte sich wie einer der »Huber-Buam«.

Na ja, vielleicht eher wie ein älterer Bruder der beiden Kletterstars.

»Ich werde dich bezwingen!«, flüsterte Dr. Guntram Bröse.

Er fühlte sich von diesem Felsen herausgefordert. So wie sonst im Gerichtssaal vom gegnerischen Anwalt und im Gemeinderat vom Oberbürgermeister.

Bröse brauchte die Bestätigung des Sieges. Des Triumphes, dass der Berg einen wie ihn nicht aufhalten konnte. Auch wenn es weder Eiger-Nordwand noch Nanga Parbat, sondern nur der vierzig Meter hohe Teufelsfelsen war, der sich gerade vor ihm aufbaute.

Der Anwalt war klettertechnisch ziemlich aus der Übung. Zu viel Beruf, zu wenig Freizeit – aber er war eben in sehr vielen Bereichen ein Getriebener.

Und als solcher musste er an diesem auf fast tausend Metern Meereshöhe gelegenen Koloss seine Grenzen austesten. Zwar lag der raue Granitstein versteckt in einem dicht bewaldeten Steilhang und streckte nur mühevoll seine Felsspitzen über die Wipfel der Schwarzwaldfichten hinaus. Doch wer ihn ausfindig machte, empfand ihn als überaus imposante Erscheinung – steil, gewaltig, ursprünglich, ja sogar etwas geheimnisvoll.

Bröse nahm die letzten Meter des schmalen Pfades, der am

Steilhang entlang zum Felsen führte. Aus der Tiefe hörte er das Rauschen des Leutschenbachs. Ein Fehltritt, und schon drohte der Absturz. Doch Bröse witterte Gefahren, das war sein großer Vorteil. Am Berg und im Gerichtssaal.

Kurz vor dem Felsen hatte er eine merkwürdige Begegnung. Eine alte Frau mit einem Strohkorb voll abgezupfter Pflanzen kam ihm entgegen und hielt ihm ungefragt einen Vortrag über allerlei Waldkräuter von Giersch bis Sauerklee, deren Heilkraft sie lobte. Als Bröse ihr erläuterte, dass er keine Zeit zum Kräutersammeln habe und stattdessen den Teufelsfelsen erklettern werde, verfinsterte sich die Miene der Alten.

»De Teufelsfels bringt de Tod«, krächzte sie ihm entgegen und hob ihren leicht gekrümmten Zeigefinger. Rheuma, vermutete Bröse.

»Nehmt euch in Acht«, flüsterte sie und drehte sich zum Felsen um, als könne der sie belauschen. »De Teufelsfels bringt de Tod. Euch fehlt's an Respekt! An Demut! Denkt an d'Prophezeiung! Wenn der Teufelsfels noch länger entweiht wird, gibt's en Tote! Oder mehrere! Grad jetzt zur Mondwende!«

Wässrig hellblaue Augen starrten ihn an. Zerfurchte Gesichtszüge. Zerzaustes, weißes Haar. Und dazu ein Ur-Schwarzwälder Dialekt, dem Bröse nur mit Mühe folgen konnte.

»Wer sind Sie?«, fragte er nach einer Schrecksekunde mit sonorer Anwaltsstimme.

»Denkt an d'Prophezeiung! Sie bringt de Tod«, krächzte die Alte wieder.

Grußlos schob sie sich mit einer für ihr Alter erstaunlichen Geschwindigkeit an ihm vorbei und nahm den Pfad in Richtung des Örtchens Leutschenbach. Dann streckte sie noch einmal den gekrümmten Zeigefinger in die Höhe: »Denkt an d'Prophezeiung! Es isch wieder Mondwende. Ignoriert nit des geheime Wisse von de Kelte!«

»Was besagt diese Prophezeiung denn genau?«, rief Bröse der Frau hinterher. Doch schon nach wenigen Augenblicken hatte der moosige Waldboden die Alte verschluckt.

Ein seltsamer Auftritt. Die Frau schien aus einer anderen Zeit zu stammen. Und dann dieses Gerede von der Prophezeiung und der Mondwende … Zwar hatten Wissenschaftler tatsächlich einige Monate zuvor im Rahmen der Untersuchung eines Grabhügels bei Villingen entdeckt, dass es sich um ein frühkeltisches Kalenderwerk nach dem Mondzyklus handelte. Nun aber geheimnisvolle keltische Prophezeiungen zu konstruieren und diese mit alten Mythen zu verbinden, war lächerlich.

Denn natürlich rankten sich auch um diesen Teufelsfelsen Sagen, wie eben fast überall im Schwarzwald. Bröse nahm so etwas nicht ernst: Phantastereien, die man sich auf einsamen Höfen an langen Winterabenden ausgedacht hatte und noch Jahrhunderte später verschreckten Kindern erzählte.

Bröse lebte nicht in der Vergangenheit. Er war ein Mann der Gegenwart oder sogar der Zukunft. Auch wenn er die fünfzig schon um einige Jahre überschritten hatte.

Verrückte Hinterwäldlerin … Auf Dauer konnte einem das Leben in diesen steilen, engen und lichtarmen Schwarzwaldtälern einfach nicht bekommen. Kein Wunder, dass findige Bewohner jüngst auf die Idee gekommen waren, Reflexionsspiegel in ihren Tälern zu installieren, um in den sich endlos dahinziehenden Wintermonaten das Licht der Sonne zu nutzen, damit der eigene Hof nicht immer im Schatten lag. Das war wohl der einzige Weg, um der Winterdepression zu entkommen.

Dieses Kräuterweiblein gehörte definitiv zu den weniger Findigen. Ein Relikt aus einer längst vergangenen Zeit.

Bröse hakte die Begegnung ab und wandte sich dem rauen Granit zu, der sich nun direkt vor ihm erhob. Er rieb sich die Finger. Heute würde er endlich wieder Hand an den Fels legen, wie die Kletterer sagten. Zu viele Verpflichtungen hatte er in der letzten Zeit gehabt. Prozesstermine, Rechtsberatungen, Gemeinderatssitzungen, Empfänge, die Ehrenämter. Der berufliche Erfolg hatte seinen Preis. Auch im Privatleben. Es reichte nur noch für Kurzzeitbeziehungen.

Immerhin: Auf dem Beziehungsmarkt stand er nach wie vor hoch im Kurs. Kein Wunder, er war gut in Schuss. Schlank. Drahtig. Erfolgreich. Und wer erfolgreich war, zu dem kamen die Frauen.

Keine seiner Partnerinnen hätte er sich allerdings je an einer Felswand vorstellen können.

Da traf es sich umso besser, dass er wieder Single war. Er konnte seine karge Freizeit nach eigenen Wünschen gestalten. Und der Teufelsfelsen war für die Wiederaufnahme seiner Bergsteigerkarriere genau richtig – Nanga Parbat und Eiger-Nordwand mussten eben noch etwas warten.

Bröse blinzelte empor, hielt nach den ersten Griffen und Tritten Ausschau. Schroff sahen sie aus, die Spitzen des Felsens. Sie hatten etwas von einer Miniaturausgabe der Südtiroler Drei Zinnen, die er vor einigen Jahren mit einem Freund erklettert hatte.

Es war alles eine Frage des Willens. Der Disziplin. Des Selbstbewusstseins. Alles war machbar. Zumindest für ihn, Dr. Guntram Bröse.

Für den Wiedereinstieg galt es jedoch, nicht übermütig zu werden. Er wählte eine leichte Route, eine IV+. Ohne Seilpartner und Sicherung war das angemessen.

Nachdem er die ersten Höhenmeter überwunden hatte, war er schnell im Fluss. Er genoss es, sich ohne Seil zu bewegen, sah aber dennoch immer wieder konzentriert nach dem nächsten Griff.

Die Sonne vollführte zusammen mit den Ästen der Schwarzwaldbäume ein atemberaubendes Licht- und Schattenspiel. Der Nachmittag kroch ganz allmählich auf den frühen Abend zu. Dunst hatte sich über den moosigen Waldboden gelegt. Bröse lauschte aufmerksam auf jedes Geräusch: das Zwitschern der Vögel, das Knarzen einiger Äste im Wind und das fortwährende Rauschen des Baches. Und das Zischen der Schwarzwaldbahn, die sich gerade die Berge hinaufmühte.

Als er etwa zwei Drittel der Route überwunden hatte, geriet der Anwalt erstmals wirklich außer Atem. Die Kletterei war schön, aber gewöhnungsbedürftig. Keine Frage: Dieser Felsen war ein zäher Bursche – so wie er selbst.

Bloß nicht abrutschen, dachte er sich. Nicht an dieser steilen Stelle der Route. Routiniert suchte er nach dem nächsten Griff. Doch diesmal fand er ihn nicht.

Bröses Hände wurden feucht.

Er warf einen kurzen Blick nach unten. Gut dreißig Meter ging es bis zum Wandfuß in die Tiefe. Bei einem Absturz allerdings noch viel weiter, da sich darunter ein bewaldeter Steilhang befand.

Ihm wurde etwas schummrig.

Ereilte ihn jetzt gar ein Höhenschwindel?

Oder war er die Sache nur zu schnell angegangen? Hatte

er den Felsen unter- beziehungsweise sich selbst überschätzt? War er vielleicht doch schon zu alt?

Bröse wehrte sich gegen diesen Gedanken. Und gegen den nächsten erst recht: Sollte er lieber aufgeben und absteigen?

Nein, auf gar keinen Fall!

Bröses Augen verengten sich. Sie suchten weiter die Oberfläche des Teufelsfelsens ab. Endlich fand er den verborgenen Griff, der ihm den Weg nach oben wies. Er rieb sich die Hände an seinem neongelben Trikot trocken, dann zog er sich hinauf.

Den Rest der Route überwand er ohne größere Probleme.

Nach einigen Minuten stand Dr. Guntram Bröse allein auf dem Gipfel des Teufelsfelsens. Er hatte ihn bezwungen. Natürlich hatte er ihn bezwungen.

Er und alt – ha!

Sein Puls ging etwas ruhiger, als er über die Baumwipfel hinwegblickte. Dichter Schwarzwald, so weit das Auge reichte.

Bröse schnaufte nun gleichmäßiger. Er war mit sich wieder im Reinen. Und sein Gehirn sandte ihm auch keine demütigenden Gedanken mehr. Im Gegenteil, es sagte: Gut gemacht, Guntram.

Er war nur etwas aus der Übung. Ein klein wenig. Aber das würde sich ändern.

Jetzt musste er sich aber abseilen. Er warf einen letzten Blick auf die herrliche Aussicht, nahm dann einen Karabiner und klinkte diesen in einen Bohrhaken. Nun hängte er das Seil an der Mittelmarkierung ein, fädelte es in den Abseilachter und verband diesen mit seiner Anseilschlaufe am Gurt. Er überprüfte noch einmal ganz genau, ob alles saß. Sorgfalt tat not.

Nun ließ er sich vorsichtig ab und das Seil durch den Achter laufen. Zunächst langsam. Dann etwas schneller. Immer wieder stieß er sich mit den Füßen vom Granit ab. Es war ein herrliches Gefühl, endlich wieder in einer Wand zu hängen.

Als er gut fünfundzwanzig Meter über dem Fuß des Felsens mit einem kurzen Ruck das Abseilmanöver abbremste, spürte er zunächst den elastisch federnden Widerstand des Seils.

Dann plötzlich nicht mehr.

Hatte er das Seil nicht richtig an der Felsspitze befestigt?

War da nicht sogar ein kleines, dumpfes Geräusch gewesen?

Tatsächlich: kein Widerstand mehr, kein Seil, das ihn hielt! War es gerissen?

Reflexartig tastete Bröse nach dem rauen Granit, bekam mit letzter Kraft einen kleinen Griff zu fassen.

Er hing über dem Abgrund, an einer Hand.

Wie lange würde er sich so halten können? Sicher nicht allzu lange, auch wenn er noch so durchtrainiert sein mochte.

Verzweifelt versuchte er, mit der zweiten Hand ebenfalls einen Griff zu ertasten. Nichts!

Nur noch die schweißnassen Fingerkuppen krallten sich fest. Sie drohten weiter abzurutschen.

Gedanken schossen in atemberaubender Geschwindigkeit durch Bröses Kopf. Gedankenfetzen.

»Zu alt«, hämmerte sein Gehirn. »Du bist doch zu alt.«

Dann entschied das Gehirn, es müsse noch wichtigere Gedanken geben.

Etwa die an die Frauen in seinem Leben. Eine war weniger

oberflächlich als die anderen gewesen, hatte es besonders mit der Selbstfindung gehabt.

Elke.

Bröse hingegen hatte sich nie mit derartigen Themen befasst. War er vielleicht doch den falschen Götzen nachgelaufen? Immer nur Geld und Prestige …

Wenn ich aus dieser Sache einigermaßen gesund herauskomme, versuchte Bröse eine Abmachung mit sich selbst, dann ändere ich mein Leben. Oder ich spende etwas. Viel sogar …

Dann schenkte ihm sein Gehirn den Gedankenblitz, dass er sich ja schon wieder mit Geld befasste.

Jede weitere Hoffnung auf eine Rettung konnte er sich sparen. Denn Dr. Guntram Bröse verlor den letzten Halt und stürzte in die Tiefe.

Sein Schädel brach an der Wurzel einer mächtigen Fichte, ehe sein Körper noch weiter den bewaldeten Steilhang hinab in Richtung Gremmelsbach geschleudert wurde.

Eine weitere Fichtenwurzel bremste schließlich Bröses Körper. Das letzte Bild, das sein Gehirn vor seinem Tod abgespeichert hatte, war das von herrlichen Schwarzwaldfichten im gleißenden Sonnenlicht. Ihr harziger Duft drängte sich in seine Nase.

2. WANDERVÖGEL

Auch Hubertus Hummel, der sich nur wenige Kilometer entfernt auf einem Wanderweg bei Schonach befand, hatte die Schwarzwaldfichten im Blick und erspürte mit seiner feinen Stupsnase das Harz der Nadelbäume.

»Klaus, jetzt mach doch mal langsam! Wir sind nicht auf der Flucht«, schimpfte Hubertus seinem Freund hinterher. Der hatte sich auf der siebten Etappe des Westwegs einen militärisch anmutenden Laufschritt zu- und etliche Meter zwischen sich und Hubertus gelegt. »Bei diesem Höllentempo kann man den Schwarzwald überhaupt nicht genießen.«

»Wir sind doch schon fast am Ziel. Die Wilhelmshöhe kann nicht mehr weit sein. Außerdem nimmst du schneller ab, wenn du einen Zahn zulegst.«

»Klaus, ich mache den Westweg nicht wegen einer möglichen Gewichtsreduktion«, antwortete der Lehrer pikiert. »Ich will einfach mal abschalten. Und dir täte das auch ganz gut.«

Hubertus dachte an die Kur, die er vor einigen Monaten in Königsfeld gemacht hatte. Sie hatte ihm letztlich nicht viel gebracht, zumal sich dort alles mehr um einen Mordfall gedreht hatte als um seine Gewichtsabnahme.

»Herr Hummel, Sie sind ein hoffnungsloser Fall«, waren Schwester Svetlanas Abschiedsworte gewesen.

Seit Carolin mit ihm Schluss gemacht hatte, traf dies mehr denn je zu. Hummel fühlte sich leer, orientierungslos und vollkommen aus dem seelischen Gleichgewicht, wie seine schon länger von ihm getrennte Ehefrau Elke gesagt hätte.

Nach einigen Monaten des überaus stressigen Schulalltags hatte Dr. Luft ein Machtwort gesprochen und ihn wieder krankgeschrieben. Die vom Arzt erneut verordnete Kur hatte Hummel diesmal aber abgelehnt und stattdessen beschlossen, alleine den Schwarzwald zu durchwandern. Es musste ja nicht gleich der Jakobsweg nach Santiago de Compostela sein.

Nur seine Familie und Klaus wussten von den Plänen für die zweiwöchige Aussteigertour. Hubertus hatte sich für den Westweg entschieden. Ein Kultwanderweg, den es schon seit über hundert Jahren gab und der alle typischen Schwarzwälder Landschaftsformen von Nord nach Süd erschloss. Hier wollte er allein sein, insgesamt zweihundertfünfundachtzig Kilometer von Pforzheim bis nach Basel.

Bis Hausach war alles wunderbar gewesen.

Hummel hatte sich berauscht an der Schönheit und Vielfalt der Landschaft. An den geheimnisvollen Hochmooren zwischen Dobel und Hohloh, an dem tief eingeschnittenen Murgtal und der Schwarzenbachtalsperre, an den dicht bewaldeten und hohen Bergen des Nordschwarzwaldes bei Freudenstadt. Und schließlich an dem fast schon wieder lieblichen Kinzigtal mit seinen Weinbergen. Immerhin über hundertfünfunddreißig Kilometer – fast die Hälfte der Strecke – hatte der Lehrer so zurückgelegt und keinen Meter bereut.

Doch dann war sein Freund Riesle plötzlich mitten in sein Frühstück geplatzt, das er sich in seinem Quartier in Hausach hatte schmecken lassen.

»Ich habe beschlossen, dir wenigstens auf einer Etappe Gesellschaft zu leisten«, hatte er verkündet. »Ich bin sogar extra mit der Schwarzwaldbahn hergefahren.« Und das hieß einiges für den Autofanatiker.

»Wie hast du überhaupt herausgefunden, dass ich hier bin?«

»Martina sei Dank. Du hast doch gestern mit deiner Tochter telefoniert und erzählt, wo du übernachtest. Nicht mal dein Handy hast du mitgenommen. Ziemlich bedenklich, oder? Es sind schon genügend Übergewichtige in freier Natur zusammengeklappt und hätten dringend Hilfe benötigt. Willkommen im 21. Jahrhundert ...«

Hummel schnaufte – und zwar nicht vor Anstrengung.

Riesle war wirklich unverbesserlich. Er würde nie verstehen, dass es Teil des Konzepts dieser Wanderung war, eben nicht telefonisch erreichbar zu sein. Alleine diesen Weg zu bestreiten. Zu sich zu kommen.

Der Freund hingegen war Redakteur beim Schwarzwälder Kurier. Wenn er auch nur eine Stunde keine Handyverbindung hatte, befürchtete er einen entscheidenden Karriereknick.

Klaus Riesles Besuch war sicherlich nett gemeint gewesen. Aber spätestens jetzt, nach den fast zwanzig Kilometern der siebten Tagesetappe, bereute Hummel, den Freund nicht nach dem Frühstück gleich wieder zum Bahnhof begleitet und ihn in die Schwarzwaldbahn Richtung Villingen gesetzt zu haben.

Zumal es diese siebte Etappe in sich hatte. Fünfhundertfünfzig Höhenmeter hatten sie von Hausach bis zum Farrenkopf überwinden müssen. Und Riesle war wie eine Berggams immer wieder davongesprungen.

»Du fährst dann heute Abend also wieder zurück?«, vergewisserte sich Hummel und bemühte sich um einen Tonfall, der nicht allzu fordernd klang. »Sicher geht von der

Wilhelmshöhe noch ein Bus zum Bahnhof Triberg. Die letzte Schwarzwaldbahn bekommst du dort bestimmt noch. Zumal bei deinem Tempo ...«

Die Antwort war gar nicht nach Hummels Geschmack: »Ich denke, ich werde dir noch ein bisschen Gesellschaft leisten. Ich bin gut in Form und muss doch etwas auf dich aufpassen – so ganz ohne Handy ...«

Der Lehrer verzog das Gesicht, was Riesle ob seines Vorsprungs nicht sehen konnte. Und die Gesichtszüge entgleisten ihm nach dem nächsten Satz noch weiter. »Ich denke sogar darüber nach, ob ich noch zwei, drei Etappen dranhängen sollte. Ich habe ja noch ein paar freie Tage abzufeiern. Aus mir könnte noch ein richtiger Wandervogel werden.« Dann begann er auch noch zu singen: »Das Wandern ist des Riesles Lust, das Waaandern ...«

Na, prima.

Hubertus hatte auf den Etappen der letzten Woche schon das eine oder andere körperliche Tief durchgestanden. Doch das hier war die erste Psychokrise. Hier auf dem Westweg war sein Freund noch weniger zu ertragen als sonst.

Bei diesem Gedanken bekam er fast ein schlechtes Gewissen. Er mochte Klaus ja, hatte schon manches Abenteuer mit ihm bestanden. Seit einem gemeinsamen Tramperurlaub durch Südeuropa vor vielen Jahrzehnten wusste Hummel jedoch, dass er seine Anwesenheit immer nur stundenweise aushielt.

Hubertus schnaufte erneut. Er würde es ganz sicher nicht übers Herz bringen, Riesle einfach des gemeinsamen Wanderweges zu verweisen. Doch mit ihm vernünftig zu sprechen, das konnte man vergessen. Also musste er den üblichen Weg wählen, um seine Aggression zu kanalisieren: die Frotzelei.

»Du und ein Wandervogel? Mit deinen hautengen Sport-klamotten und deinem bunten Stirnband siehst du eher aus wie ein Aerobic-Turner aus den Achtzigern. Oder wie John Travolta für Arme.«

Die Retourkutsche ließ nicht auf sich warten.

Alles wie immer. Gut eingespielt.

»Man muss als Wanderer ja nicht unbedingt Klischee-Cord-Kniebundhosen anziehen wie du.« Riesle blieb stehen und musterte seinen Freund. »Und dazu dieses schreckliche rot karierte Hemd und diese altbackene Steppjacke. An der Wilhelmshöhe kaufe ich dir noch einen Seppelhut dazu – dann ist das Outfit perfekt.«

»Wir sind hier nicht auf dem Laufsteg, Klaus. Ich durch-wandere den Schwarzwald. Und da brauche ich keinen modischen Schnickschnack, sondern praktische, wetterfeste Kleidung«, konterte Hummel und registrierte beruhigt, dass sie erneut eine rote Raute passierten, die den Westweg kenn-zeichnete. Zum ersten Mal seit Beginn seiner Wanderung sehnte er flehentlich das Ende einer Etappe herbei.

Riesle schien das zu spüren. Kein Wunder, wenn man sich schon ungefähr vierzig Jahre lang kannte. Jedenfalls wurde er zusehends missmutiger.

Hubertus beschloss, seinen Freund zu ignorieren und sich der Atmosphäre des Waldes hinzugeben. Im Gasthaus würde er sich dann überlegen, wie er Riesle am besten loswürde.

Vielleicht sollte er ihn einfach mit Schwarzwälder Kirsch-wasser unter den Tisch trinken, dann in aller Herrgottsfrühe aufstehen und sich ohne Frühstück auf und davon machen? Bei Riesles Lauftempo würde der ihn aber vermutlich bald einholen. Und es war auch fraglich, ob er selbst nach ent-sprechendem Alkoholgenuss sonderlich fit wäre …

Womöglich sollte er stattdessen mit dem Zug vorfahren, statt der achten erst einmal die neunte Etappe absolvieren und später, wenn der Freund abgereist war, wieder zurückkommen, um …

»He! Was soll das?«, schrie Riesle plötzlich, als ein Mountainbikefahrer mit hohem Tempo um die Kurve kam, auf sie zufuhr und nur knapp an ihnen vorbeischoss. Riesles Ärmel hatte er noch leicht gestreift.

»Das ist ja wirklich eine Zumutung! Diese Mountainbiker gehen mir langsam auf den Geist«, schimpfte der Journalist. »Das war heute schon der dritte, der mich fast umgefahren hätte. Hast du das gesehen?«

»Ja, aber die fahren auch nicht rücksichtsloser als du mit deinem alten Kadett«, meinte Hummel schmunzelnd, dessen Laune der Zwischenfall aus unerfindlichen Gründen wieder gesteigert hatte. »Der Schwarzwald ist halt beliebt. Den haben die Wanderer nicht mehr für sich alleine. Toll finde ich das natürlich auch nicht. Aber schau mal hier.«

Hummel zeigte auf ein gelbes Schild mit blauem Bollenhutsymbol und der Aufschrift »Naturpark Südschwarzwald«. Ein behelmter Mountainbiker war abgebildet mit der Warnung »Bike-Crossing«.

»Auf jeden Fall hole ich den nächsten, der mir zu nahe kommt, vom Rad. Das sage ich dir«, versicherte Riesle wütend.

Ein Grund mehr, den Freund loszuwerden, dachte sich Hubertus Hummel. Er brauchte Ruhe. Zeuge von Schlägereien konnte er früh genug wieder werden, sobald er zurück im Schuldienst war.

Es war ein besonders schmaler Abschnitt des Weges, auf dem wenige Minuten später der nächste Mountainbikefahrer von hinten angerauscht kam. Hummel hatte den Radler bereits passieren lassen. Doch Riesle dachte nicht daran, zur Seite zu gehen. Der Biker betätigte die Klingel. Einmal, zweimal.

Riesle wanderte in aller Seelenruhe mitten auf dem Weg weiter.

»Achtung!«, rief der Biker.

Es hatte den Anschein, als wollte Riesle provozieren. Der tat nämlich immer noch so, als würde er nichts hören.

»He, Sie! Platz da!«

Keinen Millimeter wich der Journalist zur Seite. Der Mountainbiker versuchte, zwischen Wegesrand und Riesle ein Schlupfloch zu finden, und erwischte ihn dabei am Ellbogen.

Das genügte. »Sag mal, hast du sie noch alle?«, explodierte Riesle und zog den Radler so abrupt am Ärmel, dass dieser stürzte.

»Au!« Der Moutainbiker landete auf dem harten Schotterweg. »Sind Sie verrückt, was soll das?«

»Ihr meint wohl, der Weg gehört euch allein. Nur weil diese dämlichen, gelben Schilder hier rumstehen. Aber das ist kein Freibrief. Das ist verdammt noch mal ein Wanderweg. Ein Wanderweg, hörst du!«

Riesle konnte durchaus cholerisch werden, wenn er schlechte Laune hatte. Und die hatte er nun ganz eindeutig. Er stürzte sich auf den Mann, packte ihn am Kragen.

»Und jetzt entschuldige dich gefälligst!«

Der Gestürzte wehrte sich verbal, behielt aber die Contenance.

»Erstens sind wir nicht per Du. Und zweitens: Wieso soll *ich* mich entschuldigen? *Sie* haben mich doch vom Rad gezogen. Also müssten das wohl eher Sie tun. Schauen Sie mal.« Der Radler zeigte auf seine Schürfwunde am Oberschenkel. »Außerdem muss ich jetzt weiter.«

»Klaus, lass ihn. Das bringt doch nichts«, mischte sich Hubertus ein, der seine anfängliche Schockstarre überwunden hatte.

Der Mountainbiker versuchte sich von Riesle loszureißen, der ihn immer noch am Arm festhielt. Dabei traf er versehentlich den Journalisten im Brustbereich – und ein wenig auch am Kinn.

Beide Männer waren etwa gleich groß, Riesles Aggressionspotenzial aber deutlich ausgeprägter.

»Dir werd ich's zeigen!«, knurrte er.

Als Hubertus diese Worte hörte, wusste er, dass dies wieder mal eine der Situationen war, in denen Klaus heillos übers Ziel hinausschoss. Und, was ihn zusätzlich beunruhigte: Bei seinem Freund häuften sich solche Situationen in letzter Zeit.

Ihm selbst war so etwas fremd: In Krisen zog er sich eher zurück, vermied Konfrontationen, stürzte sich stattdessen aufs Essen.

Und so hatte er den Westweg mit einem neuen Rekordgewicht angetreten. Die genaue Kilozahl konnte er nicht nennen, denn er verzichtete seit geraumer Zeit großzügig aufs Betreten der Waage. Aber er merkte es an den Gürtelschnallen. Bei seinem jetzigen Gürtel benötigte er seit ein paar Wochen das äußerste Loch, um die Hose zu fixieren. Seit Beginn der Wanderung schien diesbezüglich allerdings eine leichte Entspannung eingetreten zu sein.

In diesem Moment holte Riesle tatsächlich aus und versetzte dem Radfahrer einen Fausthieb! Volltreffer! Die Nase gab einen lauten Knacks von sich. Der Radfahrer schrie und verzog das Gesicht.

»Klaus, Jesses nei, lass des doch«, rief Hubertus aufgeregt. »Bisch du völlig überg'schnappt?«

In Momenten äußerster Panik verfiel er in Schwarzwälder Mundart, die er ansonsten nur noch verwendete, wenn er sein Elternhaus betrat.

Als Antwort hätte er beinahe selbst die Faust ins Gesicht bekommen.

»Sie sind ja völlig irre!«, schrie jetzt der Radfahrer.

»Dich mach ich fertig, du Fahrradrowdy!«, rief Klaus und gab einen bedrohlich wirkenden Grunzlaut von sich. Anscheinend wähnte er sich in einem Action-Film.

Hummel hatte Mühe, den Freund weiter zurückzuhalten.

Der Radfahrer, der mittlerweile aus der Nase blutete, schätzte die Situation genau richtig ein und tat das, was in diesem Augenblick das einzig Richtige war. Er schwang sich auf sein leicht verbeultes Rad und fuhr eilig davon.

Jetzt geriet Hummel in Rage.

»Sag mal, Klaus, bist du eigentlich von allen guten Geistern verlassen? Wir wollen wandern und vom Stress abschalten. Und du veranstaltest hier so einen Zirkus …«

»Das ist ja wieder mal typisch!«, schrie Klaus. »Ich verteidige dich – und du fällst mir sogar noch in den Rücken!«

»Wie bitte? Mir hat der doch gar nichts getan.«

»Nichts getan? Der hätte uns fast umgefahren.«

»Du übertreibst maßlos. Er hat dich beim Vorbeifahren gestreift. Aber du hast ihm ja auch partout nicht Platz gemacht. Deshalb musst du ihm nicht gleich die Nase brechen.«

Bis zur Wilhelmshöhe übernahmen die Vögel mit ihrem Gezwitscher die Unterhaltung.

3. FALSCHES SCHUHWERK

Kriminalhauptkommissar Claas Thomsen kam in diesem Gelände einfach nicht zurecht. Er stammte aus Kiel, wo man richtige Berge nur vom Hörensagen kannte. Die Leiche lag in einem äußerst unwegsamen Waldgebiet unterhalb des Teufelsfelsens, und es ging vom Hauptweg zwischen hohen Fichten steil bergab. Schon ein paar Mal war Thomsen mit seinen Slippern auf dem moosigen Boden ausgerutscht. Dafür erwartete er mindestens einen spektakulären Mord. Für einen profanen Unfall wäre sein Einsatz unverhältnismäßig.

Kriminalhauptkommissar Winterhalter hingegen schien keinerlei Schwierigkeiten zu haben, sondern nahm den Abstieg dank seiner Wanderstiefel und jahrelanger Bergsteigererfahrung mit sicheren Tritten.

»Des isch alles nur ä Frag des passenden Schuhwerks«, kommentierte Winterhalter, als der norddeutsche Kollege sich schon wieder auf den Allerwertesten setzte.

Thomsen befiel derweil eine Panikeingebung: Er würde nicht nur den Hang hinabrutschen, sondern auch noch direkt auf der Leiche landen, die jetzt nur wenige Meter unter ihnen in verrenkter Haltung mit offenen, starren Augen an einem Baum kauerte.

Bitte nicht!

Kriminalhauptkommissar Thomsen war sehr reinlich. So drückte er es jedenfalls selbst aus. Andere Menschen sprachen von einem Sauberkeitsfimmel oder einer Phobie gegen jede Art von Schmutz.

Dabei war es doch nur natürlich, nicht mit dem schmutzigen Waldboden in Berührung kommen zu wollen, dachte Thomsen. Schließlich gediehen dort Abfallgewächse wie Pilze. Ganz zu schweigen von diversen Hinterlassenschaften von Tieren aller Art.

Er wusste schon, dass er mitunter ein wenig zu sensibel war, was Schmutz betraf. Dagegen musste er ja auch irgendwie angehen. Aber nicht, indem er selbst ein Schmutzfink wurde.

»Soll ich Ihne helfe?«, fragte Winterhalter freundlich. Doch sein Dialektsingsang sorgte dafür, dass Thomsen den Satz despektierlich auffasste.

»Wollen Sie sich über mich lustig machen?«

»Nei, sicher nit. Ich wollt nur …«

»Danke, ich komme schon zurecht.«

Tatsächlich schaffte er die letzten Meter bis zum Leichenfundort unfallfrei. Er blickte auf seine schmutzigen Finger und den Dreck, der sich unter den sonst so reinen Fingernägeln angesammelt hatte. Das würde nach Dienstschluss mehrere Stunden in der Dusche bedeuten.

Thomsen hasste es, wenn er vom Wesentlichen abgelenkt wurde. Er versuchte sich zu konzentrieren und ignorierte dabei die Kollegen von der Polizeistreife, die bereits vor Ort waren.

Die Begrüßung erledigte Kollege Winterhalter: »Dag!«

»Dag«, erwiderte ein dicklicher Beamter in Uniform, der auf dem Weg zur Leiche sicher auch seine liebe Mühe gehabt hatte. Eine sanfte Gesichtsröte und eine Reihe von Schweißtropfen auf Nase und Stirn deuteten darauf hin.

»Winterhalter und Thomsen«, stellte Ersterer sich und den norddeutschen Kollegen vor.

»Angenehm, Kaltenbach. Und des isch der Aberle.« Er

deutete auf einen jüngeren und drahtigeren Kollegen. »Mir habet einen Anruf von einem Wanderer kriegt. Der hät den Mann so vorg'funde und glei die 110 g'wählt. Die Leitstelle hät dann Notarzt und Polizei verständigt.«

Thomsen scannte Leiche und Fundort mit seinen kleinen Augen ab.

»Und wo isch de Notarzt jetzt?«, fragte Winterhalter.

»Schon weg«, antwortete der dicke Kaltenbach. »›Nicht natürliche Todesursache‹, sagt er. Der Mann isch wohl vom Teufelsfelse abg'stürzt.«

Mit etwas Mühe streckte der Beamte seinen zu kurz geratenen Arm in Richtung des mächtigen Felsens.

Fast ehrfürchtig betrachtete Winterhalter den schroffen Stein. Thomsen starrte immer noch auf die Leiche.

»Mir müsstet jetzt einen Arzt hinzuziehe, der die Leichenschau durchführt«, sagte Kaltenbach dann.

»Eine Leichenschau?«, fragte Winterhalter. »Was meinet Sie, Herr Thomsen?«

»Was? Wie bitte?«

»Der Kollege fragt, ob der Arzt die Leichenschau hier durchführen soll.«

»Hier? Nein, zu unwegsam.«

»Aber wie krieget mir die Leich von hier weg?«, wollte Winterhalter wissen.

Wie bekomme ich mich selbst wieder weg – das war doch die entscheidende Frage, schoss es Thomsen durch den Kopf. Er sah sich den steilen Waldboden auf allen Vieren hinaufkriechen.

»Die Bergwacht«, fiel Winterhalter dann ein. »Mir rufet die Bergwacht.«

Er erklärte dem Chef der zuständigen Bergwacht die Lage

und machte sich dann rasch an die Leichenbesichtigung. Dazu zog er seinen weißen Overall über und die Silikonhandschuhe an, die er in seiner Eigenschaft als Kriminaltechniker immer dabeihatte. Er nahm das Diktiergerät und begann mit der Befundaufnahme.

Auch wenn das Ganze eher wie ein Unfall aussah, galt es, äußerst sorgfältig zu arbeiten. Leiche und Leichenfundort mussten genau dokumentiert werden, bevor möglicherweise wertvolle Spuren vernichtet wurden. Durch Witterung oder durch Menschen.

Er betrachtete den dicken Streifenpolizisten und seinen jüngeren Partner. Die beiden mochten sicher gute, pflichtbewusste Kollegen sein. Doch für ihn in seiner jetzigen Eigenschaft als Kriminaltechniker waren sie vor allem lästig. Potenzielle Spurenvernichter. Schließlich galt es, am Leichenfundort alles möglichst so zu belassen, wie es war. Gelegentlich hantierten die zuerst eintreffenden Polizisten sogar an den Leichen herum, drehten und wendeten sie. Und wenn es dann zu einem Mord- oder Totschlagsprozess kam, wurde dies Verhalten den Spurentechnikern gern mal als Dilettantismus vorgehalten.

Immerhin: Kaltenbach und sein Kollege schienen in dieser Hinsicht sensibler vorgegangen zu sein.

»Lag die Leich so do?«, erkundigte sich Winterhalter.

»Mir habet nix ang'langt«, antwortete Kaltenbach und hob die wulstigen Hände mit Unschuldsmiene in die Höhe.

»Die Leich liegt cirka fünfzehn Meter unterhalb des Felsfußes«, diktierte Winterhalter, um dann stakkatohaft zu den Witterungsbedingungen überzugehen: »Zwanzig Grad, Waldboden leicht feucht, kein Niederschlag.«

Dann wandte er sich an Thomsen: »Ein geheimnisvoller

Fels isch des. Man erzählt sich, dass die Kelte hier früher Menschenopfer dargebracht habet.«

»Opfer?«, fragte Thomsen irritiert. »Wie haben sie die denn geopfert? Und wem?«

»Ha, ich war ja nit dabei. Da müsset mir uns mal informiere.«

Plötzlich stutzte Winterhalter: »Also irgendwie kommt mir der Kerle bekannt vor. Ich könnt nur nit sage, woher … Kennet ihr den Mann hier?«, wandte er sich an die Kollegen.

Die schüttelten den Kopf. »Aus Gremmelsbach isch der nit«, sagte Kaltenbach.

»Schwierig. Sieht jo ziemlich mitg'nomme aus«, ergänzte der Kollege.

Winterhalter betrachtete aufmerksam den Leichnam und diktierte: »Der Tote ist cirka eins siebzig groß und etwa fünfundsechzig Kilo schwer. Brillenhämatom um die Augen herum, Blut aus Nase und Ohren.«

Er drehte die Leiche zur Seite und entdeckte am Hinterkopf ein mittelgroßes Loch, aus dem ebenfalls Blut trat.

»Vermutlich ein Schädelbasisbruch«, sagte er in Richtung Thomsen und diesmal nicht ins Diktiergerät. »Da hat es am Fels oder an einem Baum wohl sicher schön laut ›knack‹ g'macht.«

Thomsen verzog das Gesicht. Immerhin war der Spruch nur für ihn und nicht für den Bericht gedacht. An die hemdsärmlige Art Winterhalters würde er sich nie gewöhnen können. Der phobische Kommissar hatte fast den Eindruck, der Kollege mache sich einen Spaß daraus, ihn mit seiner Überempfindlichkeit aufzuziehen.

Neulich hatte Winterhalter ihn zusammen mit ein paar Kripokollegen zu einer »Hausschlachtung« auf seinen Bau-

ernhof bei Linach eingeladen, den er als Nebenerwerbslandwirt betrieb.

»Das isch eine hochinteressante Sach«, hatte Winterhalter
ihm freudestrahlend verkündet. »Da könnet Sie viel lerne ...«

»Ganz bestimmt. Vielleicht ein andermal«, hatte Thomsen verkrampft lächelnd geantwortet und abgewunken.
Die anderen Kollegen hatten später von einem gewaltigen
Schlachtfest erzählt und sich davon beeindruckt gezeigt, wie
Winterhalter die Tierkadaver mit seinen kräftigen, grob-
schlächtigen Händen auseinandergenommen hatte, ohne
dabei zu vergessen, jedes der Tiere mit Namen zu benennen.

Beim anschließenden Essen hatte Winterhalter es sich
nach Herzenslust schmecken lassen. Bei den Kollegen war
der Appetit ob der blutrünstigen Prozedur doch etwas ge-
zügelt gewesen.

»Hät der Mann einen Ausweis bei sich g'habt?«, fragte Winterhalter die beiden Streifenpolizisten, die wieder mit den
Schultern zuckten.

»Mir habet ihn wirklich nit berührt«, beteuerte Kaltenbach.

Winterhalter wendete den Körper des Toten. Geldbeutel
oder Ausweis waren nirgendwo zu sehen, sondern womöglich während des Sturzes irgendwo ins Gelände geschleudert
worden. Andererseits: Nahm man seinen Geldbeutel zum
Klettern mit?

Schließlich wurde er doch noch fündig, teilweise zumindest. Er fand nämlich in der zerrissenen Hosentasche des
Toten den Teil einer Visitenkarte: »...röse«, stand fett
darauf. Und darunter »...walt«, schließlich »rat« und –
wohl als Teil der Adresse – »...ingen«.

Nach einem erneuten Blick in das Gesicht der Leiche fiel bei Winterhalter der Groschen.

»Au weh – Dr. Bröse!«, murmelte er. »Der Staranwalt und Gemeinderat!«

Währenddessen verfolgte Thomsen den Weg des Seiles, das sich vom Gurt des Leichnams fast schlangenhaft ein paar Meter den Hang hinaufzog. Er streifte ebenfalls Silikon-handschuhe über und nahm dann vorsichtig das Seilende zwischen seine Finger. Er hielt es immer wieder ins allmäh-lich einsetzende abendliche Dämmerlicht, drehte es hin und her. Die abgetrennten Perlonfäden ragten in verschiedene Richtungen.

»Sieht aus wie ein Seilriss«, sagte Thomsen in Richtung Winterhalter, der beim Diktieren gerade eine Pause einlegte.

»Wenn's jemand abg'schnitte hätte, tät's wirklich andersch aussehe«, stellte Winterhalter fest. »Aber ein Seilriss isch bei einem Bergsteigerseil unter normale Umständ so gut wie ausg'schlosse. Die sind sehr stabil.«

Dann sprach er wieder in sein Diktiergerät: »Durchtrenn-tes Seilende sieht aus wie ein kleines, verfusseltes Woll-knäuel.«

Thomsen betrachtete kritisch das Seilende, das auch von dunklen Flecken übersät war. Stammten sie vom moosigen Waldboden, über den das Seil beim Absturz geschleudert worden war? Der Schmutz an seiner Kleidung wies jeden-falls eine ähnliche Farbe auf.

»Wenn Sie einen Seilriss wegen eines Materialfehlers für unwahrscheinlich halten, wie erklären Sie sich dann das Ge-schehen?«, meinte Thomsen.

Winterhalter blickte den schroffen Teufelsfelsen empor.

»Des Seil könnt an einer Felskante abgescheuert worde sei. Oder an einem Felsvorsprung. Gucket Sie mol.«

Winterhalter wies mit seiner Hand auf eine bestimmte Stelle am Fels. »Da hängt das andere End vom Seil. Da solltet mir na.«

Thomsen hatte mit dem letzten Satz in zweierlei Hinsicht Probleme. Zum einen mit dem Verständnis, doch bereits nach einigen Sekunden ging ihm auf, dass das »na« dem hochdeutschen »hin« entsprach – und daraus folgte Problem Nummer zwei: *Er* sollte da hinauf?

»Da … na …? Ich meine … hin?«, wiederholte Thomsen stotternd.

»Den Felsabschnitt müsset mir uns ganz genau anschaue, Herr Thomsen.«

Das konkrete »mir« gefiel dem norddeutschen Kollegen überhaupt nicht. Er zog es vor, das unpersönliche »man« zu benutzen.

»Wie sollte das gehen? Dazu müsste man ja den Fels hinaufklettern. Oder ihn vielleicht mit einem Hubschrauber abfliegen …«

Thomsen beobachtete die soeben eingetroffenen Kollegen von der Bergwacht, die die Bergung vorbereiteten.

Winterhalter schnippte begeistert mit den Fingern. »Herr Thomsen, mir verstehet uns. Sie habet mich grad auf eine ausgezeichnete Idee bracht.« Der Satz klang paradox, denn die beiden verstanden sich so gut wie nie.

Sie waren einfach zu verschieden. Obwohl das in gewisser Hinsicht auch wieder Vorteile hatte, weil sie Probleme aus ihrer jeweils ureigenen Perspektive zu betrachten pflegten.

Thomsen schaute verdutzt.

»Ich hol meine Kletterausrüstung. Dann seil ich mich ab

und schau mir de Felse mol kriminaltechnisch genauer an. Mir müsset uns beeile, es wird bald dunkel.«

Thomsen hasste es, wenn ihm die Kontrolle über einen Fall entglitt. Doch diesmal musste er Winterhalter den Felsen wohl oder übel überlassen.

»Oder wollet Sie mit mir klettern gehe?«, fragte Winterhalter fröhlich. »Sie hättet genau die Statur von meiner Frau. Die hät auch eine Kletterausrüstung. Mir könntet uns gemeinsam abseile. Ich bring die Sache gleich mit …«

Auf dem Rückweg zum Auto zog Winterhalter seinen Kollegen an der Hand hinter sich her.

»Soll ich Sie lieber huckepack nehme?«, fragte er.

Thomsen versagte sich, darauf auch nur zu antworten. Er war heilfroh, als sie endlich den Parkplatz erreichten. Dennoch trieften seine Schuhe vor moosigem Schmutz. Die würde er wohl wegwerfen müssen.

Er sah sich schon gemeinsam mit Winterhalter in einer Seilschaft am Teufelsfelsen. Warum hatte er nur nicht gleich darauf bestanden, dass ein schwindelfreier Experte diese Spuren gemeinsam mit Winterhalter sicherte?

Aus Misstrauen gegenüber dem Kollegen. Und weil Thomsen klar war: Irgendwann musste er das mit seinen Phobien etwas besser in den Griff bekommen. Ansonsten wäre er kein vollwertiger Kriminalbeamter mehr. Aber gerade hier, an einer solch verbrecherisch steilen Felswand den inneren Schweinehund überwinden zu wollen, das war vermutlich falscher Ehrgeiz.

Doch nun war es zu spät. Es sei denn, er täuschte eine Ohnmacht vor. Denn er war ohnehin schon auf dem besten Weg dahin.

4. WILHELMSHÖHE

Als Hummel und Riesle am frühen Abend vor dem gemütlichen Kachelofen im Gasthaus saßen, waren sie immer noch nicht viel redseliger. Das lag zum einen an Riesles Prügeleinsatz, zum anderen an den geräucherten Schwarzwälder Bauernwürsten mit hausgemachtem Kartoffelsalat, die sie sich gerade schmecken ließen.

Hummel war überrascht gewesen, dass nach der Prügelei an der Wilhelmshöhe nicht die Polizei auf sie gewartet hatte.

Fast wäre der Streit zwischen den Freunden wieder aufgeflammt. Der Journalist packte nämlich beim Abendessen schmatzend sein iPhone aus dem Rucksack und begann, seine Mails zu lesen. Mit der einen Hand tippte er auf dem Display herum, während er sich mit der anderen die Bauernwurst in den Mund schob.

Den handylosen Hummel nervte unbändig, wie Klaus das leuchtende, silbrige Gerät bearbeitete, auf dem sich die Fettflecken der Wurst abzeichneten.

»Kannst du das Ding nicht wenigstens während des Essens abstellen?«, fragte Hubertus schließlich patzig. Ohne Zweifel: Wären die beiden ein Ehepaar gewesen, hätten sie wohl allmählich den Scheidungsanwalt kontaktieren sollen.

»Hör mal«, sagte Klaus, ohne auf die Frage einzugehen. »Das ist ja ein Ding. Der Kurier online meldet, dass sie eine Leiche am Teufelsfelsen gefunden haben.«

»Teufelsfelsen?« Hubertus war plötzlich ganz Ohr. Er kannte sich in der Gegend aus. Teufelsfelsen! Das war nicht weit von hier.

»Der Teufelsfelsen bei Triberg-Gremmelsbach«, präzisierte Klaus. »Ein Mann soll abgestürzt sein. Ein aus Villingen-Schwenningen stammender Mann sogar. Das ist ja ein starkes Stück.«

»Weiß man schon Konkreteres?«, fragte Hubertus, während er sich noch einen Schwarzwälder Schinkenspeck mit selbstgebackenem Bauernbrot bestellte. Bei dem, was er täglich bei seinen Etappen an Kalorien verbrannte, musste er ordentlich essen. Ganz ohne schlechtes Gewissen. Wahrscheinlich würde er trotzdem noch abnehmen. Er freute sich seit einigen Tagen morgens nach dem Aufwachen schon immer auf den Gürteltest.

»Die genauen Umstände des Absturzes sind noch unklar, heißt es hier.« Klaus tippte noch einige Male auf dem Gerät herum und packte sein iPhone dann wieder in die Hülle. »Wann, sagtest du, fährt die letzte Bahn nach Villingen?«

»Frag doch deinen elektronischen Freund. Der kann dir sicher Auskunft geben.«

Riesle tippte also wieder auf dem Gerät herum, während Hubertus hoffnungsfroh nachfragte: »Willst du nun doch nicht mehr übernachten?«

»Denkst du, ich überlasse diese Geschichte meinen schnarchigen Kollegen? Diese Schreibtischtäter hocken doch nur in der Redaktion und denken, dass ihnen die gebratenen Tauben in den Mund fliegen. Das aber ist ein Fall für Chefreporter Riesle.«

Der Lokaljournalist war ein Nachrichten-Junkie. Selbst wenn er im Urlaub weilte und eine entsprechende Meldung aufschnappte, war er sofort hellwach und versetzte sich von einer Sekunde auf die andere in den Dienst.

Er hatte auch schon einen Plan.

»Wir haben ja eine Redaktion in Triberg. Ich fahre gleich

mit dem nächsten Bus runter. Den Kollegen dort kenne ich. Der ist um diese Uhrzeit noch in seinem Büro. Dann mache ich mich sofort an die Recherche. Muss mir nur grünes Licht beim Chefredakteur holen. Aber der wird froh sein, dass sich überhaupt noch jemand um diese Uhrzeit um die Geschichte kümmert. Für einen anständigen Dreispalter morgen früh sollte es allemal reichen. Die Meldung hier gibt ja so gut wie gar nichts her und entstammt wohl dem Polizeibericht. Falls es mir reicht, nehme ich dann von Triberg aus die letzte Bahn nach Villingen. Ansonsten komme ich irgendwie wieder hierher, um in der Wilhelmshöhe zu übernachten.«

Sein »Tannenzäpfle« mit der lächelnden Biergit Kraft trank Riesle auf ex.

5. NÄCHTLICHE KLETTERPARTIE

Es war später Abend geworden. Die Ausrüstung von Frau Winterhalter lag am Fuß des Teufelsfelsens – sie wurde nicht benötigt.

Bei einem ersten Versuch hatte Thomsen nämlich bereits nach wenigen Metern so geschrien, dass Winterhalter einen weiteren Absturz vermutet hatte. Dabei war der phobische Kollege lediglich mit einer Hand in Vogelkot geraten und hatte daraufhin endgültig gestreikt. Noch einmal würden ihn keine zehn Pferde und auch keine zehn Leichen in diese Felswand bringen. Er tapste schwerfällig herum, als müsse er sich immer wieder aufs Neue des festen Bodens unter den Füßen vergewissern.

Keine Frage, er hatte sich überschätzt. Sich ganz davonstehlen wollte er freilich nicht. Und so stand Hauptkommissar Claas Thomsen mit einer großen Stablampe in der Hand da und leuchtete den Felsen hinauf, wo Winterhalter die unaufschiebbare kriminaltechnische Untersuchung erledigte. Im Falle einer unklaren Todesursache konnte man nämlich nicht einfach bis zum nächsten Morgen warten. Wind und Witterung könnten wichtige Spuren über Nacht vernichten. Deshalb hatte Winterhalter beschlossen, den Bereich des Felsens, wo noch das Ende des abgerissenen Seiles hing, weiträumig mit dünnem, transparentem Cellux-Klebeband abzukleben, um mögliche Mikrofaserspuren zu sichern.

»Wenn mir entsprechende Seilfasern nachweise, dann dürft klar sein, dass des Seil an einer scharfe Felskante oder einem Felsvorsprung g'risse isch«, hatte der Kriminaltechniker erklärt und »Berg heil!« gerufen, ehe er sich einen Helm samt Stirnlampe aufgesetzt hatte. Diese verfügte allerdings über so wenig Strahlkraft, dass er für den zusätzlichen Beleuchter am Boden dankbar war. Winterhalter hatte aus dem eigenen Fundus einen LED-Lenser mit deutlich höherer Leuchtstärke mitgebracht. Bei den dauernden Stromausfällen auf seinem einsamen Bauernhof ein Muss.

Die Statistenrolle als Lampenhalter führte freilich dazu, dass sich Thomsen wie ein Laufbursche vorkam, was seinem Selbstbewusstsein weiter zusetzte. Er war schließlich derjenige gewesen, der die letzten Sonderkommissionen geleitet hatte. Und sollte sich auch hier ein Mord herausstellen, würde er ziemlich sicher die Ermittlungen leiten. Normalerweise.

»Weiter nach rechts!«, schrie der in der Wand hängende Winterhalter – und sein norddeutscher Kollege richtete den Lichtkegel ohne Widerrede in die gewünschte Richtung.

Hoffentlich waren sie hier bald fertig. Thomsen seufzte leise. Es war mächtig kalt geworden, und ihn fröstelte in seiner altmodischen Windjacke. Wenn er es sich genauer überlegte, war es doch vielleicht besser, sie würden den Absturz möglichst schnell als Unfall deklarieren. Ansonsten müsste er vielleicht doch noch diesen fürchterlichen Felsen emporsteigen, auf den ihn in seiner Ausbildung niemand vorbereitet hatte.

»Nit wackle!«, befahl die Stimme im Berg, und Thomsen konzentrierte sich, obgleich ihm die steif gefrorenen Hände zitterten. Immer wieder war der Norddeutsche von der Wucht schockiert, mit der das Thermometer im sommerlichen Schwarzwald fiel, sobald ihn die Dunkelheit umhüllte. Ganz zu schweigen von den arktischen Temperaturen im Winter.

Winterhalter klebte derweil emsig den Felsbereich ab. Er stellte sich so geschickt an, dass Thomsen der Neid packte. Winterhalters Kleidung samt kariertem Baumwollhemd war sicher nicht kälteresistent. Sie stellte einen Gegenentwurf zu dem dar, was in hippen Outdoor-Shops für die zahlungskräftigen Bergfexe angeboten wurde, die es seit ein paar Jahren zu den zahlreichen Felsen im Schwarzwald zog. Dreißig Jahre hatte die Ausrüstung sicher schon auf dem Buckel.

Thomsen überkam jetzt, in dieser kalten Spätfrühlingsnacht, der Blues. Er bezweifelte, dass er seine Phobien jemals so eindämmen können würde, dass er seinen Alltag besser bestünde. Und er beneidete seinen Kollegen. Der war nicht nur handwerklich geschickt, sondern offenbar auch frei von jeglichen psychischen Problemen. Egal, um was für einen Arbeitstag es sich handelte: Winterhalter machte einen stets ausgeglichenen Eindruck, auch wenn – oder vielleicht gerade weil – er vor dem Dienst schon zwei Stunden im Stall gearbeitet hatte.

Die auf den ersten Blick etwas knurrig anmutende Art des Kollegen war ausschließlich auf dessen Herkunft zurückzuführen – der Schwarzwälder an sich schüttete einem eben nicht sofort das Herz aus. Das war in Thomsens Heimat fast neunhundert Kilometer weiter nördlich aber durchaus ähnlich. Wenigstens in diesem Punkt hatte sich der Kieler Kommissar nicht umstellen müssen.

Winterhalters Ausgeglichenheit mochte wiederum damit zu tun haben, dass er sein privates Glück schon vor vielen Jahrzehnten gefunden hatte: eine Frau, die auf dem Bauernhof mit anpackte, die für die zahlreichen Überstunden des Gatten im Büro wohl annähernd pragmatisches Verständnis entwickelt hatte und mit der Winterhalter in der raren Freizeit sogar gemeinsam klettern gehen konnte.

Thomsen, den seine Frau schon vor einigen Jahren und wohl nicht zuletzt aufgrund seiner Phobien verlassen hatte, fühlte sich plötzlich wie ein Versager, obgleich er sich dem Schwarzwälder Kollegen gegenüber eigentlich kriminalistisch wie intellektuell stets überlegen wähnte. Ihn fröstelte, und er bemühte sich, den Mann im Berg bei dessen letzten Abklebetätigkeiten so gut es ging zu unterstützen.

Nur einmal wurde der Schein der Stablampe noch abgelenkt. Thomsen hörte nämlich ein Keuchen, eine Art Stöhnen. Spielte ihm sein Gehirn nun auch schon böse Streiche? Er war sonst stolz darauf, Einbildung von Tatsachen unterscheiden zu können, sich rational seinen Fällen zu nähern.

Aber da war irgendetwas.

»Weiter nach rechts leuchten, Herrgott noch emol!«

Thomsen leuchtete weiter nach rechts.

Ein Tier womöglich? Ein wildes? Irgendetwas krabbelte jedenfalls ein paar Meter von ihm entfernt über das Moos …

Er hielt es nicht mehr aus. Schnell wechselte Thomsen die Position der Stablampe, ignorierte den sich beschwerenden Winterhalter und leuchtete einen sich bewegenden Schatten an, der ihn zu packen drohte.

»Aaaaah!«, entfuhr es ihm.

Eine ältere Frau mit zerfurchtem Gesicht hatte sich ihm bis auf wenige Zentimeter genähert.

»Habet ihr es immer noch nit begriffe? Ihr habt den Fels entweiht!«, keuchte sie. Das schlohweiße Haar wirkte im Schein der Lampe, als wäre es nicht von dieser Welt. Die Alte schien es auch nicht zu stören, dass Thomsen ihr ins Gesicht strahlte. »Die Prophezeiung«, murmelte sie. »Muss es noch einen Toten gebe?«

»Was isch denn do unten los?«, dröhnte es aus der Felswand.

»Lasst euch das eine Lehre sei – eine Lehre von der Mutter Erde«, murmelte die Alte wieder und schlich in gebückter Haltung davon.

Dem starr dastehenden Thomsen fiel noch ihr gekrümmter Zeigefinger auf, ehe die Dunkelheit sie verschluckte.

»Kollege, ich möchte nit die ganze Nacht im Berg hänge«, meldete sich nun wieder die Stimme von oben. »Leuchtet Sie jetzt endlich nach rechts – des isch dort, wo der Daumen links isch.«

6. WARUM?

Riesle hatte wohl doch noch die letzte Schwarzwaldbahn genommen. Und Hubertus in dem Landgasthof genauso gut geschlafen wie die Nächte zuvor. Dennoch beschloss er, seine Westweg-Wanderung für einen Tag zu unterbrechen.

Seine Muskeln schmerzten nämlich nach dem Gewaltmarsch mit Riesle, und an der einen Ferse hatte sich eine lästige Blase gebildet, die nach etwas Pause schrie. Eine gute Gelegenheit, um in Ruhe Wäsche zu waschen. Der Verschleiß war erheblicher, als Hubertus sich das zunächst vorgestellt hatte. Beim Wandern schwitzte man ganz offensichtlich noch mehr als in der fürchterlichen Klasse 9b, die ihm zu Beginn des Schuljahres zugeteilt worden war. Jedenfalls hatte Hummel beschlossen, keinen einzigen Kilometer mehr zusammen mit Klaus Riesle zu wandern, der sicher im Verlauf des Vormittags wieder auftauchen würde.

Wer wusste schon, was der dem nächsten Mountainbiker antat?

Die Gelegenheit für eine kurze Unterbrechung der Tour war auch aus einem anderen Grund günstig: Er hatte sich seinem Heimatort bis auf wenige Kilometer angenähert. Also setzte auch er sich in den Bus nach Triberg und nahm dann die Schwarzwaldbahn in Richtung Villingen.

Als Hummel mit heruntergelassenen Wollkniestrümpfen und auf klobigen Wanderstiefeln durch die Südstadt stapfte, herrschte dort eine ungewohnte Stille. Kein Mensch auf der Straße, keine schwätzenden Nachbarn, kein Kindergeschrei. Und das, obwohl das Münster gerade elf Uhr geläutet hatte.

Als er nur noch wenige Meter von seinem Haus entfernt war, meinte er hinter der Gardine des gegenüberliegenden Gebäudes einen seiner Nachbarn zu erkennen. Hubertus hob die Hand zum Gruß.

Hatte er sich etwa getäuscht? Die Gardine wackelte, aber der Nachbar war plötzlich verschwunden.

Hubertus öffnete die Gartentür. Das Scharnier quietschte noch lauter als sonst. Es musste wirklich dringend mal geölt werden.

Er schaute sich um. Noch immer niemand auf der Straße. Ein Blick nach links in den Nachbargarten. Die Pflanzen, mit denen die Pergel-Bülows regelmäßig zu sprechen pflegten, schienen noch stummer als sonst zu sein.

Als Hubertus die letzten Meter zur Eingangstür überwinden wollte, fand er plötzlich Hindernisse vor. Blumen und kleine Kerzen lagen überall verteilt auf dem Terracottaboden. Fast war er geneigt zu glauben, seine Noch-Ehefrau Elke sei wieder eingezogen. Vielleicht ein neues esoterisches Begrüßungsritual für den Ehemann?

Wollte sie ihn doch wieder für sich gewinnen? Hubertus seufzte. Ein eigentlich absurder Gedanke, aber Elkes Psyche war auch nicht die stabilste. Mit ihr war es lange Zeit ein ewiges Hin und Her gewesen, doch galt die Beziehung zwischen den beiden mittlerweile als endgültig abgeschlossen.

Abgesehen davon: Elke konnte doch überhaupt nichts von seiner Heimkehr ahnen! Genauso wenig wie seine Tochter Martina, die vielleicht auch die Urheberin der merkwürdigen Dekoration sein mochte.

Als er den Rest des Eingangsbereiches in den Blick nahm, wusste Hubertus recht schnell, dass hier etwas faul war.

Richtig faul.

» Warum? «, stand auf einem weißen Pappschild. Es war auf seiner kleinen Holzbank drapiert, auf der er gerne Zeitung lesend die Nachmittage in der Sonne verbrachte. Noch größer wurde Hubertus' Irritation, als er das große Foto mit seinem Konterfei entdeckte.

Abgesehen davon, dass er auf dem Foto alles andere als gut getroffen war und seiner Ansicht nach viel zu dick wirkte. Es war vor allem das schwarze Bändchen, das, mit einer kunstvollen Schleife versehen, das Foto zierte und ihn gewaltig irritierte.

Was sollte das?

Ein solches Szenario kannte er allenfalls aus dem Fernsehen, wenn Menschen Opfer von Verbrechen oder anderen Katastrophen geworden waren. Dann improvisierten die Trauernden eine Art Altar mit Blumen und Kerzen und fragten auf Schildern nach dem Warum.

Dieser Altar schien indes eindeutig ihm zu gelten. Fehlte nur noch, dass jemand ein Stofftier … Nein, auch daran hatte man gedacht! Ein Bärchen lag auf dem Fensterbrett und trug wie sein Foto einen Trauerflor.

Es war Hubertus' alter Teddybär – ein treuer Begleiter seiner Kindheit.

Was war das nur für eine makabre Inszenierung?

Auf Anhieb fielen ihm ein paar alte Bekannte ein, denen er einen solch schlechten Scherz zutraute. Zuallererst natürlich Klaus, aber auch ein paar seiner Schüler kamen dafür infrage.

Doch wo hatten die seinen alten Teddybären her?

Oder war man wirklich davon überzeugt, dass er, Hubertus Hummel, passionierter Wanderer und in der Blüte seiner Jahre, tot sei?

»Jesses nei«, flüsterte Hubertus aufgewühlt. Er kramte mit zitternden Händen in seinem Wanderrucksack nach den Hausschlüsseln.

War Martina verantwortlich für diese Inszenierung? Wie Hubertus sich erinnerte, hatte sie angekündigt, während seiner Tour ein paar Tage gemeinsam mit ihrem Sohn Maximilian im Haus ihres Vaters zu verbringen. Die Hausmeisterwohnung, die sie eigentlich mit ihrem Mann Didi in der Innenstadt bewohnte, glich mal wieder einem Schlachtfeld, weil Didi eine seiner berüchtigten Heimwerker- und Renovierungsaktionen gestartet hatte.

Als Hummel schließlich in seiner Küche stand, sah er Menschen. Menschen mit völlig versteinerten Gesichtern, die offenbar glaubten, einem Geist zu begegnen. Martina saß mit seinen Nachbarn Klaus-Dieter und Regine Pergel-Bülow beim Kaffee.

Ein Leichenkaffee, wie es den Anschein hatte.

Es dauerte einige Sekunden, bis die Gesellschaft sich regte.

Martina war die Erste: »Papa? Du? Du lebst?«, rief sie mit brüchiger Stimme. Ihre Augen verrieten, dass sie lange geweint haben musste.

Enkel Maximilian wippte so sehr auf ihrem Schoß, dass er fast heruntergefallen wäre. »Opa! Opa da«, gluckste der Kleine vergnügt.

Martina setzte ihn ab und umarmte ihren Vater so herzlich, wie der das schon lange nicht mehr erlebt hatte.

Nun kam auch Leben in die Nachbarn, die zunächst nur apathisch geglotzt hatten.

»Huby? Lieber Huby, du bist am Leben!«, rief Klaus-Dieter. Seine Stimme klang unangenehm erfreut.

Hummel ging das Theater nicht nur deshalb auf den Geist, weil er sich eigentlich gemütlich hatte hinlegen und ausruhen wollen.

»Ich wüsste nicht, warum ich nicht am Leben sein sollte«, antwortete er mürrisch.

Das hielt Klaus-Dieter Pergel-Bülow aber nicht davon ab, auf ihn zuzustürmen und ihn zu herzen. Kurz darauf fand Hubertus sich in einem obskuren Umarmungsknäuel mit Martina, dem Enkel und den Nachbarn wieder.

Wäre er nur auf dem Westweg weitergelaufen!

Mit einem Ruck befreite er sich aus dem Knäuel. Den Enkel behielt er auf dem Arm.

»Was ist hier bitte los? Kann mir jemand erklären …?«

»Du bist doch tot?«, sagte schließlich Regine Pergel. »Ich meine, wir dachten, du seist tot.«

»Das ist mir auch klar geworden, als ich diesen Altar vor dem Haus gesehen habe. Aber welcher Idiot …?«

Hubertus musterte seine Tochter streng. Die schaute auf die Pergel-Bülows.

»Klaus-Dieter hat heute Morgen bei uns Sturm geklingelt und die Nachricht überbracht …« Sie stockte und schnäuzte sich dann in eine Serviette. »Die Todesnachricht … Er sagte, du seist am Teufelsfelsen auf deiner Schwarzwaldtour abgestürzt. Es gebe wohl leider keinen Zweifel.«

»Den gab es ja auch nicht«, beeilte sich Klaus-Dieter zu betonen. »Wir waren völlig fassungslos. Regine und ich haben uns sogar in der Schule krankgemeldet. Wir wären gar nicht imstande gewesen, heute Unterricht zu halten. Wir waren ja so traurig, Huby.«

»Die Schule?«, fragte Hubertus stirnrunzelnd. Dann ereilte ihn ein schrecklicher Gedanke. »Das heißt dann wohl, dass ihr, als ihr in der Schule angerufen habt, dort ebenfalls die Nachricht von meinem Tod ...?«

»Ja, natürlich«, mischte sich Regine ein. »Direktor Metzger war ja so rührend und hat uns sogar sein Beileid ausgesprochen. Wir seien dir ja sehr nahegestanden. Alle waren sehr betroffen. Du hast dich sehr großer Beliebtheit erfreut, Hubertus ...«

»So? Habe ich?«, fragte Hummel, noch mehr erbost über die Vergangenheitsform. Dann explodierte er: »Wie könnt ihr es wagen, so einen Irrsinn zu verbreiten? Und die anderen Nachbarn wissen wahrscheinlich auch schon Bescheid?«

Klaus-Dieter nickte zögerlich und senkte den Kopf.

»Und Carolin?«

Klaus-Dieter nickte wieder. »Sie war auch sehr geschockt. Schließlich habt ihr ja einige offenbar erfüllende Monate miteinander verbracht.«

Hummel nickte. Na, wenigstens etwas.

Eigentlich war das Ganze eine interessante Möglichkeit, herauszufinden, wem wirklich etwas an ihm lag. Oder gelegen hatte. Wie auch immer.

»Und Elke?«, fragte er dann weiter. »Ihr habt doch nicht etwa auch noch Elke ...?«

»Die haben wir leider nicht erreicht. Die ist doch auf einer Fortbildung«, sagte Regine.

»Aber die wusste ja ohnehin schon Bescheid«, ergänzte Klaus-Dieter fast beiläufig.

»Wie bitte? Die wusste bereits Bescheid?« Hubertus' Tonlage schnellte immer weiter in die Höhe.

»Der Zeitungsartikel heute morgen«, erklärte Klaus-Dieter Pergel-Bülow, nahm den Schwarzwälder Kurier vom

Küchentisch und hielt ihn Hubertus hin. »Mit dem hat ja alles angefangen.«

»Bekannte Villinger Persönlichkeit stürzt am Teufelsfelsen ab«, lautete die Überschrift. »Aus Triberg berichtet unser Redaktionsmitglied Klaus Riesle.«

»Lies mal in aller Ruhe! Dann verstehst du«, sagte Klaus-Dieter und legte eine Hand auf Hubertus' Schulter. So als wolle er ihm sagen: Du musst jetzt sehr stark sein!

Der schob die Hand gleich wieder weg und überflog den Text: »Ob es sich bei dem Absturz um einen Unfall handelt, kann zum jetzigen Zeitpunkt noch nicht hundertprozentig … genaue kriminaltechnische Untersuchungen …«, murmelte Hubertus leise vor sich hin. »Bei dem Todesopfer handelt es sich um eine bekannte und engagierte Villinger Persönlichkeit. Der Kurier kennt die Identität des Opfers, gibt diese aber nach Rücksprache mit der Kriminalpolizei noch nicht preis. Wir haben jedoch mit der ehemaligen Lebensgefährtin des Opfers gesprochen. Elke H. (45) zeigte sich in einem ersten Telefongespräch außerordentlich bestürzt. ›Auch wenn unsere Beziehung vorbei ist, werde ich ihn immer im Herzen behalten und wünsche seiner Seele auf ihrer Reise alles Gute. Er hat sich stets mit aller Kraft für die Menschen eingesetzt und die Natur geliebt‹, sagte Elke H. mit tränenerstickter Stimme …«

Hummel verzog das Gesicht, als müsse er eine bittere Medizin hinunterschlucken. »Ein typischer Riesle«, kommentierte er. »Und in gewisser Hinsicht auch eine typische Elke. Vermutlich liegt es am Namen. Das Geschwurbel hätte tatsächlich auch von deiner Mutter stammen können«, wandte er sich an Martina, während er Maximilian über das Haar strich. »Und ihr dachtet also, dass Elke H. …?«

»Aber das ist doch eindeutig«, rief Regine Pergel erregt. »Die ›ehemalige Lebensgefährtin Elke H.‹ ist doch zweifelsohne deine Elke. Also deine frühere ... Elke Hummel also. Und das Opfer warst folgerichtig du. Also, ich bin jetzt auch ganz aus meinem seelischen Gleichgewicht ... «

Dafür übernahm nun ihr Mann: »Martina sagte uns, dass du vorgestern in Hausach übernachten wolltest. Da konnten wir den Weg zum Teufelsfelsen ja ausrechnen. Und wir haben einfach eins und eins zusammengezählt.«

»So so«, kommentierte Hubertus. »Ja, Herr und Frau Lehrer: Da habt ihr euch aber wohl irgendwie verrechnet ... «

»Wir haben ja sogar zunächst an Selbstmord gedacht«, schaltete sich Regine wieder ein.

»Selbstmord?«, rief Hummel erregt.

Selbstmord. Auch nicht schlecht.

»Du warst doch in letzter Zeit so schwermütig. Vor allem nach der Trennung von Carolin. Wir haben ja immer versucht, dich wieder aufzumuntern, dir Auswege aus der Krise zu zeigen. Aber das war ja sehr schwierig. Da dachten wir, dass du deinem Leben ... « Klaus-Dieters Stimme geriet ins Stocken, er schien den Tränen nahe.

»Und Riesle? Wieso habt ihr den heute Morgen nicht angerufen, nachdem ihr diesen Mistartikel gelesen hattet? Der hätte euch doch bestätigen können, dass ich noch am Leben bin. Der hat mich nämlich auf der letzten Etappe gestern persönlich genervt – und das war parallel zu diesem Todesfall!«

»Der ging nicht ans Handy«, beeilte sich Martina zu sagen.

Das war allerdings ungewöhnlich.

»Der heutige Vormittag – das waren mit die schlimmsten

Stunden meines Lebens«, flüsterte Pergel-Bülow nicht ohne Selbstmitleid.

Hubertus setzte seinen Enkel ab. Denn der konnte es nicht ertragen, wenn Opa die Stimme über ein gewisses Maß hinaus erhob.

»Geh mal bitte kurz mit Maxi ins Kinderzimmer«, bat er seine Tochter. Die schaute ihn fragend an, folgte aber brav der Aufforderung.

Sobald sich die Tür ins obere Stockwerk geschlossen hatte, polterte Hummel los.

»Ihr seid ja völlig verrückt«, rief er. »Selbstmord? Ich? Jesses nei! Und das habt ihr wahrscheinlich auch noch in der Nachbarschaft und in der Schule verbreitet. Tragischer Selbstmord. Oh, wir fühlen uns ja so schuldig. Bla, bla.«

»Aber nein, Hubertus«, besänftigte Klaus-Dieter. »Wir haben es überhaupt nicht verbreitet. Aber natürlich fühlten wir uns etwas mitschuldig. Es ist doch schon sehr tragisch, wenn der direkte Nachbar, der zudem auch noch Kollege ist …«

»*Aber ich habe mich nicht umgebracht,* Herrgott noch emol!!«, schrie Hummel nun so laut, dass Maximilian im oberen Stockwerk zu weinen begann. »Der Artikel mag ja ein bisschen missverständlich sein. Man könnte daraufhin mit blühender Phantasie mutmaßen, dass ich das Opfer bin. Man kann es aber deshalb nicht einfach behaupten. Und gleich in der halben Stadt herumzulaufen und meine Todesnachricht zu verbreiten, ist voreilig und völlig verantwortungslos. Das ist eine Frage von sozialer Kompetenz, die euch bei aller Wichtigtuerei vollkommen abgeht!«

»Aber Huby …«, versuchte Klaus-Dieter zu beschwichtigen.

Hubertus hasste diesen jämmerlichen Tonfall.

Waschlappen!

In dem Moment klingelte das Telefon.

»Wir sind noch nicht fertig«, drohte er Pergel-Bülows und lief in den Flur. Dort hob er den Hörer ab und brüllte: »Ja?«

Nach kurzer Pause hörten Pergel-Bülows ein »Hummel! Hubertus Hummel!« Danach ein lautstarkes: »Ich bin am Leben, verdammt noch mal!«

Hubertus stürmte wieder in die Küche zurück und deutete mit dem Zeigefinger auf die Nachbarn.

»Kollege Barsch. Wollte Martina fragen, ob er irgendetwas für sie tun kann. Jetzt, wo sie Halbwaise ist ... Noch einer, an den ihr das hingetratscht habt! Das kommt davon, wenn man sich selbst nicht genug ist und meint, andauernd seine Nase in Angelegenheiten anderer Leute stecken zu müssen!«

»Aber Huby«, widersprach Klaus-Dieter hilflos.

»Klaus-Dieter, das müssen wir uns nicht länger anhören«, rief Regine hysterisch.

»Doch, das hört ihr euch jetzt mal an! Das trage ich schon lange mit mir herum. Euer Bessermenschentum fällt uns allen unglaublich auf die Nerven! So! Und lasst euch das gesagt sein: Eher würde ich euch umbringen als mich selbst!!«

»Und das ist der Dank dafür, dass man sich Sorgen um seine Nachbarn macht!« Regine Pergels Stimme überschlug sich fast. »Klaus-Dieter, das war ja eine ... eine Morddrohung«, kreischte sie empört. »Wir gehen!«

Klaus-Dieter folgte mit gesenktem Haupt.

Einen hatte Hubertus aber noch in petto: »Und vergesst nicht, mich bei der Polizei wegen der Morddrohung anzuzeigen.«

Das Gartentor schien besonders vergnügt zu quietschen, als Regine Pergel es energisch hinter sich zuzog.

»Papa, jetzt beruhige dich doch. Das war halt ein Missverständnis. Sie haben es doch nur gut gemeint«, beschwichtigte Martina, als sie mit Maximilian die Treppe herunterkam.

»Gut gemeint ist noch lange nicht gut gemacht«, bemühte Hummel einen seiner pädagogischen Standardsprüche. Seine Stimme hatte sich wieder etwas beruhigt.

Ohnehin würde das Schmollen der Pergels maximal eine Woche dauern. Dann würden sie wieder mit einem selbstgebackenen Kuchen vor der Tür stehen. Sie konnten Streit einfach nicht aushalten – zumindest Klaus-Dieter nicht. Und Hubertus, auch das war sicher, würde sich insgeheim auch darüber wahnsinnig aufregen.

Er hatte es sich zur Gewohnheit gemacht, die Nachbarn regelmäßig mal mehr, mal weniger harsch anzuraunzen, gar die Beziehung zu ihnen einzufrieren. Aber sie kamen wie Bumerangs immer wieder zurück.

»Jaja«, meinte er schon etwas ruhiger. »Martina, du gehst jetzt rasch zu den anderen Nachbarn und sagst ihnen, dass ich noch am Leben bin und dass alles nur ein Missverständnis war. Du weißt ja, dass sich so etwas sonst im Städtle wie ein Lauffeuer verbreitet. Und räum bitte diesen Altar vor der Tür weg!« Hummel schnaufte noch einmal tief durch. »Ich kümmere mich derweil um Klaus. Und dann gehe ich noch schnell in der Schule vorbei.«

Während er den Telefonhörer in die Hand nahm, drängte sich ihm eine andere Frage auf, die er vor lauter Erregung über die Nachbarn bislang gar nicht an sich herangelassen hatte: Wer war denn dann eigentlich der Tote am Teufelsfelsen?

»Sag mal, was hast du dir dabei eigentlich gedacht?«, fragte Hubertus, sobald sich Klaus am anderen Ende gemeldet hatte. Dabei klang er, als würde er einen seiner Problemschüler verhören.

»Wieso? Das war doch eine Supergeschichte. Da war richtig Futter dran, obwohl ich mich ja mit den Informationen zurückhalten musste. Die Polizei hat Schwierigkeiten gemacht. Aber du musst selbst zugeben: Die Idee, Elke mit einzubeziehen, war einfach genial. Das hat der ganzen Story ein bisschen human touch gegeben. Sicher erinnerst du dich, wenn auch ungern: Elke war doch mal mit Bröse liiert.«

Hubertus brauchte einige Sekunden. »Bröse? Hast du Bröse gesagt? Dann hast du wirklich mit meiner ... ehemaligen Elke gesprochen?«

»Ehemalige Elke ist gut«, kicherte Riesle und flüsterte dann verschwörerisch: »Ja, dir darf ich das ja wohl unter dem Siegel der Verschwiegenheit sagen: Bröse ist tot. Ich hoffe, in der morgigen Ausgabe darf ich das Geheimnis lüften. Ich muss gleich noch mal mit der Polizei telefonieren.«

»Bröse ist das Opfer vom Teufelsfelsen?« Fast hätte Hubertus seinen Ärger über die Verwechslung vergessen. Er musste sich erst einmal setzen. »Hat er sich umgebracht, oder ist er abgestürzt?«, fragte er geradeheraus.

»Die Polizei geht derzeit eher von einem Unfall aus. Das Seil ist wohl gerissen. Durfte ich aber leider auch nicht schreiben. Sonst hätten sie mich beim Chefredakteur angeschwärzt. Übrigens: Das Ganze könnte auch ein Mord sein!«

»Rechtsanwalt Bröse tot! Das ist ja ein Ding! Und du hast

Elke dann auf ihrem Handy bei dieser Fortbildung angerufen?«

»Nicht direkt«, druckste Riesle herum.

»Wie meinst du das?«

»Ich habe sie leider nicht erreicht. Die Zeit wurde knapp,
da habe ich mir halt ein paar knackige Zitate ausgedacht.«

»Klaus. Du bist ein Journalist unterster Schublade. Nicht
mal die Bild-Zeitung ...«

»Klar, Herr Lehrer. Jetzt komm mir bloß nicht so. Du
weißt genau, dass ich beim Kurier gewaltig unter Druck
stehe. Da muss ich einfach gute Geschichten liefern. Und das
mit Elke lass mal meine Sorge sein. Mit der kläre ich das
schon. Die hätte das sicher so oder so ähnlich gesagt. Ist also
alles kein Problem ...«

»Kein Problem?«, erhob Hubertus die Stimme. »Das war
eine unglaubliche Schnapsidee. Wieso hast du mich gestern
Abend nicht mehr angerufen, nachdem du diese großartige
Geschichte recherchiert hattest?«

»Erstens weil du Pseudo-Kerkeling kein Handy dabeihat-
test. Und zweitens habe ich kurz vor Mitternacht in der Wilhelmshöhe angerufen, um dich zu sprechen. Aber da ging
niemand ran ...«

»Das ist ja auch kein verdammtes Fünfsternehotel in Ber-
lin mit drei Nachtportiers«, schimpfte Hummel, um anschließend das Verhör fortzuführen. »Wieso hat Martina dich
heute Morgen eigentlich nicht erreicht? Du hast doch sonst
bei jeder passenden und unpassenden Gelegenheit dein
Handy an ...«

»Entschuldige mal, aber nachdem ich bis ein Uhr nachts
im Dienste unserer Leser unterwegs war, habe ich mir
erlaubt, mal in Ruhe auszuschlafen und das Ding auszu-

schalten. Und bis jetzt kam ich noch nicht dazu, sie zurückzurufen – das werde ich aber in wenigen Minuten nachholen ...«

»Das ist nun nicht mehr nötig«, meinte Hummel und starrte auf den Spiegel im Flur. Er wirkte im Halbschatten der Glastür tatsächlich einige Kilo leichter, dafür aber um Jahre gealtert.

»Was ist denn eigentlich mit dir los?«, fragte Klaus. »Das Wandern hat dir ganz offensichtlich überhaupt nicht gutgetan – das habe ich schon gestern gemerkt. Du wirkst wie ein Lehrer mit Burn-out ...«

Hummels Puls ging noch weiter nach oben. »Weil du im Kurier Elke als ehemalige Lebensgefährtin des Opfers zitiert hast, glaubt jetzt halb Villingen, ich sei der Tote!«

»Du? Du seist das Opfer?«, johlte Riesle ins Telefon. Dann brach er in schallendes Gelächter aus, was Hummel noch mehr ärgerte. »Das ist ja großartig. Das ist ja ... einsame Spitze ... Äh ... ich meine ... das tut mir natürlich leid.«

Dann machte der Journalist eine Pause. Man hörte förmlich durch die Leitung, wie es in seinem Hirn arbeitete.

»Sag mal, Hubertus. Wir könnten doch daraus eine schöne Folgegeschichte machen. Ich ...«

Hummel sparte sich die Reaktion, die seiner Stimmung entsprochen hätte. Er schrie nicht herum, sondern tat das, was Riesle viel mehr treffen würde: Er legte einfach auf.

In der Folge versuchte Klaus mehrfach, Hubertus zu erreichen. Der spürte bei jedem Klingelton, wie den Journalisten das schlechte Gewissen plagte. Recht so!

Bröse tot. Unglaublich! Hubertus mochte seinen einstigen Widersacher nicht. Er hatte ihn genau genommen sogar immer verachtet. Und ein kleines bisschen wegen seines Erfolgs in diversen Bereichen insgeheim auch beneidet.

Wie Elke wohl darauf reagieren würde?

Er versuchte es auf ihrem Handy – »vorübergehend nicht erreichbar«.

Hummel machte sich eilig auf den Weg in die Schule. Am Hausmeisterbüro hatte er ein Déjà-vu. Er meinte den Hausmeister hinter der Gardine zu sehen, hob die Hand zum Gruß. Und plötzlich war der Mann, der die guten Butterbrezeln verkaufte, verschwunden – wie sein Nachbar vor wenigen Stunden.

Als Hubertus am schwarzen Brett eine große Mitteilung mit schwarzer Umrandung las, wusste er, warum der Hausmeister plötzlich nicht mehr zu sehen gewesen war.

Denn dort war zu lesen: »Gedenkfeier für den verst. Kollegen Hubertus Hummel. Morgen früh, Mittwoch, um 8 Uhr in der Aula.«

»Hummel! Sie leben?«, rief der Direktor halb hysterisch, halb erfreut, als Hubertus das Chefzimmer betrat. Bei der Sekretärin hatte er mit seiner wundersamen Erscheinung fast einen Ohnmachtsanfall ausgelöst.

7. CHAUFFEUR MIT HINTERGEDANKEN

Die Idee, in die Schule zu gehen, war keine gute gewesen. Zwar hatte Hubertus Hummel den Rektor zu einer sofortigen mündlichen Durchsage genötigt, um auf den Irrtum hinzuweisen. Auf dem Weg zum Gymnasium am Romäusring waren es aber – Direktor Metzger und seine Sekretärin mit eingerechnet – ein Dutzend Personen gewesen, die ob der Begegnung mit ihm wahlweise in Entsetzen oder in Verzückung geraten waren. Riesle und Pergel-Bülows hatten wirklich ganze Arbeit geleistet. Und das »Städtle« war klein genug, um solche Nachrichten flächendeckend weiterzutragen.

Ans Telefon ging Hummel auch nicht mehr – er verzichtete endgültig darauf, nachdem Riesle ihm berichtet hatte, die Narrozunft hätte gerade eben beim Kurier eine Todesanzeige für ihn aufgegeben ...

Immerhin hatte Martina den Altar vor seiner Haustür weggeräumt. Dafür stapelten sich im Briefkasten die Trauerkarten, die von Hand eingeworfen worden waren. Hubertus konnte der Versuchung nicht widerstehen, sie durchzulesen. Er ertappte sich dabei, wie er sie heimlich benotete: Die einen hatten sich nämlich ersichtlich Mühe gegeben, die anderen recht dürre Zeilen abgeliefert. Etwas mehr hätten sich die Mitbürger für einen wie ihn schon einfallen lassen können, als den aktuellen Kalenderspruch abzuschreiben ...

Drei Karten hatte er noch vor sich, als es an der Haustür klingelte. Schon jetzt der Versöhnungskuchen von Pergel-Bülows? Oder weitere Trauerkarten?

Hubertus versuchte durch das Milchglas der Haustür die Umrisse der Person dort draußen zu deuten. Carolin!

Er öffnete.

»Hallo, Huby«, meinte seine Lehrerkollegin, die ihn vor wenigen Monaten verlassen hatte. »Es freut mich sehr, dass du lebst. Direktor Metzger hat es vorhin durchgesagt.«

Hubertus nickte. Seit der Trennung war es ihre erste Begegnung außerhalb der Schule. Rückblickend war es ziemlich unklug gewesen, mit jemandem aus dem eigenen Kollegium anzubandeln. Schließlich sah er sie jeden Tag in der Schule. Zu Beginn der Beziehung hatte er sich dabei gefühlt, als habe er jeden Morgen ein Rendezvous. Das war zwar anstrengend gewesen, aber doch vor allem schön. Jetzt, nach dem Ende der Verbindung, war es nur noch lästig. Denn der Ex wollte man naturgemäß zunächst einmal aus dem Weg gehen – und sie nicht dauernd im Lehrerzimmer sehen. Sehr unangenehm ...

So unangenehm wie Carolins Bitte vor seiner Haustür: »Könnte ich meine Trauerkarte wiederbekommen?« Sie blickte ihn treuherzig an: »Oder hast du sie schon gelesen?«

»Ja«, log Hummel. »Vielen Dank. Sehr nett von dir.«

Ihm ging das nächste Problem durch den Kopf: Musste er sich jetzt eigentlich bei allen Leuten bedanken, die kondoliert hatten? Wahrscheinlich war es am vernünftigsten, eine Anzeige im Kurier aufzugeben. Während er noch in Gedanken versunken dastand, strich Carolin ihm sanft über den Arm und stieg wortlos in ihr Auto.

Hummel starrte ihr nach. Dann suchte er unter den drei letzten Trauerkarten die von Carolin heraus. Sie enthielt durchaus ergreifende Worte: »Eine große Liebe, die nie zu wirklicher Entfaltung kommen durfte« – das hämmerte sich ihm ein.

Schweigend saß er da und starrte auf die Zeilen, bis Martina mit ihrem Sohn nach Hause kam, die Karte in die Hand nahm und ihre Meinung kundtat: »Absolut ätzend.«

Sie hatte Carolin nie gemocht und letztlich sogar dazu beigetragen, dass die Beziehung gescheitert war.

Als sein Handy erneut klingelte, verspürte Hubertus keinerlei Lust, schon wieder jemandem zu erklären, dass er noch lebte. Doch in diesem Fall machte er eine Ausnahme: »Elke Handy« stand auf dem Display.

Er erlaubte sich einen Scherz auf Kosten seiner esoterisch angehauchten Exfrau: »Hier spricht das Jenseits, mein Name ist Schutzengel Hubertus Hummel …«

Schweigen.

Dann: »Huby?«

Schade. Sie schien gar nicht so erstaunt zu sein. Dachte sie wirklich, sie spräche mit dem Jenseits? Via Handy?

»Huby, Klaus-Dieter hat mich vorhin angerufen und mir von diesem … Versehen erzählt.« Sie stockte. »Ich bin froh, dass es dir gutgeht.«

Das sprach für das schlechte Gewissen von Pergel-Bülow. Hoffentlich war er bei der Zurücknahme der Nachricht genauso engagiert wie bei deren Verbreitung.

Nach einigen Sätzen über Schicksal und Vorherbestimmung sagte Elke: »Übrigens hatte Klaus gar nicht mit mir gesprochen, bevor er den Artikel geschrieben hat. Klaus-Dieter hat aber behauptet, mit der Elke H. sei ich gemeint. Ich wollte Klaus gleich noch anrufen, aber erst mal mit dir reden. Weißt du, ob …«

»Mach dir keine Sorgen«, entgegnete Hummel leichtfertig. »Du kennst doch Klaus und seine Seriosität. Er hat das Gespräch mit dir einfach erfunden. Bei dem Toten handelt es sich übrigens nur um Bröse.«

Eine noch längere Pause folgte.

Dann fiel Hubertus auf, dass er seine Worte vielleicht nicht ganz angemessen gewählt hatte. »Ich meine ... das war jetzt wohl etwas ... hm.«

»Guntram ist tot?« Sie begann zu schluchzen, und in Hubertus' Hirn meldete sich wieder das Teufelchen. Wenn sie sich wegen dem schon so aufführt, zischte es, wie hätte sie dann wohl erst bei deiner Todesnachricht reagiert?

Auch wenn Hubertus prinzipiell ein friedvoller und sensibler Charakter war, vermochte Elke es, in ihm stets das schiere Gegenteil hervorzulocken. Vermutlich, weil er ihr Verständnis für alles und jeden nicht ertrug. Zumal, wenn es um seinen einstigen Nebenbuhler ging.

»Ja, aber es wäre doch wohl um einiges schlimmer gewesen, wenn es mich getroffen hätte, oder nicht?«, fragte er. »Außerdem ist das zwischen euch doch schon lange verjährt ...«

Elke, die doch sonst immer alles bis zum Exzess ausdiskutieren wollte, reagierte nun so wie er vor wenigen Stunden im Gespräch mit Klaus.

Sie unterbrach einfach die Verbindung.

Zwei Stunden später saß Hubertus in Riesles Kadett auf dem Weg nach Triberg. Er hatte vom Versöhnungsangebot seines Freundes, ihn zurück zur Wilhelmshöhe zu bringen, gerne Gebrauch gemacht, zumal Riesle versprochen hatte, nicht mehr mitwandern zu wollen.

Nach Villingen wollte Hubertus erst wieder zurückkommen, wenn auch der letzte Fisch in der Brigach wusste, dass er, Hubertus Hummel, noch lebte.

»Wahrscheinlich dürfen wir morgen im Kurier melden, dass Bröse das Opfer war«, meinte Klaus. »Könntest du dir eigentlich vorstellen, dass das ein Mord war?«

Das konnte Hubertus sich durchaus vorstellen. Aber gab es Beweise?

Riesle verwies auf seine Spürnase, außerdem sei dank seiner »ausgezeichneten Kontakte« durchgesickert, dass ein Verbrechen nicht ausgeschlossen werde. »Mandanten, Kollegen, Gemeinderäte, der OB … und natürlich Nebenbuhler«, zählte Riesle großzügig eine Liste potenzieller Verdächtiger auf, wobei er beim letzten Punkt seinen Beifahrer angrinste.

Nur noch bis zur Wilhelmshöhe durchhalten, versuchte Hummel sich zu beruhigen. Er hatte keine Lust auf weiteren Streit und weitere Provokationen, sondern wollte sich lieber wieder der Natur widmen. Und vielleicht noch etwas darüber nachdenken, wie Carolin das mit der großen Liebe gemeint hatte, die nicht zur Entfaltung hatte kommen dürfen.

Als Hummel wieder auf die Straße blickte, war er alles andere als erfreut. Riesle hatte sich in Triberg nämlich nicht Richtung Schonach und Wilhelmshöhe, sondern geradeaus auf der B33 nach Offenburg orientiert.

»Ein paar Minuten Umweg«, beschwichtigte der Journalist. »Ich schwöre: wirklich nur ein paar Minuten.«

Hummel ergab sich in sein Schicksal und suchte die Harmonie mit sich selbst. Er hatte ja ohnehin keine andere Wahl.

Aber irgendjemand flüsterte ihm ein: Mit Riesle gibt es immer nur Ärger.

Tatsächlich dauerte es nur ein paar Minuten, bis der Kadett hielt. Riesle nahm seine Kamera und ein Paket vom Rücksitz. Dabei schaute er erwartungsvoll zu Hummel, doch dieser tat ihm nicht den Gefallen, zu fragen, was sich denn darin befinde und warum er das jetzt benötige.

»Es gab viel Schulterklopfen für meinen Artikel, unter anderem wurde die Sachlichkeit gelobt. Aber für meinen morgigen Text soll ich auch noch Fotos anschleppen«, sagte Riesle. Doch Hummel fragte noch immer nicht nach.

Um sie herum waren nur wenige Menschen zu sehen – Wanderer, vielleicht durch Riesles Absturzbericht angezogene Gaffer oder beides.

Und eine alte Frau, die den Passanten Flugblätter in die Hand zu drücken versuchte und etwas vor sich hin murmelte.

Hummel und Riesle machten einen Bogen um die bucklige Alte. Wenig später standen sie unterhalb des Teufelsfelsens. Der Journalist ging voraus, als sei er ein Hund, der eine Spur wittert. Hubertus tappte hinterher, auch wenn er nicht so recht wusste, warum. Dabei wusste er es eigentlich: Er brauchte eben einen Chauffeur zur Wilhelmshöhe, wo die nächste Etappe auf dem Westweg begann.

Sie stiegen einige Minuten bergab, bis Riesle den Leichenfundort entdeckt hatte, der mit einem Absperrband gekennzeichnet war. Auf den Boden hatte jemand mit Farbspray die Umrisse einer Person markiert.

»Und jetzt?«, fragte Hummel.

»Gut, dass keine Polizisten da sind«, antwortete Riesle, legte die Kamera vorsichtig auf den moosigen Boden und widmete sich dem Paket.

Das, was herauskam, verschlug Hubertus den Atem.

»Das ist Claudia«, sagte Riesle, als würde er eine alte Schulfreundin vorstellen.

»Eine … eine …« Hummel war fassungslos.

»Genau, eine Gummipuppe«, erklärte Riesle. »Bläst sich von selbst auf.«

Hummel wollte lieber nicht nachfragen, ob Riesle diese Puppe neu erworben hatte oder ob sie aus seinem Fundus stammte. Schweigend schaute er zu, wie sein Freund sich abmühte, Claudia innerhalb des markierten Umrisses zu platzieren, was kein leichtes Unterfangen war. Claudia weigerte sich nämlich, die Körperstellung des Toten einzunehmen, vermutlich aus gutem Grund.

»Nur, damit sich der Leser das besser vorstellen kann«, meinte Riesle.

Hummel zweifelte allmählich am Geisteszustand seines Freundes und schüttelte weiter den Kopf, während Riesle von allen Seiten Claudia fotografierte und murmelte: »Man müsste herausfinden, wie die Flugbahn der Leiche war …«

Nichts als Ärger. Nichts als Ärger. Nichts als Ärger, skandierten derweil die unsichtbaren Begleiter in Hummels Kopf.

8. CLAUDIAS VOLLTREFFER

Während Kriminalhauptkommissar Winterhalter noch einmal am Seil in der Wand hing, blieb Thomsen auch diesmal am Boden. Der nochmalige Einsatz am Teufelsfelsen war nötig geworden, weil die Faserprobenanalyse am Felsen die Unfalltheorie nicht erhärtet hatte. Sie hatten so gut wie keine Seilfasern auf den abgeklebten Streifen ausmachen können.

Winterhalter versuchte nun, den Absturz zu rekonstruieren. Er seilte sich von der gleichen Stelle ab wie das Todesopfer – dessen Seil ja noch im Bohrhaken gehangen hatte – und untersuchte nun den Felsen nach etwaigen weiteren scharfen Kanten oder sonstigen Besonderheiten.

Da es später Nachmittag war, entfiel Thomsens Job als Beleuchter, weshalb er etwas verloren am Fuß des Felsens stand und sich ängstlich umschaute, ob die seltsame alte Frau vom Vorabend nicht wieder auftauchte.

Noch immer war offen, ob es sich um einen Unfall oder um ein Tötungsdelikt zum Nachteil des Dr. Guntram Bröse handelte.

Thomsen bemühte seinen kriminalistischen Instinkt. Der war zwar aufgrund der miserablen vergangenen Nacht, in der er immer wieder Absturzalbträume gehabt hatte, nicht allzu aktiv, aber eine Tendenz schien es doch zu geben: Thomsen tippte auf Mord und ärgerte sich, dass er in puncto Spurensicherung am Berg aufgrund seiner Höhenangst so eingeschränkt war.

Nachdenklich schaute er am Felsen hoch und seinem Kollegen zu, der offenbar Spaß an der Aktion hatte: »Hui! Geht ganz schön schnell!«, rief er gerade, als er sich ein Stück abseilte. Und: »An der Stelle muss es passiert sei.«

Thomsen wurde vom Zuschauen schon ganz schwindlig. Er drehte sich kurz weg. Dabei fiel sein Blick auf eine alte Frau, die ein Stück entfernt stand und den Passanten irgendwelche Zettel in die Hand drückte. War das nicht die komische Alte von gestern? Dieses Kräuterweib mit seinen obskuren Prophezeiungen war vermutlich ein Fall für den

Psychiater. Auf ihn hatte die Frau sogar etwas gefährlich gewirkt, wie sie da mit ihrem Gichtfinger herumhantiert hatte.

Thomsens Blick schweifte wieder zurück zur Wand. Plötzlich kam etwas in Windeseile angeflogen.

Eine Gestalt!

Winterhalter?

Ein anderer Bergsteiger?

Thomsen wurde schwarz vor Augen.

Vier Menschen standen um ihn herum, als er wieder einigermaßen zu sich kam. Eine fünfte Person lag leblos am Boden. Sie hatte ihre Kleider offenbar beim Sturz verloren.

»Volltreffer«, sagte Winterhalter, der ihn vermutlich in die sitzende Position gebracht hatte.

Thomsen drehte sich mit schwerem Kopf um.

»Bleibet Sie erscht mal sitze. Sie hat's voll erwischt.«

Thomsen nickte lieber nicht, weil er wusste, dass ihm das wehtun würde.

»Des wundert mich gar nit!«, meinte Person Nummer zwei. Noch ehe er ihr ins faltige Gesicht schaute, wusste Thomsen, dass es die Kräuterfrau vom Vorabend war. »Ihr habt euch versündigt«, meinte sie und hielt ihm ein Flugblatt hin, das er gleich aus mehreren Gründen auf gar keinen Fall lesen wollte. Unter anderem, weil es ziemlich schmutzig war. Weil sicher ohnehin nur Unfug darin stand. Und weil er Kopfschmerzen hatte.

»Das ist Claudia«, sagte jetzt Person Nummer drei. Claudia hieß diese Kräuterhexe? So sah sie allerdings nicht aus. So taufte man Mädchen hierzulande doch erst seit den Sechzigerjahren. Und die Alte schien eher aus den Neunzigern zu stammen – aus den Neunzigern des 19. Jahrhunderts …

Ein paar Sekunden benötigte Thomsen, dann aber stellte er gleich vier Dinge auf einmal fest. Erstens: Mit Claudia war nicht die alte Frau, sondern die leblos am Boden Kauernde gemeint. Zweitens: Claudia war nicht tot, sondern eine Gummipuppe. Drittens: Claudia hatte ihn am Kopf getroffen. Und Viertens: Der Mann, der ihm Claudia vorgestellt hatte, war der unsägliche Lokaljournalist Klaus Riesle, der seit einiger Zeit sogar sein Nachbar und momentan die einzige Person war, gegen die er eine noch größere Abneigung hegte als gegen das Kräuterweib.

Somit hatte sich auch die Identität der fünften Person geklärt, die sich allerdings ziemlich im Hintergrund hielt: Es war der mit Riesle befreundete Lehrer Hummel, der allerdings den Eindruck machte, als wäre er lieber nicht hier.

»Mutter Erde lässt sich nit immer wieder verspotte«, meinte die Alte gerade und erzählte irgendetwas von einem keltischen Heiligtum, von Opfern, von einem mystischen Kraftfeld und von Gefahren, die für Uneingeweihte vor allem zur Mondwende am Teufelsfelsen lauerten.

Thomsens Interesse dafür ging gegen Null. Wütend wandte er sich an Riesle: »Haben Sie die Puppe vorsätzlich auf mich geworfen?«

Der Journalist setzte zu einem längeren Vortrag an, der Thomsen ähnlich verschwurbelt wie das Geschwätz der Alten vorkam, nur dass es statt um Kraftfelder und Kelten um Flugbahnen und um die Rechte der Medien bei Kriminalfällen ging.

»Klingt interessant«, meinte Winterhalter schließlich.

»Was ist daran interessant?«, wollte Thomsen wissen, während er sich seinen schmerzenden Schädel rieb.

»Schauet Sie mal«, sagte Winterhalter und reichte Thomsen das Flugblatt, das dieser mit spitzen Fingern in Empfang nahm.

»Mutter Erde meldet sich zur Mondwende … Prophezeiung am Teufelsfelsen erfüllt … Absturz eines Schänders … Warnung an alle«, las er laut aus dem Flugblatt vor und schüttelte den Kopf.

»Es gibt ja viele mythische Orte im Schwarzwald – und des isch ohne Zweifel einer davon«, meinte Winterhalter. »Ich hab da hinten auch schon so eine Opferschale g'sehe, die in früherer Zeit angelegt wurde. Vermutlich von de Kelte.«

Thomsen fragte sich allmählich, ob er oder Winterhalter eine Gummipuppe an den Kopf bekommen hatte. »Mythische Orte? Sie wollen doch diesen Aberglauben nicht ernst nehmen? Sind Sie Kriminalbeamter oder Märchenonkel?«

Je mehr er schimpfte, desto besser ging es ihm.

»Ha, aber zur Klärung von einem Todesfall g'hört doch, dass man alle Aspekte berücksichtigt«, rechtfertigte sich Winterhalter.

»Aber nur kriminalistische«, empörte sich Thomsen. »Doch nicht so einen Unfug!« Er fixierte Winterhalter mit scharfem Blick: »Kollege, nehmen Sie bitte die Personalien dieses Herrn auf. Verdacht auf vorsätzliche Körperverletzung.«

Der Kollege stutzte: »Ernsthaft?« Er blickte erst Thomsen, dann Riesle und schließlich den Felsen an und meinte: »Na gut, die Adresse bitte …«

Riesle musste schmunzeln. »Wenn's der Wahrheitsfindung dient: Klaus Riesle, Redakteur, wohnhaft in Villingen-Schwenningen, Wöschhalde … Die Adresse dürfte bekannt sein. Sie ist identisch mit der von Herrn Thomsen …«

Nun musste auch Winterhalter grinsen und konnte sich einen Scherz nicht verkneifen: »Sie sind aber nit verwandt oder verschwägert mit dem Herrn hier?«

»Nein, keine eheähnliche Gemeinschaft«, konterte Riesle, während sich Thomsens Gesichtszüge immer mehr verfinsterten.

Mittlerweile war er sich fast sicher: Das alles war eine Verschwörung gegen ihn. Im Zweifelsfall hielten diese Schwarzwälder doch immer zusammen – auf seine Kosten.

Fünfzehn Minuten später befanden sie sich in der Hütte von Johanna Storz, dem Kräuterweib. Thomsen weigerte sich, auf einem der altersmüden und reichlich schmutzig aussehenden Holzstühle Platz zu nehmen, während Winterhalter für dieses Hexenloch tatsächlich ein »G'mütlich« übrig hatte.

Riesle war den Beamten derweil unauffällig gefolgt und lauschte ihrem Gespräch, was nicht sehr schwierig war, da die Fenster halb offen und weder sie noch die Türen auch nur annähernd dicht waren. Problematisch war dabei allenfalls, dass der Holzfußboden knarzte, da Thomsen auf und ab lief, weil er ja nirgendwo Platz nehmen konnte.

Hummel stand derweil ein Stück entfernt von der Hütte und wirkte etwas unschlüssig. Was sollte nur aus seinen Plänen für die nächste Etappe des Westwegs werden?

Soweit Riesle durch die verwitterten Scheiben erkennen konnte, humpelte die seltsame Alte durch ihre dunkle, enge Behausung, hob immer wieder ihren Zeigefinger und deklamierte mit blecherner Stimme eine Prophezeiung. Offenbar war sie der Meinung, die Kletterer würden geweihte Ritualplätze der Kelten schänden, wodurch der Kontakt zur »Anderswelt«, wie sie sich ausdrückte, erschwert werde. Nun aber habe sich eine alte Prophezeiung erfüllt: Mutter Erde habe einen der Schänder bestraft, und zwar zur Mondwende. Zu diesem Zeitpunkt strahle der Felsen eine ganz besondere Kraft aus und wehre sich gegen Eindringlinge. Und wenn sich diese Entweihungen fortsetzten, werde es sicher bald weitere Frevler erwischen.

Riesle sah auch, wie Thomsen immer wieder nervös zuckte und Anstalten machte, das Häuschen zu verlassen. Sein Kollege hingegen hatte ganz offensichtlich keine Eile, nahm sogar ein Glas selbstgemachten Holunderbeersaft an, das ihm die Alte hinstreckte.

Die undichten Fenster- und Türschlitze sorgten dafür, dass ein abgestandener, deftiger Essensgeruch nach draußen drang. Auf dem alten gusseisernen Herd köchelte ein undefinierbarer Eintopf. Gerade lud sie die beiden Kriminalbeamten zum Essen ein.

»Es isch g'nueg für alle do.«

Thomsens Antwort war eindeutig: Er verließ unter dem undeutlichen Murmeln einer Entschuldigung als Erster das Häuschen, indem er mit dem Ärmel seines Pullovers die Türklinke herunterdrückte, weil ihn die Berührung mit nackten Fingern geschaudert hätte.

»Jetzt wartet Sie doch. Mir könnet so eine Einladung doch nit abschlage«, rief ihm Winterhalter hinterher, doch Thomsen stand bereits draußen. Missvergnügt musterte er Hummel und Riesle, bis Winterhalters Handy klingelte und auch Thomsens Kollege wieder ans Tageslicht kam.

»Was?«, brüllte er gegen die schlechte Verbindung an. »Die Gertrud? Jesses nei. Übermorgen? Hausmusik? Oje …«

Thomsen starrte schweigend Löcher in die Bäume und den

Garten, doch Riesle sah nun eine Möglichkeit, ins Gespräch einzugreifen: »Sie machen Hausmusik?«

Winterhalter nickte und murmelte: »Aber am liebschte nur mit meiner Frau und mit meine Kinder. Und ohne die Gertrud …«

»Ist Gertrud auch eine Ihrer Kühe?« Thomsen fühlte sich bemüßigt, eine Höflichkeitsfrage zu stellen. Beim letzten Besuch auf dem Bauernhof hatte er schon Winterhalters Lieblingskuh Hilde kennengelernt. Und deren neugeborenes Kalb Claas, das sogar nach Thomsen benannt worden war.

»Nein, die Gertrud isch die Nachbarin«, meinte Winterhalter schmunzelnd und fügte ernster hinzu: »Der isch de Mann vor zwei Jahren wegg'storbe.«

»Was meint denn nun die Kräuterfrau?«, wollte Riesle wissen und zeigte auf das verwitterte Häuschen.

»Sie meint, dass bald jemand ziemlichen Ärger mit dem Staatsanwalt bekommt«, gab Thomsen zurück. »Jemand, der eine schwere Gummipuppe auf einen Kriminalbeamten geworfen und diesen dabei verletzt hat.«

Winterhalter sah sich derweil im verwilderten Garten um, wo ihm ein Steinkreis mit einem Durchmesser von etwa fünfzehn Metern aufgefallen war.

»Kraftfelder«, mutmaßte er. »Und das da im Kreis könnte eine Opferschale sein.«

»Keltische Mythologie«, schaltete sich Hummel ein. »Nicht selten im Schwarzwald. Vermutlich wurden in der Schale der Mutter Erde Getreide und Früchte geopfert.«

»Auch Menschen?«, fragte Riesle, den das Thema allmählich zu interessieren begann.

Hummel wog den Kopf hin und her: »Eher Tiere.«

»Und die alte Frau meint, dass Bröses Tod etwas mit einer

alten Prophezeiung zu tun hat?«, hakte Riesle nach. »Weil er als Kletterer den Berg entweiht hat?«

»Unfug«, antwortete Thomsen barsch.

»Sehet Sie den krumme Baum?« Winterhalter war ganz in seinem Element. »Der steht mitten in einem Kraftfeld. Die Gertrud, meine Nachbarin, würd jetzt jede Wette eingehe, dass der wegen dem Kraftfeld so verformt isch …«

»Humbug«, knurrte Thomsen wieder.

»Mir solltet uns vielleicht trotzdem mal mit der Prophezeiung von der alte Frau beschäftige. Isch zumindest interessant«, meinte Winterhalter.

»Zeitverschwendung«, schimpfte Thomsen – und die beiden ungleichen Beamten zogen von dannen.

Die zwei ebenfalls ziemlich ungleichen Hobbydetektive beratschlagten derweil, was zu tun sei. Lautlos – sie tauschten lediglich Blicke aus.

Wie meistens ergriff auch diesmal Riesle die Initiative. Sobald Thomsen und Winterhalter aus seinem Blickfeld waren, klopfte er energisch gegen die Tür. Als die alte Frau öffnete, warf Hummel einen letzten prüfenden Blick in den Garten und folgte dann seinem Freund.

9. SEILTEST

Kriminalhauptkommissar Winterhalter war ein praktisch veranlagter Mann. Wenn es auf seinem Hof etwas zu reparieren gab, dann legte er selbst Hand an. Selbst wenn es darum ging, den Motor des alten Traktors zu zerlegen, um einem lästigen Defekt auf die Schliche zu kommen.

»Wär's nit besser, einen Fachmann zu hole?«, pflegte Frau Winterhalter zu fragen, wenn ihr Mann mit schwarz verschmierten Händen in verdrecktem Blaumann aus der Scheune kam.

»Des koschtet nur wieder unnötig Geld. Und Fachmann isch jeder, wenn er nur neugierig isch und Geduld und Spucke mitbringt.«

Für seinen Kollegen Claas Thomsen wäre es hingegen undenkbar gewesen, Hand an den Motor seines Wagens zu legen. Selbst Ölstand und Reifendruck ließ er in der Werkstatt vom Fachpersonal überprüfen. Nach Möglichkeit machte er sogar von dem Service mancher Tankstellen Gebrauch, den Wagen mit Benzin befüllen zu lassen. Den lästigen Spritgeruch wurde man nämlich sonst nicht mehr los, und er klebte noch tagelang an Lenkrad und Fingern.

Als Thomsen am nächsten Morgen das Büro betrat, prallten Praktiker und Theoretiker wieder einmal aufeinander. Denn Winterhalter hatte den Raum kurzerhand zu einer Versuchsanstalt für Seilfestigkeit umfunktioniert. Er hatte dafür einen beachtlichen Aufwand betrieben, sich mehrere Gewichte aus einem benachbarten Fitnessstudio besorgt und an einem Seil befestigt, außerdem einen Bohrhaken in der Decke verankert und daran einen Karabiner eingeklinkt. Durch diesen ließ der Kriminaltechniker das Seil immer wieder hin- und herlaufen, indem er kräftig daran zog.

»Winterhalter, können Sie Ihre Turnübungen nicht vor der Arbeit in Ihrer Scheune absolvieren? Was soll denn das hier werden?«, beschwerte sich Thomsen.

»Ein Kletterseil-Stabilitätstest. Ich packe jetzt noch ein paar G'wichte drauf. Dann bräucht ich mal Ihre Hilfe, Herr Thomsen.«

Der schaute Winterhalter so entsetzt an, als hätte er ihm gerade einen Heiratsantrag gemacht.

»Sie müsstet sich mit mir an das Seil dranhänge. Dann lasse mir die G'wichte immer auf und ab laufe. Stelle Sie sich einfach vor, mir würde die Morgenglocke vom Villinger Münster zum Läute bringe.«

Thomsen war nur kurz perplex. »Da müssen Sie sich schon jemand anderen suchen«, entgegnete er trocken, um dann das Seil genauer in Augenschein zu nehmen. Misstrauisch fragte er: »Sie haben doch nicht etwa das Seil von der Absturzstelle am Teufelsfelsen hier eingespannt und machen damit kriminaltechnische Spielereien?«

»Ha doch. Mer kann sich doch nit nur auf die Gebrauchsanweisung vom Hersteller verlasse, die sagt, dass das Seil reißfest isch.« Winterhalter hängte sich nochmals an das Seil und ließ das Gewicht in die Höhe sausen.

»Sie sollten doch wohl selbst wissen, dass dieser Test vor Gericht nicht verwertbar wäre. Da muss schon ein Gutachter ran. Sie sind ja kein Sachverständiger. Und überhaupt: Es wäre nett, wenn Sie so etwas mit mir absprechen würden.«

Winterhalter blickte den Kollegen verschmitzt an. Seine roten Bäckchen schienen heute noch freudiger als sonst zu leuchten und bildeten einen krassen Gegensatz zur ungesunden Gesichtsblässe des Kieler Kommissars.

»Ha, Sie waret doch schon im Bett nach dem anstrengende Tag geschtern. Da konntet mir nimmer schwätze.«

»Kollege, was erzählen Sie denn da wieder Unverständliches. Sie sind hier nicht in Ihrer Dorfkneipe!«

»Jaja!« Winterhalters Fröhlichkeit war deutlich gebremst. Sie waren nicht im Gasthaus, aber nach wie vor im Schwarzwald. Und da wurde nun mal Dialekt »g'schwätzt«. Auswärtige, die hier wohnen wollten, sollten sich anpassen und sich zumindest bemühen, den Dialekt zu verstehen. Sprechen mussten sie ihn ja nicht – das hörte sich nämlich meist ziemlich albern an. Thomsen aber gab sich nicht einmal beim Zuhören Mühe.

»Also«, setzte Winterhalter erneut an, »die Kollegen von der Kriminaltechnik und ich haben gestern Abend noch mit dem Oberstaatsanwalt in Konstanz gesprochen. Ihnen konnten wir das ja nicht mehr mitteilen.« Bis auf den badischen Singsang war das nun ein ziemlich sauberes Hochdeutsch. »Und dabei kam heraus, dass wir mit dem Beweismittel den Test durchführen dürfen. Danach schicken wir das Seil an die Technische Universität Stuttgart, um ein Gutachten erstellen zu lassen. Das ist alles schon besprochen.«

Thomsen bekam vor Wut einen kleinen Schweißausbruch und wischte sich mit einem Taschentuch unauffällig ein paar Tropfen von der Stirn. Dieser Fall war definitiv nicht sein Fall. Klettern in schwindelnder Höhe, ungepflegte Kräuterweiber in heruntergekommenen Holzverschlägen, ein Kraftfeld mit einem krummen Baum und nun auch noch der Kollege, der erstens viel besser mit der Thematik vertraut war und zweitens einen Alleingang nach dem anderen machte.

»Und wieso bitte schön die TU Stuttgart? Warum nicht gleich die NASA?«

Winterhalter machte sich ungerührt daran, weitere Gewichte an dem Kletterseil zu befestigen. Dies verlangte selbst einem kräftigen Mannsbild wie ihm einige Anstrengungen ab.

»Weil die TU Stuttgart die einzige amtlich zugelassene Prüfstelle für Bergsteigerseile in Deutschland ist«, erklärte er stöhnend. »Außer der gibt's nur vier weitere Prüfinstitute auf der ganzen Welt. Wien, Glasgow ...«

»Jaja, ist ja schon gut«, sagte Thomsen mit einer abwehrenden Handbewegung.

Winterhalter hatte offenbar seine Hausaufgaben gemacht. Und das schon morgens um sieben Uhr dreißig. Einfach unerträglich, diese Frühaufsteher.

»Nur die Kollegen von der TU Stuttgart können uns letztlich sagen, ob ein Seilriss bei dem Absturz am Teufelsfelsen definitiv auszuschließen ist.«

»Schön und gut. Aber was haben denn bitte schön unsere eigenen kriminaltechnischen Untersuchungen ergeben? Sehen die etwa so aus?«, sagte Thomsen mit einem abfälligen Wink in Richtung der provisorischen Seiltestanlage.

Winterhalters Wangen leuchteten immer noch. Man merkte ihm mitnichten an, dass er schon seit fünf Uhr auf den Beinen war. Vor dem Melken hatte er wie jeden Morgen seinen Kornkaffee auf der Bank des Kachelofens im idyllischen Linach getrunken.

»Die mikroskopischen Untersuchungen haben die Kollegen von der Kriminaltechnik gemeinsam mit mir schon erledigt.«

Nun fühlte sich Thomsen vollends düpiert.

Winterhalter winkte den Kollegen zu sich an den Schreibtisch und zeigte auf seinen Laptop, auf dem die eingescannten Fotos von der mikroskopischen Untersuchung zu sehen waren.

»Schauen Sie sich mal das Seilende an der Rissstelle an. Das ist hochinteressant.« Winterhalter tippte mit dem Finger auf den Bildschirm, was bei Thomsen reflexartig den Wunsch auslöste, diesen augenblicklich mit Sagrotan zu reinigen. Er unterdrückte ihn.

»Es gibt im Grunde fünf Hypothesen, wie es zu dem Seilriss gekommen sein könnte. Hypothese eins: Das Seil ist an einer Felskante oder einem scharfen Vorsprung gerissen oder abgerieben worden. Das können wir aufgrund der kriminaltechnischen Untersuchungen am Fels ausschließen. Schließlich haben wir kaum Rückstände von Seilfasern gefunden. Und auch die Rekonstruktion am Felsen hat ergeben, dass es dafür keine Anhaltspunkte gibt.«

Thomsen starrte auf den Bildschirm. Allerdings sprang ihm weniger das zerfaserte Seilende ins Auge als der Fingerabdruck seines Kollegen.

»Hypothese zwei: Steinschlag. Das heißt, ein Stein hat sich im Fels gelöst und ist auf das Seil gefallen. Aber das ist ausgeschlossen. Schauen Sie sich das Seilende mal genauer an.«

Thomsen konzentrierte sich, veränderte den Fokus seines Blickes und betrachtete nun doch die Seilfasern. Da Winterhalter wieder mit dem Finger den Bildschirm berührte und einen zweiten Abdruck hinterließ, wurden Thomsens Bemühungen jedoch empfindlich gestört.

»Bei einem Steinschlag müsste so etwas wie eine Schmelzverbrennung am Seil vorliegen. Wenn die Reibungswärme nicht abfließen kann, verschmort nämlich das Seil. Das hier sieht allerdings anders aus. «

Thomsen nickte wissend.

»Hypothese drei: Die Ausrüstung war defekt und hat das Seil beschädigt. Die Kollegen von der Kriminaltechnik und ich haben alles genauestens überprüft. Gurt, Achter und die komplette Ausrüstung waren intakt. «

Nun hielt Winterhalter kurz inne, als wolle er mit einer Pause Spannung erzeugen, ehe er mit der vierten Hypothese fortfuhr: »Es könnte jemand das Seil manipuliert haben, indem er es mit einem Messer angeschnitten oder durchtrennt hat. Das können wir aufgrund der mikroskopischen Untersuchung aber zu hundert Prozent ausschließen. «

Thomsen sparte sich auch hier weitere Nachfragen. Also doch kein Mord?

»Und Hypothese fünf: Seilriss aufgrund eines Materialfehlers«, setzte Winterhalter seinen Vortrag fort.

Nun intervenierte Thomsen: »Aber den haben Sie doch selbst schon so gut wie ausgeschlossen. «

»Ja, schon«, räumte Winterhalter ein und hinterließ mit seinem Zeigefinger den dritten Abdruck auf dem Bildschirm. »Aber schauen Sie mal da: Die Rissstellen der einzelnen Perlonfasern sehen aus, als hätten sie keine große Energie aufgenommen. «

»Winterhalter, was reden Sie da? Kommen Sie endlich zum Punkt!« Thomsen wurde allmählich unwirsch. »Ist das jetzt ein Unfall, und können wir die Ermittlungen abschließen oder nicht? «

»Das Seil ist gerissen wie ein Stück Papier. Also eigentlich ganz leicht, ohne große Krafteinwirkung. Und das ist wirklich rätselhaft. «

»Wollen Sie mir am Ende noch erzählen, dass doch die Mutter Erde mit dem Keltenmythos für den Seilriss verantwortlich ist?«

Winterhalters Bäckchen traten wieder leuchtend hervor.

»Ausgeschlossen ist nichts. Auch nicht ein Verbrechen. Wenn es eines war, wurde es aber offenbar nicht mit einem Messer verübt, sondern mit mehr Sorgfalt.«

Thomsen sortierte seine Gedanken. Sein Blick wanderte erneut über die Seiltestanlage. Dann fragte er: »Haben Sie noch weitergehende Untersuchungen angeordnet?«

»Nein, ich wollte erst mal abwarten, was bei der Seiltestanalyse an der TU Stuttgart herauskommt.«

»Verflixt, Winterhalter! Wenn wirklich ein Verbrechen in Betracht zu ziehen ist, müssen wir dieses Seil bis in die letzte Faser analysieren und eine chemische Untersuchung veranlassen. Das Seil muss so schnell wie möglich zum kriminaltechnischen Institut beim Landeskriminalamt!«

»Aber wir schicken das Seil doch schon an die TU Stuttgart zum Seiltest«, entgegnete Winterhalter.

»Dann müssen wir uns eben etwas einfallen lassen: Wir schneiden das Seil einfach durch. Rufen Sie doch den Oberstaatsanwalt an und klären Sie mit ihm, dass wir die Rissenden des Seiles abtrennen und zur Untersuchung an das Landeskriminalamt schicken. Das restliche Seil geht dann zum Stabilitätstest an die TU.«

Thomsen legte nun einen geradezu militärischen Tonfall an den Tag. Er war erleichtert. Der Fall war ihm doch noch nicht ganz entglitten.

»Jawoll!« Winterhalter schien sich dem militärischen Ton anzupassen. Thomsen war sich allerdings nicht sicher, ob wieder einmal Ironie in der Stimme des Kollegen lag.

Offiziell waren sie ja gleichberechtigt. Möglicherweise würde nun aber eine Ermittlungsgruppe eingerichtet werden, der aufgrund seiner längeren Erfahrung wohl eher Thomsen vorstehen würde. Auch wenn die Kripochefin Frau Bergmann ihn nicht recht leiden konnte, so wusste sie doch, dass er die höchste Erfolgsquote bei der Aufklärung von Verbrechen hatte. Und eine hohe Aufklärungsquote steigerte nun mal auch ihre eigenen Karrierechancen.

»Ich werde das in die Wege leiten. Und würdet Sie mir jetzt bitte noch bei meinem Test helfe?«, fragte Winterhalter und legte dabei den Sprachhebel wieder in Richtung Mundart um.

Thomsen wurde von einem kurzen Anflug guter Laune überfallen, sodass er sich zu dem Seilzugmanöver überreden ließ. Die beiden Kriminalbeamten hängten sich ans Seil. Für einen kurzen Moment gelang es ihnen, die Gewichte von gut zwei Zentnern ein paar Zentimeter anzuheben. Das Seil hielt, entglitt ihnen dann aber. Es gab einen heftigen Schlag, als die Gewichte auf dem PVC-Boden aufschlugen.

»Was treiben Sie denn hier, meine Herren?«, fragte Kripochefin Bergmann, als sie verdutzt in das Zimmer der beiden Beamten schaute. Sie musterte die ungewöhnliche Seiltestanlage mit den daran hängenden Kollegen überaus missbilligend. »Ich wollte Ihnen eigentlich noch etwas in puncto Offentlichkeitsarbeit sagen – Sie bekommen nämlich Besuch. Aber dann komme ich später wieder«, sagte sie pikiert und schloss die Tür nachdrücklich hinter sich.

10. HINTER DER SCHEIBE

Gebannt starrte Claas Thomsen durch die Scheibe, die ihn vom Seziersaal trennte. Dort hatte die Gerichtsmedizinerin gerade die Leiche von Dr. Guntram Bröse in Bearbeitung. Thomsen beobachtete die Prozedur aus etwa sieben Metern Entfernung durch das Glas, hatte aber dennoch das Gefühl, es gäbe überhaupt keine Abtrennung zwischen den Räumen. Der süßliche Leichengeruch, der bei ihm unweigerlich Brechreiz hervorrief, hatte sich in jeden Winkel des gerichtsmedizinischen Instituts in Freiburg verbreitet.

Wie konnte ich nur?, ratterte es immer wieder durch Thomsens Hirn.

Er fragte sich, warum er sich eigentlich freiwillig hierher begeben hatte. Schon mit den Lebenden hatte Thomsen seine liebe Mühe. Wenn es ging, vermied er jeglichen Körperkontakt, jeden Händedruck.

Doch bei Leichen potenzierten sich seine Probleme.

Nicht zuletzt deshalb hatte er es bisher immer Winterhalter und den Kollegen von der Kriminaltechnik überlassen, eine Leichenschau durchzuführen oder gar bei einer Leichenöffnung mit anwesend zu sein. Bei Landwirt Winterhalter wunderte es Thomsen überhaupt nicht, dass der mit so etwas keinerlei Probleme hatte. Schließlich führte der selbst Hausschlachtungen durch. Und ob man nun tote Menschen oder Schweine aufschlitzte – für Winterhalter machte das vermutlich keinen großen Unterschied. Oder allenfalls den, dass er die Schweine persönlich gekannt hatte.

Und nun hatte sich ausgerechnet Thomsen freiwillig gemeldet, Dr. Guntram Bröse nach Freiburg zu begleiten. Die Staatsanwaltschaft hatte die Obduktion angeordnet, ein Kriminalbeamter musste also mitfahren und das Prozedere überwachen.

Die anderen Kollegen, selbst seine Chefin Frau Bergmann, waren aus dem Staunen nicht mehr herausgekommen, als Thomsen in der Dienstbesprechung die Hand gehoben hatte.

»Sind Sie sicher, dass Sie das schaffen und mir nicht zusammenklappen?«, hatte Winterhalter ernsthaft besorgt gefragt. »Ich kann gern für Sie fahren.«

»Nicht nötig. Überhaupt kein Problem«, war Thomsens Antwort gewesen. Und er hatte so selbstsicher gelächelt, dass er den Satz fast selbst geglaubt hätte – wenn auch nur kurz.

In der Realität kostete ihn die Sache eine Riesenüberwindung. Er konnte einfach nicht hinschauen, wie die Gerichtsmedizinerin Schnitte am Schädel durchführte. Von den Klopfereien mit dem Hammer und den Schleifgeräuschen ganz zu schweigen.

Thomsen hielt sich selbst für einen genialen Kriminalisten. Aber nur, wenn er wirklich alle Details eines Verbrechens kannte, funktionierte sein Spürsinn. Dann konnte er Fälle sogar im Alleingang zum Abschluss bringen.

Sein Ekel vor Leichen hatte ihn diesbezüglich bisher immer wieder behindert. Das musste sich ändern. Er wusste, dass er seine Phobien etwas besser in den Griff bekommen musste, um auch künftig seine Position behaupten zu können.

Also zwang er sich, seinen Blick von dem Metallzylinder, auf dem der Seziertisch stand, nach oben wandern zu lassen.

Er betrachtete Bröses Schädel, den Gummihammer und allerlei andere scharfe Gerätschaften. Und schließlich die blutige Säge, mit der ihm Gerichtsmedizinerin Julia Grajewski gerade zuwinkte.

Thomsen kniff die Augen zusammen, hob die Mundwinkel und bemühte sich, ein Lächeln zustande zu bringen.

Sie war zweifellos eine attraktive Frau. Mitte dreißig, brünett, schlank. Und sie hatte eine angenehm unaufgeregte Art.

»Bitte nicht drängeln, jeder kommt hier früh genug dran«, hatte die Gerichtsmedizinerin die drei zur Obduktion anstehenden Leichen begrüßt.

Schließlich hatte Thomsen ein Rezept gefunden: Er musste sich auf die Frau konzentrieren, nicht auf die Leiche. Die Frau, die schon von Berufs wegen stets saubere, gut gewaschene Hände hatte. Ihre Haut schien ebenmäßig und makellos.

Thomsen verfiel auf einen absurden Gedanken, der bestimmt nur der seltsamen Situation, dem Ablenkungszwang und vielleicht auch dem privaten Neid auf Winterhalter geschuldet war: Sollte er sie zu einem Rendezvous bitten? Alternativ würde er vermutlich auch einen dienstlichen Vorwand erfinden können. Aber eine Frau, die täglich Leichen sezierte?

Seltsam, dachte Thomsen, schon lange hatte er sich keine Gedanken mehr über seine private Beziehung zu Frauen gemacht. Und ausgerechnet diese leichenschlitzende Gerichtsmedizinerin faszinierte ihn. Wirklich erstaunlich. Vielleicht konnte man sie ja zu einer Umschulung …

In diesem Moment klopfte es an die Scheibe. Thomsen war derart in seinen Tagtraum vertieft, dass er erst das fünfte Pochen registrierte. Die Gerichtsmedizinerin strahlte ihn an, winkte ihm zu. Sie sah wunderschön aus, bis … ja, bis auf dieses Blut auf Kittel und Handschuhen. Thomsen winkte ungelenk zurück.

Doch Julia Grajewski fuhr fort, mit ihrer Hand vor der Scheibe herumzufuchteln. Sie schien ihn zu sich herüberzuwinken. Aber doch bitte nicht zur Leiche!

Thomsen schüttelte sanft den Kopf. Die Gerichtsmedizinerin blieb beharrlich und klopfte noch einmal gegen die Scheibe.

Du musst jetzt stark sein, Claas, dachte der Kriminalhauptkommissar. Du bist hierhergefahren, nun bring es auch zu Ende. Das wäre beruflich ein erheblicher Fortschritt, und privat vielleicht sogar auch …

Er holte tief Luft – Leichengeruch hin oder her. Dann öffnete er die Tür und schritt auf den Seziertisch zu.

»Herr Thomsen, ich muss Ihnen etwas zeigen«, sagte die Gerichtsmedizinerin. Ihre Stimme klang samtweich, und sie sprach ein wunderbar akzentfreies Deutsch. Vielleicht sogar mit einem leicht norddeutschen Einschlag.

Wirklich schade, dass sie den falschen Beruf hatte.

»Ja?«, flüsterte Thomsen und lächelte wieder verkrampft.

»Die Todesursache ist geklärt. Der Mann ist an einem Schädelbruch gestorben. Und zwar an einem sogenannten Biegungsbruch.«

»Ach ja, Biegungsbruch.«

Thomsen versuchte, seine Ahnungslosigkeit zu überspielen, was ihm aber offenbar nicht so ganz gelang, denn die Gerichtsmedizinerin setzte ungefragt zu einer Erklärung an: »Beim Biegungsbruch wird der Schädel durch einen Aufschlag an einer Stelle eingebogen. Dabei gerät die sogenannte

Tabula interna unter der Fläche unter Zugbelastung. Wenn die Einbiegung zu stark ist und die Zugbelastung zu groß, dann kommt es zum Zerreißen der Tabula interna. Da die Elastizität weiter überschritten wurde, entstanden weitere durchgehende Ringbrüche. Sehen Sie?«

Julia Grajewski deutete mit einem Skalpell auf den Schädel. Thomsen sah eigentlich gar nichts. Er starrte zwar in Richtung Leiche – allerdings so, als würde er durch sie hindurchschauen. Ihm schwirrte der Kopf vom Fachchinesisch oder gar von der Frau.

»Sehr interessant«, flüsterte er. Dann musste er einen leichten Würgereiz unterdrücken. Hoffentlich dauerte die Erklärung nicht zu lange …

»Geht's Ihnen nicht gut?«, fragte Grajewski und strich ihm mit dem Handschuh über den Arm, was bei Thomsen Schüttelfrost auslöste.

»Alles in Ordnung«, log er. »Der Mann ist also an den Schädelfrakturen gestorben?«, rekapitulierte er und versuchte sich wieder abzulenken.

»Ja, das steht zweifelsfrei fest. Aber es gibt noch ein interessantes Detail, das ich Ihnen unbedingt zeigen muss.«

Lieber keine Details, dachte der Kommissar.

»Schauen Sie sich mal diese Verletzung an. Die ist wirklich merkwürdig.«

Die Gerichtsmedizinerin deutete auf den Genitalbereich des Toten. Thomsen musste sich richtiggehend zwingen, seinen Blick auf die Kronjuwelen der Leiche zu richten.

»Schnittverletzung am Penis«, sprach Grajewski ungerührt in ihr Diktiergerät. »Diese Verletzung ist allerdings mit dem Absturz nicht vereinbar«, sagte sie an Thomsen gewandt. Der blickte sie mit offenem Mund an.

Die Gerichtsmedizinerin schien die Perplexität des Kriminalbeamten zu genießen. Sie lächelte.

»Nicht vereinbar?«, wiederholte Thomsen. »Sind Sie sicher? Könnte der Schnitt nicht durch den Absturz entstanden sein? Vielleicht durch eine scharfe Kante am Felsen?«

»Nun ja, die Verletzungen am Schädel sind durchaus mit dem Sturz vereinbar. Vermutlich ist der Mann als Erstes mit dem hinteren Teil des Schädels aufgeschlagen. Auch dieses Loch gibt darauf einen Hinweis.« Sie hob den Kopf an und deutete auf die Rückseite. »Dazu passen auch die Verletzungen im Rückenbereich.« Grajewski drehte die Leiche leicht zur Seite und tippte auf etliche Blutergüsse und offene Stellen.

Thomsen war erstaunt, wie kraftvoll die eher zierliche Gerichtsmedizinerin zupacken konnte. Sie ließ den Toten wieder auf den Rücken rollen und zeigte erneut auf sein Gemächt.

»Aber diese Verletzung stammt mit Sicherheit nicht vom Sturz. Zumal sonst die Hose des Toten massiv beschädigt sein müsste. Sehen Sie mal, hier hat jemand einen Schnitt durchgeführt. Tief, aber nicht tief genug für eine Abtrennung. Ich vermute aufgrund der Massivität einen männlichen Täter. Die Tatwaffe war ein Messer. Sehen Sie?«

Thomsen wollte nicht mehr.

»Das heißt also, dass jemand der Leiche die Verletzung nach dem Tod beigebracht hat?«, fragte Thomsen.

»Das vermute ich auch. Es sei denn, er hat sie sich noch selbst beigebracht und sich dann vom Felsen gestürzt. Aber warum?«

»Ein Selbstmord ist praktisch ausgeschlossen«, meinte Thomsen.

»Das wäre auch eine ziemlich üble Art von Selbstverstümmelung.«

»Könnte er die Verletzung vielleicht schon vor dem Sturz gehabt haben?«, fragte Thomsen, merkte aber schon bei der Formulierung, dass die Frage ziemlich albern war.

»Mit dieser Verletzung dürfte der Mann kaum in der Lage gewesen sein, noch Klettertouren oder Abseilmanöver durchzuführen. Damit hätte er sofort ins Krankenhaus und nicht an den Felsen gehört.«

»Vielen Dank, Frau Grajewski. Sie haben uns sehr geholfen.« Diesmal brachte es Thomsen tatsächlich fertig, so etwas wie ein natürliches Lächeln aufzusetzen. Auch wenn dieser Fall ziemlich brutal wurde, begann er ihm Spaß zu machen.

»Ich wäre jetzt hier fertig. Wollen wir vielleicht noch gemeinsam Mittagessen?«, fragte die Gerichtsmedizinerin.

Nicht zu fassen! War das ein Annäherungsversuch? Oder einfach eine höfliche Geste? Normalerweise hätte Thomsen dankend abgelehnt. Doch er staunte nun über sich selbst, als er sich sagen hörte: »Sehr gerne, Frau Grajewski.«

Als sie wenig später in der Mensa des Klinikums saßen, rührte Thomsen den bestellten Salat kaum an und stocherte nur etwas lustlos darin herum. Das lag aber auch daran, dass sie nicht allein waren. Grajewskis Kollege Dr. Schuchmann hatte sich ihnen angeschlossen, und die beiden Mediziner tauschten die abenteuerlichsten Geschichten aus. Julia Grajewski, die es sich mit großem Appetit schmecken ließ, erzählte besonders blutrünstige Dinge, die mit herben Witzen garniert waren. Keinen Bissen hätte Thomsen dabei heruntergebracht.

Er taute erst beim Nachtisch ein bisschen mehr auf. Da bekam er nämlich mit, dass Schuchmann verheiratet war und somit keine Konkurrenz für ihn in Sachen Grajewski darzustellen schien.

Als er in sich hineinhorchte, glaubte er, sich vielleicht sogar ein klein bisschen in die hübsche Gerichtsmedizinerin verguckt zu haben. Wobei er gar nicht mehr so genau wusste, wie sich das anfühlte. Vielleicht war es auch nur die Flauheit im Magen nach der Obduktion, die er live miterlebt hatte.

11. EINE MÖRDERGESCHICHTE

Claudia machte zweifelsohne eine sehr gute Figur. Riesle betrachtete zufrieden die Fotos vom Teufelsfelsen. Seine Freundin hatte ihren Job mit Bravour erledigt. Vor allem in der Szene, als sie bei dem nachgestellten Absturz auf Thomsens Kopf gelandet und dann neben dem bewusstlosen Kriminalbeamten auf dem Waldboden gelandet war.

Thomsen hatte ihm kategorisch untersagt, eines der Fotos im Schwarzwälder Kurier unterzubringen und ihm alles Mögliche angedroht – unter anderem das Ende seiner Laufbahn. Spielverderber!

Fast bedauernswert, dass es nur eine entschärfte Version von Claudias Einsatz in die Zeitung geschafft hatte. Der Chef vom Dienst hatte Riesle nur ein einziges Foto genehmigt, auf dem die Gummipuppe nur von relativ Weitem zu sehen war.

»Gut gemacht, Claudia«, lobte Riesle seine Freundin, die nun regungslos auf dem Besucherstuhl in der Redaktion saß. Sie sah reichlich mitgenommen aus und hatte dadurch noch einige Gemeinsamkeiten mehr mit der Leiche: etliche Dellen und Druckstellen am Körper sowie schmutzige Flecken von den unsanften Landungen auf dem Waldboden.

Riesles Kollegen im Großraumbüro musterten immer wieder argwöhnisch Riesle und Claudia. Vermutlich waren sie neidisch, weil er wieder mal eine Hammergeschichte ins Blatt gehievt hatte.

Klar, er steigerte natürlich die Ansprüche, setzte die anderen in gewisser Hinsicht unter Druck. Die warteten immer nur auf die Pressemitteilungen von Polizei und Stadt, hängten sich nicht so rein wie er, wühlten nicht im Dreck, um den wirklich spannenden Dingen auf den Grund zu gehen. Und natürlich hätte außer ihm auch niemand zu solch unorthodoxen Methoden gegriffen.

Dabei war Claudia doch ein erfrischendes Instrument der modernen Kriminalitätsberichterstattung. Kurzzeitig hatte Riesle sogar erwogen, die Puppe mit einer kleinen Videokamera auszustatten und den Film vom Sturz dann auf »Kurier online« stellen zu lassen. Auf Youtube hätte das Claudia-Video bestimmt viele Klicks bekommen. Auf die Schnelle war aber eine so kleine, sturzfeste Kamera nicht aufzutreiben gewesen.

Riesle glaubte durch die nachgestellten Abstürze immerhin herausgefunden zu haben, von wo aus in etwa Bröse in die Tiefe gefallen sein musste. Die Methode war allerdings nicht sehr exakt gewesen. Vom oberen Drittel unter der Felsspitze, so schätzte der Journalist, also von relativ weit oben – wenn man berücksichtigte, wie weit Bröse dann noch den Abhang hinuntergestürzt war. Von der Polizei war diesbezüglich keine Hilfe zu erwarten. Sie schwieg und verwies auf die laufenden Ermittlungen.

Zwar wusste Klaus noch nicht, ob die Geschichte mit Bröse ein Mord war. Sie war aber auf jeden Fall schon mal eine Mördergeschichte. Schließlich war Bröse in der Stadt eine Reizfigur gewesen. Er war Anwalt und Gemeinderat und hatte sich in diesen Funktionen genug Feinde geschaffen. Feinde, die es nun aufzuspüren galt, während er gleichzeitig an den polizeilichen Ermittlungen wegen der Todesursache dranbleiben musste.

Er nahm die aktuelle Ausgabe des Kurier zur Hand. Endlich hatte er die Identität des Opfers preisgeben dürfen. Garniert hatte er das Ganze mit einem schönen Nekrolog. Sämtliche Ämter und Verdienste hatte er aufgelistet, keine Auszeichnung ausgelassen, einige lobhudelnde, wohlformulierte Sätze gefunden.

Natürlich war auch Thema gewesen, dass Bröse sich immer wieder für die Trennung der notorisch zerstrittenen Doppelstadt Villingen-Schwenningen eingesetzt hatte. Sogar einen Antrag im Gemeinderat hatte er gestellt, endlich einen Schlussstrich unter die seit vier Jahrzehnten bestehende Städteehe zwischen dem katholischen, badischen Villingen und dem evangelischen und württembergischen Schwenningen zu ziehen. Riesle hatte ihn deshalb sogar als »Scheidungsanwalt« tituliert.

Bröse war mit seinem Anliegen durchaus auf Sympathien in beiden Stadtteilen gestoßen – und auch in den Dörfern, die man damals zu Beginn der Siebzigerjahre eingemeindet hatte. Immerhin war der Jurist jemand gewesen, der Klartext gesprochen hatte. Und das würdigte Riesle auch in seinem Requiem, wie er es im Geiste nannte.

Eine opulente Bildergalerie hatte das Ganze abgerundet: Bröse in Anwaltsrobe – da machte er eine gute Figur. Bröse als Redner im Gemeinderat – giftig, aber eloquent. Bröse und der OB, die sich mit gequältem Lächeln die Hände schütteln – köstlich!

Und was war mit den Frauen in Bröses Leben? Ein Thema für sich. Eigentlich seltsam, dachte Riesle: Der Anwalt war auf den ersten Blick höchst unscheinbar gewesen, aber dennoch hatte er offenbar einen Schlag bei den Frauen gehabt. Natürlich wusste man nicht, ob alle Geschichten stimmten, die man sich in der Stadt erzählte. Zumindest war er bei offiziellen Anlässen immer wieder mit wechselnden Damen gesichtet worden.

»Ein Mann mit Macht, Einfluss und Charisma«, hatte Riesle formuliert. Das stimmte. Und vermutlich machte genau diese Kombination Eindruck bei den Frauen – da spielte das äußere Erscheinungsbild sicher eine untergeordnete Rolle.

Riesle betrachtete das Foto auf seinem Schreibtisch. Andere Kollegen bevorzugten Motive mit ihren Kindern, Ehegatten, Lebensabschnittspartnern. Er hingegen, der nun schon seit ein paar Jahren Single war, hatte an seinem Arbeitsplatz ein gerahmtes Foto stehen, auf dem er selbst mit dem Eishockeystar Kirk Willy und seinem Freund Hubertus Hummel zu sehen war.

Er betrachtete sich auf dem Foto: schlank, durchtrainiert, mit wachem Blick, eigentlich ein adretter Kerl. Fast wie Kirk Willy, auch wenn der natürlich muskulöser war. Hummel hingegen: ziemlich korpulent, irgendwie ungesund wirkend, fast schon ein wenig aufgeschwemmt und in seinen Augen – soweit er das als überzeugter Heterosexueller beurteilen konnte – nicht sehr attraktiv. Und dennoch hatte sogar Hummel offenbar mehr Erfolg bei den Frauen als er selbst. Hubertus verfügte zumindest auf dem Papier über eine Ehefrau und hatte eine Exfreundin, die ihm emotionale Trauerkarten schrieb.

Riesle schob die Gedanken beiseite und machte sich an die Recherche für den nächsten Bröse-Artikel. Einige Ausgaben würde das Thema schon noch vorhalten. Er nahm die sparsame letzte Pressemitteilung der Polizei zur Hand. Sie gab bis auf die Identität des Absturzopfers nicht viel her.

Die Absturzursache ... nach wie vor unklar ... weitere kriminaltechnische Ermittlungen ... So ähnlich hatte es auch schon gestern geklungen. Dabei hatte das Ganze doch zunächst nach einem eindeutigen Unfall ausgesehen. Aber immer noch diese überaus defensive Zurückhaltung in den Verlautbarungen. Seltsam! Normalerweise lautete in solchen Fällen die Formulierung: »keinerlei Hinweis auf Fremdverschulden«. Hier nicht. Warum?

Wenn es kein Unfall war, dann muss es Mord gewesen sein, schoss es Riesle durch den Kopf. Er machte eine Auflistung der Personen, die etwas zu Bröse und seinem Umfeld sagen konnten. Der morgige Artikel brauchte unbedingt eine Weiterentwicklung, etwas Handfestes, nicht nur Worte über Karriere und Verdienste.

Fünfundzwanzig Jahre war Riesle nun schon Journalist. Er bildete sich ein, einen siebten Sinn entwickelt zu haben.

Mord. Mord war gut. Zumindest hier. Zumindest für die Auflage.

Ein Unfall war natürlich auch tragisch, aber allenfalls für zwei, drei Ausgaben zu gebrauchen. Zum Glück gab es da noch diese seltsame Geschichte mit den Kelten und der Prophezeiung. Seit Villingen überregional als »Schwarzwald-

Stonehenge « bezeichnet wurde, weil man hier eine Reihe von Gräbern am Magdalenenberg entdeckt und sie als frühkeltisches Kalenderwerk identifiziert hatte, ließ sich auch dieses Thema sicher gut an die Leser bringen.

Riesle biss in einen Apfel, strich sich dann die Hände an seinen Jeans ab und griff zum Telefonhörer.

»Hier Riesle vom Schwarzwälder Kurier, guten Tag, Herr Fraktionsvorsitzender«, hörten die anderen Kollegen ihn rufen. Ob außerhalb oder innerhalb der Redaktion – dezentes Auftreten war seine Sache nicht. »Schreckliche Geschichte, das mit Herrn Dr. Bröse, nicht wahr? … Ein tragischer Unfall, meinen Sie? … Na ja, die Polizei schließt einen Mord zumindest nicht aus … Mal off the records: Wer könnte ihm denn nach dem Leben getrachtet …? Indiskrete Frage? Na ja, Sie kennen mich doch, ha ha ha … Ja, es gibt wohl tatsächlich ein paar Hinweise, behalten Sie das aber bitte für sich. Also wer könnte …? Praktisch jeder bei der politischen Konkurrenz …? Ach ja … Selbst in der eigenen Fraktion? … Das hatte ich mir schon fast gedacht … Wird kein einfacher Job für die Polizei … Ja, genau, der OB als Hauptverdächtiger, ha ha ha … Noch ein paar offizielle Worte zu Bröses Ableben? Lokalpolitische Bilderbuchkarriere, eine wunderbare Formulierung … Nein, der Rest bleibt unter uns, ich schwöre …«

Nachdem er das Gespräch beendet hatte, betrachtete Riesle ein paar Fotos aus der Bildergalerie: Bröse bei einer Spendenübergabe für die Kinderkrebsklinik in Tannheim, beim Ponyreiten mit Behinderten oder beim Wandertag mit dem Schwarzwaldverein. Das war seine andere Seite gewesen. Engagiert in Vereinen und für karitative Zwecke. Bröse als guter Mensch. War er das wirklich oder hatte das nur Imagegründe?

Den Oberbürgermeister bekam er natürlich wieder mal nicht an die Strippe, aber die persönliche Referentin versprach, ohnehin in einigen Minuten einen angemessenen Text zu Bröses Ableben zu schicken.

Ob der OB wohl ein Motiv gehabt hätte? Der Anwalt hatte mehrfach seiner Verachtung gegenüber dem Stadtoberhaupt Ausdruck verliehen. Und wenn sich Villingen-Schwenningen gespalten hätte, wäre das der GAU für den OB gewesen.

Mord an Bröse – das wäre wirklich ein Ding, dachte Riesle. Oder war er zu optimistisch? War es doch nur ein schnöder Unfall, und die Polizei arbeitete nur wieder einmal langsam, ja ungeschickt?

Was war eigentlich mit demjenigen, der nun in den Gemeinderat nachrückte? Ein Herr Dr. Bauer, ebenfalls Anwalt, würde die Fraktion auffüllen. Aber es konnte wohl kein Motiv für einen möglichen Mord sein, unbedingt in dieses Gremium nachrücken zu wollen. Im Gegenteil …

Klaus formulierte im Geiste bereits den Schlusssatz des Artikels für die morgige Ausgabe: »Mord kann die Polizei im Fall des Ablebens von Gemeinderat und Rechtsanwalt Dr. Bröse derzeit nicht ausschließen. Immerhin war er nicht nur eine der bedeutendsten, sondern auch eine der umstrittensten Persönlichkeiten der Stadt.«

Ja, das konnte man stehen lassen.

Nächste Abteilung: Die Frauengeschichten. Zum Beispiel Elke. Bröse hatte sie Hummel vor ein paar Jahren ausgespannt. Hubertus hatte damals nicht nur gelitten, sondern getobt. Offenbar hatte Bröse aber nicht nur in die Hummelsche Ehe hineingefunkt. Gut denkbar, dass einer der gehörnten Ehemänner …

Je mehr Riesle darüber nachdachte, desto überzeugter war er von seiner Mordtheorie. Aber wie sollte er hier bei der Recherche vorgehen? Schwierig. Er konnte ja schlecht jeden Ehemann anrufen, dessen Frau gerüchteweise eine Affäre mit Bröse gehabt hatte …

Riesle warf noch einen Blick auf die Bildergalerie in der Zeitung. Besonders stolz war er auf einen Schnappschuss, den er seinerzeit bei einem Neujahrsempfang gemacht hatte. Dr. Bröse hatte eine besonders attraktive Begleiterin gehabt: Elke Hummel. Ihrem Ehemann war damals beim Anblick des Fotos fast die Frühstücksbrezel im Hals stecken geblieben.

Gut, dass Hubertus jetzt auf Wanderschaft im tiefen Schwarzwald war. Er fand es sicher nicht lustig, dass Riesle das alte Bild wieder herausgekramt hatte.

Und Elke? Vielleicht sollte er sie nun wirklich mal anrufen. Er wählte die Nummer, doch am anderen Ende ertönte lediglich: »Der Teilnehmer ist zur Zeit nicht erreichbar …«

Er würde es später noch einmal probieren. Wieder ein Zitat von ihr zu erfinden, kam wohl nicht infrage. Außerdem konnte Elke ihm bestimmt weiterhelfen. Immerhin war sie eine ganze Zeitlang mit Bröse liiert gewesen.

Als Nächstes nahm sich Riesle die Anwaltskanzlei Bröse, Armbruster und Kollegen vor. Da Bröse aus gegebenem Anlass nicht mehr zu sprechen und Herr Dr. Armbruster im Gericht war, erkundigte sich die Sekretärin, ob Riesle lieber mit Herrn Dr. Moser oder Herrn Dr. Bühler sprechen wolle.

»Egal«, lautete seine Antwort, woraufhin die Sekretärin artig zu einem der beiden Kollegen durchstellte.

»Moser«, meldete sich der Anwalt, der offenbar nach Bröse und Armbruster die dritte Geige in der Kanzlei spielte.

»Riesle vom Kurier. Herzliches Beileid zum Ableben Ihres … äh … Chefs.«

»Danke«, kam es leise zurück.

»Was war denn Dr. Bröse für ein Mensch? Darf ich Sie mit ein paar Worten für die morgige Ausgabe zitieren?«

Ein kurzes Zögern.

»Wir … sind alle bestürzt. Doktor Bröse war ein brillanter Anwalt«, näselte Moser.

»Und als Mensch?«

»Natürlich auch.«

»Dürfte ich Sie darum bitten, mir ein Foto von sich und den anderen Kollegen zuzumailen? Am besten natürlich mit dem Verstorbenen.«

»Ich will sehen, was ich für Sie tun kann. Ich bin nicht sicher, ob es gemeinsame Fotos von uns allen gibt, aber ich tue mein Bestes.«

Das war typisch. Bröse hatte keine Gelegenheit ausgelassen, in der Öffentlichkeit zu stehen und abgelichtet zu werden, dachte Riesle. Seine Kollegen hingegen hatten kein Rampenlicht abbekommen, obwohl sie vermutlich keine schlechteren Anwälte waren. Hätte er eine Auflistung gemacht, wer öfter im Blatt gewesen war: Vermutlich hätte Bröse dem OB den Rang abgelaufen.

»Was wird denn nun aus der Kanzlei? Wer wird die übernehmen?«, erkundigte sich Riesle.

»Es ist noch zu früh, darüber etwas zu sagen«, meinte Moser. »Dr. Bröse war unser Hauptgesellschafter. Dr. Armbruster wird sich wohl mit seinen Erben ins Benehmen setzen, um die Kanzlei fortzuführen.«

Die Erben? Auch noch ein Ansatz.

»Hatte er denn Familie?«, hakte Riesle nach.

»Einen Bruder, soweit ich weiß. Aber Dr. Armbruster kann Ihnen sicher …«

»Die Kripo schließt einen Mord nicht aus, wissen Sie das?«

Moser zögerte. »Das höre ich zum ersten Mal. Gibt es denn konkrete Hinweise?«

»Nicht so direkt«, druckste Riesle herum. »Aber die Ermittlungen laufen noch und gehen wohl unter anderem auch in diese Richtung. Können Sie sich vorstellen, dass jemand Dr. Bröse nach dem Leben getrachtet haben könnte? Ich meine aufgrund seiner anwaltlichen Tätigkeit?«

»Nun ja, Dr. Bröse war Strafverteidiger. Natürlich hat man es da auch schon mal mit schwierigeren Charakteren zu tun. Aber auf Anhieb …«

»Gab es denn Drohungen gegen Dr. Bröse?«

»Nicht dass ich wüsste …«

»Und was wissen Sie von den Frauen?«, tastete Riesle sich nun weiter vor.

»Ich verstehe nicht recht?«

»Ich meine, es war doch ein offenes Geheimnis, dass …«

»Bitte?«

»Dass er ein Frauenheld war und gerne mal …«

»Ich denke, es ist Zeit, das Gespräch zu beenden«, gab sich Moser kühl.

»Schon gut, schon gut«, beschwichtigte Riesle. Er schien

einen empfindlichen Punkt getroffen zu haben. »Man darf ja auch nicht zu viel auf das Geschwätz der Leute geben.«

Nach einer kurzen Verabschiedungsfloskel legte er auf und überlegte, was noch zu einem guten Artikel fehlte. Lustlos recherchierte er im Internet die letzten Bergunfälle im Schwarzwald und beschloss dann, dieses seltsame Kräuterweib im Text unterzubringen. Konkrete Ansatzpunkte für Mord gab es ja nicht. Noch nicht. Hingegen jede Menge Fiktion und Fantasy, dazu der geheimnisvolle Schwarzwald in Verbindung mit einem Toten: Das passte.

Sollte er noch jemanden befragen? Aber wen? Er nagte am mittlerweile leicht bräunlich gewordenen Apfel und kam zum Schluss: Das Kräuterweib musste reichen! Ein paar Sätze hatte sie ja mit ihm geredet, zudem hatte er ein Foto ihres Hexenhäuschens und das Flugblatt. Und Zeitungsabonnentin war die Alte sicher auch nicht, sodass er nicht jeden Buchstaben auf die Goldwaage legen musste.

12. SCHWEFELSÄURE

Der frühe Vogel fängt den Wurm, dachte Claas Thomsen, der heute bereits um sieben Uhr im Büro eingetroffen war. Er nippte an seinem Kaffee und war ein wenig stolz auf sich. So langsam hatte er das Gefühl, nicht nur den Fall, sondern auch seine Phobien in den Griff zu bekommen. Wenn man bedachte, wie er die Obduktion Bröses durchgestanden hatte …

Zwar hatte er lange unter der Dusche gestanden und seit der Leichenöffnung gestern fast keinen Bissen heruntergebracht. Aber es war schon mal ein Anfang gewesen.

Hin und wieder schweiften seine Gedanken zur attraktiven Gerichtsmedizinerin ab. Aber nur kurz, dann fragte er sich: Was soll sie von einem wie mir wollen? So selbstbewusst er auch im Hinblick auf seine kriminalistische Kompetenz war – in puncto Frauen hatte er ein verheerendes Selbstbild.

Immerhin hatte er durch seinen Besuch in der Gerichtsmedizin bei Frau Bergmann punkten können. Die hatte aufgrund der Sachlage dafür plädiert, eine Sonderermittlungsgruppe einzurichten. Und zum Leiter war wieder einmal er ernannt worden, obgleich die Chefin sich offenbar zunächst geziert hatte, weil er gegenüber den Medien zu defensiv sei. Ein Grund mehr, der Erste im Büro zu sein.

Nach dem überraschenden Obduktionsergebnis und der Erkenntnis, dass dem Opfer mit einem Messer eine Verletzung im Genitalbereich beigebracht worden war, konnte Thomsen das Ergebnis der chemischen Seiluntersuchungen beim Landeskriminalamt kaum erwarten. Davon hing nun sehr viel ab.

Natürlich war nach wie vor nicht auszuschließen, dass Bröse Opfer eines Unfalls gewesen und seine Leiche danach geschändet worden war. Allerdings erschien Thomsen wesentlich plausibler, dass ein Mord oder mindestens ein Totschlag stattgefunden hatte – und der Hass des Täters so weit gereicht hatte, auch noch die Leiche mit einem Messer zu verstümmeln.

Halb acht. Ob das Kriminaltechnische Institut um diese Uhrzeit schon besetzt war? Dumm nur, dass ausgerechnet Winterhalter die letzten Male die Telefonate mit dem LKA geführt und die Kontakte dorthin gepflegt hatte. Doch warten, bis der seinen Kuhstall ausgemistet hatte, wollte er nicht. Zumal der Kollege gestern angekündigt hatte, heute etwas später dran zu sein, weil der Tierarzt morgens auf dem Hof vorbeischauen würde.

Er wählte die Telefonnummer, die Winterhalter auf seiner Schreibtischauflage notiert hatte. Noch bevor das erste Freizeichen ertönte, hatte er eine spontane Idee.

»KHK Winterhalter, Kripo Villingen-Schwenningen«, meldete er sich. Die Kollegen am Kriminaltechnischen Institut des LKA kannten ja bisher nur diesen Namen. »Ich wollte mal fragen, ob es bei der Seiluntersuchung im Fall des abgestürzten Kletterers bei Triberg schon etwas Neues gibt.«

»Dold am Apparat. Ja, Karl-Heinz, sag mal, wie goht's dir denn? Und wie goht's vor allem de Hilde?«

Was für eine hirnverbrannte Idee, als Winterhalter aufzutreten! Das hätte Thomsen sich ja denken können, dass sein Kollege mit seiner leutseligen Art jeden persönlich kannte und mit allen per Du war. Und natürlich auch, dass er mit allen in seinem Dialektkauderwelsch »schwätzte«. Was tun?

»Dä Hilde? Dä Kuh? Guääät«, bemühte sich Thomsen nun um eine Imitation des Schwarzwälder Dialekts. Leider hielt sich sein Talent schon bei Fremdsprachen in engen Grenzen, bei Dialekten war er mit seinem nicht vorhandenen Latein völlig am Ende.

»Ich mein doch nit die Kuh«, kam es zurück, und der LKA-Kollege stieß eine Lachsalve durch die Leitung. »Ich mein d'Hilde, dei Frau.«

Peinlich! Doch er musste jetzt mitspielen, versuchte sich in einem künstlichen Lachanfall, der in einem Hüsteln mündete. Er war ein denkbar schlechter Schauspieler.

»Mensch, Karl-Heinz! Immer noch de alte Scherzkeks!«, sagte der LKA-Kollege, nachdem er sich wieder einigermaßen beruhigt hatte.

»Gell!« Hier gelang ihm die Aussprache einigermaßen gut. »Dö Hilde goaht's guäät«, beantwortete er dann möglichst einsilbig die Frage des Kollegen. Sein Akzent hörte sich nun an, als hätte er einen schweren Sprachfehler.

»Wie kommt ihr voran mit dem Kletterer?«, fragte Dold weiter.

»Ischt schwierick«, murmelte Thomsen, dessen Stirn von Schweißperlen übersät war. Wie sollte er denn dieses Gespräch unfallfrei weiterführen? Zumal sein Gegenüber derart redselig war?

»Sage mol, Karl-Heinz, du schwätzsch heut so komisch. Was isch denn los mit dir? Bisch du krank? Oder häsch du scho g'soffe am frühe Morge? Mer meint, du dätsch lalle.«

Der LKA-Beamte lachte wieder.

Er war zweifelsohne ebenfalls Schwarzwälder – und wie Winterhalter wohl ländlicher Herkunft. Deshalb war er auch schon so früh im Büro.

Es hatte keinen Sinn mehr, sich weiter die Zunge abzubrechen, dachte Thomsen. Ein schneller Rückzug war angesagt.

»Da kommt grad äää anderes Gespräch, melde mi widder«, sagte Thomsen und beendete abrupt das Telefonat.

Das war gründlich danebengegangen. Wie sollte er nun vorgehen? Gleich wieder anrufen? Das wäre zu auffällig gewesen. Er wartete endlose zwanzig Minuten, trommelte ungeduldig mit den Fingern auf der Schreibtischauflage herum, bis er erneut zum Hörer griff.

»Thomsen. Kripo Villingen-Schwenningen«, meldete er

sich bei seinem erneuten Versuch. Deshalb hielt er ein Taschentuch vor die Telefonmuschel, damit seine Stimme im Vergleich zu vorhin noch verfremdeter klang.

»Scho wieder die Kripo VS?« Erneut meldete sich Dold am anderen Ende – diesmal etwas verwundert. »Was isch denn mit dem Winterhalter los?«

»Warum?«, bemühte sich Thomsen, überzeugend ahnungslos rüberzukommen.

»Der hat sich am Telefon vorhin so komisch ang'hört. Irgendwie erkältet und ein bissle heiser. Geht's ihm nit gut?«

»Ach ja, dem war nicht gut. Sie wissen ja, das frühe Aufstehen immer. Die Kühe halten ihn ganz schön auf Trab. Und seine Frau erst. Er hat mich gebeten, noch mal bei Ihnen anzurufen.« Thomsen wand sich wie ein Aal. »Schöne Grüße soll ich Ihnen sagen. Ich würde gerne wissen, was bei der Seiluntersuchung herausgekommen ist. Können Sie mir da schon etwas Konkretes sagen?«

»Saget Sie dem Karl-Heinz gute Besserung von mir«, sagte der LKA-Beamte in seinem Schwarzwälder Dialekt, bevor er ins Hochdeutsche wechselte, das er im Gegensatz zu Winterhalter sogar akzentfrei beherrschte. »Ja, die Seiluntersuchung, das ist ein hochinteressanter Fall. Einer unserer spannendsten Fälle der letzten Jahre.«

»Ach ja?« Thomsen wurde neugierig.

»Das Ergebnis der Seiltestuntersuchung an der TU Stuttgart kennen Sie bereits?«, fragte der LKA-Kollege.

»Nein. Wenn Sie mich bitte auch darüber aufklären wollen?«

»Wir haben uns ja nach Rücksprache mit Ihrem Kollegen Winterhalter mit den Seilexperten von der Technischen Universität kurzgeschlossen. Die haben das noch intakte

Restseil auf Reißfestigkeit untersucht. Und was glauben Sie wohl, was dabei herausgekommen ist?«

»Keine Ahnung«, sagte Thomsen leicht unwillig. Auf Ratespiele hatte er keine Lust.

»Das Seil hat dem Test standgehalten, ist also nicht gerissen«, berichtete der LKA-Beamte. »Damit stellte sich für uns die Frage, wieso das Seil aber an der anderen Stelle gerissen ist. Der Karl-Heinz und die Kollegen bei Ihnen haben ja bereits untersucht, ob das Seil an einer scharfen Felskante aufgerieben worden sein könnte, und haben nichts Auffälliges festgestellt. Da das Seil eine durchgehend gleiche Festigkeit aufweisen müsste, hätte es in der freien Seilstrecke niemals reißen dürfen. Ein wirklich rätselhafter Fall.«

Dem LKA-Beamten schien es zu gefallen, die Sache spannend zu gestalten.

»Ja, wirklich rätselhaft«, bestätigte Thomsen und bemühte sich um einen geduldigen Tonfall.

»Wenn der Riss beispielsweise an einer Umlenkstelle stattgefunden hätte, also zum Beispiel am Karabiner, dann wäre das natürlich was anderes gewesen. Dann wäre das Seil zusätzlich einer Druck-, Scher- und Biegebelastung ausgesetzt gewesen, und man hätte vielleicht eine andere Erklärung für den Riss gehabt.«

Komm endlich zur Sache, dachte Thomsen genervt.

»Wir haben die Rissstelle des Seils dann ja einer chemischen Untersuchung unterzogen. Und was glauben Sie wohl, was dabei herausgekommen ist?«

Diesmal hatte Thomsen keine Lust zu antworten. Er verzog sein Gesicht, was der LKA-Beamte freilich nicht sehen konnte.

»Die chemische Untersuchung hat ergeben, dass das Seil

mit Schwefelsäure in Berührung gekommen sein muss. Deshalb ist das Seil auch praktisch wie Papier gerissen. Die Fasern waren porös wie morsches Holz.«

»Schwefelsäure?«, wiederholte Thomsen überrascht.

»Ganz recht«, bestätigte Dold. »Wir konnten eine fünfundzwanzigprozentige Konzentration von Schwefelsäure an der Rissstelle nachweisen. Die Säure hat das Perlon beschädigt. Äußerlich war es kaum erkennbar. Es gab nur ein paar dunkel verfärbte Stellen, die man auch auf Verschmutzungen hätte zurückführen können.«

Thomsen nickte und ärgerte sich ein wenig über sich selbst. Sie hätten schon genauer nachforschen sollen. Gerade ihm, dem Schmutz doch ein besonderes Ärgernis war, hätte diese Unachtsamkeit nicht unterlaufen dürfen.

»Aber wie konnte das Seil denn mit Schwefelsäure in Berührung kommen?«

»Tja, Kollege, es ist nun Ihre Aufgabe, das herauszufinden«, sagte der LKA-Beamte.

»Aber haben Sie vielleicht eine Idee, einen Verdacht?«, fragte Thomsen.

»Es gibt natürlich die Möglichkeit, dass das Absturzopfer das Seil unsachgemäß gelagert hat und es deshalb mit Schwefelsäure an der einen Stelle in Berührung gekommen ist. Die Schwefelsäure könnte zum Beispiel von einer alten ausgelaufenen Batterie in Keller oder Garage stammen«, mutmaßte Dold.

»Vielen Dank für Ihre Untersuchung«, bedankte sich Thomsen artig und wollte rasch aus der Leitung. »Ich richte dem Kollegen Winterhalter Grüße aus.«

»Moment. Ich will Ihnen nicht vorenthalten, dass wir noch einen Versuch mit fünfunddreißigprozentiger Säure durchgeführt haben. Wir haben ein Stück des Seiles darin eingetaucht.«

»Und?«

»Das Seil hat sich einfach aufgelöst. Da können Sie mal sehen, wie aggressiv Schwefelsäure ist. Die Hersteller warnen in ihren Gebrauchsanleitungen nicht umsonst davor, die Seile mit Chemikalien und deren Dämpfen in Berührung zu bringen. Das Vorgutachten geht Ihnen also die nächsten Tage zu ...«

»Morgäää«, krähte es in diesem Moment. Winterhalter war hereingekommen und starrte verdutzt auf Thomsen, der telefonierte und dabei ein Taschentuch vor die Sprechmuschel hielt.

»Wie ist denn der Stand Ihrer Ermittlungen?«, fragte Dold am anderen Ende der Leitung. Doch Thomsen ging darauf nicht mehr ein, sondern beendete das Gespräch mit einem abrupten: »Vielen Dank und auf Wiederhören!« Dann drückte er den roten Knopf und rieb mit dem Tuch an der Muschel herum.

»Die Putzfrauen müssten hier mal gründlicher sauber machen«, sagte er dann. »Alles ist so schmuddelig.«

»Jo jo, ich weiß«, sagte Winterhalter, der mit Thomsens Reinlichkeitswahn bestens vertraut war.

Er setzte sich an seinen Platz, stellte die abgescheuerte braune Ledertasche darauf und holte seine zerbeulte Brotdose heraus. Dann begann er, genüsslich in das selbstgebackene Brot mit Speck zu beißen.

»Sagen Sie mal«, fragte Thomsen den Kollegen, um wieder in die Offensive zu gehen: »Wollen Sie nicht lieber zu Hause frühstücken? Wir sind doch keine Kantine.«

»Keine Zeit. Morgens isch's bei uns immer eng. Der Stall

und die Viecher, Sie wisset schon.« Winterhalter biss weiter in sein Vesperbrot und fragte dann grinsend: »War's geschtern in der Gerichtsmedizin arg schlimm?«

»Überhaupt nicht. Und es gibt interessante Neuigkeiten, die den Fall Bröse in einem neuen Licht erscheinen lassen«, sagte Thomsen fast genüsslich. Er berichtete dem Kollegen von den Genitalverletzungen – und zwar in einer für ihn ungewöhnlichen Direktheit.

Wenn er gehofft hatte, Winterhalter würde das den Appetit verderben, sah er sich getäuscht. Der Kollege grinste wieder – vermutlich stellte er sich gerade Thomsens Ekel bei der Obduktion vor – und fragte dann:

»Könnte mir trotz der Verletzunge noch vom Unfall ausgehe?«

»Ich verstehe Sie ohnehin schon schlecht. Wenn Sie dann auch noch mit halb vollem Mund sprechen …«

»Entschuldigung«, erwiderte der Kollege Nebenerwerbslandwirt, schluckte kurz und setzte dann erneut mit leerem Mund sowie fast dialektfrei an: »Wäre ein Unfall trotz der Verletzungen denkbar?«

»Es ist kaum davon auszugehen, dass Bröse einen Unfall hatte und sich anschließend jemand derart an der Leiche vergangen hat. Und es ist so gut wie auszuschließen, dass die Verletzungen am Genital vom Felsen herrühren. Da war jemand mit einem Messer zugange. Das hat die gerichtsmedizinische Untersuchung zweifelsfrei ergeben.«

»Zum Tod haben die Verletzungen am Genital aber nicht geführt?«, fragte Winterhalter.

Thomsen schüttelte den Kopf und störte sich empfindlich an den Krümeln, die der Kollege gleichmäßig auf seiner Schreibtischauflage verteilt hatte.

»Das muss nach dem Eintreten des Todes erfolgt sein. Oder als Bröse bereits im Sterben lag. Für den Tod waren diese Verletzungen jedenfalls nicht verantwortlich, sondern ein Schädelbasisbruch.«

»Wie ich schon vermutet hab. Seltsame Geschichte«, sagte Winterhalter und holte nun auch noch seine Thermoskanne aus der Tasche.

»Im Übrigen gibt es Neuigkeiten vom LKA. Der Kollege Dold hat heute Morgen schon angerufen«, log Thomsen und berichtete ausführlich von den neuen Erkenntnissen.

»Schwefelsäure am Seil. Wirklich ein interessanter Fall«, sagte Winterhalter und hörte sich fast an wie zuvor der LKA-Mann. »De Dold isch übrigens auch ein Schwarzwälder. Kommt von Furtwangen. Mit dem bin ich in d' Schul gegange.«

»Aha«, machte Thomsen und gab sich keine Mühe zu verbergen, dass ihn das herzlich wenig interessierte.

Winterhalter verstaute die Brotdose wieder in seiner Ledertasche.

»Wobei sich die Frage stellt, ob derjenige, der das Seil und dann später Bröse bearbeitet hat, ein und dieselbe Person ist«, meinte er dann.

»Also ich gehe davon aus, dass Täter und Schänder eine Person sind«, erklärte Thomsen.

Das Telefon an Winterhalters Platz klingelte.

Hoffentlich nicht wieder das LKA, dachte Thomsen.

»Ah, Hilde, du bisch's«, sagte Winterhalter mit einem Lächeln. »Was isch denn?«

Thomsen war erleichtert. Aber nur kurz.

Dann nämlich hielt der Kollege ihm den Telefonhörer hin: »Meine Frau möchte Sie spreche.«

»Mich?«, fragte Thomsen in einer Mischung aus Über-raschung und Erschrockenheit und nahm widerstrebend den Hörer in die Hand. Ohne ein schützendes Taschentuch.

»Dag, Herr Thomsen«, kam es aus der Muschel.

»Guten Tag, Frau Winterhalter. Was kann ich für Sie tun?«

»Endlich mal wieder auf unseren Hof nach Linach komme. Ich tät Sie morgen gern zu Kaffee und Kuchen einlade. Es gibt Obstkuche und Schwarzwälder Kirschtorte, selbstge-macht. Die habet Sie noch nie probiert«, sagte Frau Winter-halter forsch.

»Ich würde ja sehr gerne«, log Thomsen. »Bin aber leider sehr beschäftigt. Der aktuelle Fall, Sie wissen ja ...«

»Das habet Sie mir die letzschte Male auch g'sagt. Herr Thomsen, das lass ich nimmer gelte.«

»Ein ander Mal sehr gerne«, versuchte dieser sich zu drü-cken.

»Entweder Sie kommen morge zu uns um fünfe, oder ich komm zu Ihne heim«, drohte Hilde Winterhalter unverhoh-len.

Thomsen erschrak. Die Bauersfrau wusste wohl von ihrem Mann, dass er Besuche in seiner porentief reinen Behausung nicht ertragen konnte.

Und dann eine Frau in seiner Wohnung – noch dazu die hemdsärmlige Frau Winterhalter? Schon die Hausmeisterin Frau Gartmann war ihm ein Gräuel. Er hatte stets alle Hände voll zu tun, diese vom Betreten seiner Wohnung abzuhal-ten.

»Also gut, ich werde es einrichten. Bis dann also«, sagte Thomsen nach einer kurzen Pause und reichte dem verdutz-ten Winterhalter den Telefonhörer.

13. ELKES WOHNGEMEINSCHAFT

Klaus Riesle befand sich auf der B31 von Neustadt in Richtung Titisee. Er hatte es eigentlich immer eilig, aber diesmal gab es einen besonders guten Grund, die Urlauberautos wild zu überholen: Er musste seinen Freund Hubertus abpassen, wenn der die insgesamt neunte Etappe des Westwegs hinter sich gebracht hatte. Seit dem morgendlichen Startpunkt an der Kalten Herberge würde Hummel 26,5 Kilometer absolviert haben – das hatte Klaus Riesle im Internet recherchiert. Geschätzte offizielle Laufzeit: sechseinhalb Stunden. Also bei Hummels Tempo mindestens sieben, eher mehr.

Auch wenn Klaus es nicht so recht zugeben wollte: Er vermisste seinen Freund. Gemeinsam solchen Kriminalfällen hinterherzuspüren machte einfach mehr Spaß. Und ein Kriminalfall war es – da war er ganz sicher, seitdem er vor zwei Stunden dank seiner Verbindungen zum Landeskriminalamt erfahren hatte, dass am Absturzseil Schwefelsäure festgestellt worden war. Außerdem hatte er über seine vielfältigen Kontakte zu Polizei und Gerichtsmedizin etwas von einer rätselhaften Verletzung des Opfers am Genital läuten hören.

Freilich nicht auf dem offiziellen Weg – da wurden nur Floskeln weitergegeben wie »Todesursache weiterhin unklar« und Ähnliches. Theoretisch war zwar nach wie vor ein Unfall denkbar, doch den schloss Klaus Riesle als Todesursache ebenso aus wie einen Fluch des Kräuterweibs.

Der Fall Bröse ging auch Hubertus etwas an, weshalb Klaus ihn nun von einer weiteren Unterbrechung seiner Wanderung überzeugen wollte. Schließlich galt es, den Kontakt zu Elke, der Noch-Ehefrau von Hubertus, aufzunehmen, was Klaus bislang nicht gelungen war. Und außerdem: Wie oft kam es schon vor, dass man hemmungslos im Ableben des einstigen Nebenbuhlers herumschnüffeln durfte? Hubertus sollte ihm eigentlich dankbar sein, denn das wäre für dessen Psyche weitaus besser als dieses anstrengende Wandern.

Schließlich konnte ihm Bröse nun nie mehr gefährlich werden.

Noch einmal überholte Klaus Riesle mittels Lichthupe und waghalsigem Manöver ein Auto, ehe er abbog und den Weg in Richtung Skischanze Hinterzarten suchte, die weit oberhalb des Ortes lag. Hier würde der handylose Freund angekrochen kommen – falls er durchgehalten hatte.

Hubertus Hummel war erschöpft, aber stolz. Auch die neunte Tagesetappe hatte er so gut wie hinter sich gebracht. Und er hatte es genossen. Den langen Weg durch den Wald, wo nur Tierlaute statt Menschenstimmen zu hören waren. Das erhabene Feldbergmassiv in der Ferne. Die gelegentliche Begegnung mit anderen Wanderern. Man grüßte freundlich, dann zog jeder weiter und beschäftigte sich wieder mit den eigenen Gedanken. Genauso sollte es sein.

Mit jedem Kilometer hatte Hummel sich weiter von den Geschehnissen zu Hause inklusive der unangenehmen Gerüchte um seinen Tod gelöst. Zwischenzeitlich hatte er gar den Entschluss gefasst, sich mit Pergel-Bülows zu versöhnen, so entspannt war er.

Das letzte Teilstück ab der Kreuzung mit dem Querweg Freiburg-Bodensee hatte ihm aber zu schaffen gemacht. Lag es an seiner mangelnden Kondition, oder waren die Kilometer zur Kesslerhöhe wirklich so steil bergauf gegangen? Immerhin: Der Blick auf den Titisee entschädigte für die Strapazen.

Sobald er in Hinterzarten ein Hotelzimmer mit Badewanne gefunden hatte, würde er sich dort hineinlegen – mindestens eine Stunde lang. Schließlich wartete morgen unter anderem der Feldberggipfel.

Noch keine Sekunde hatte er sein Handy vermisst.

Eigentlich eine Schande, dass er den Westweg nicht früher für sich entdeckt hatte. Er schlich den schmalen Pfad entlang und blickte auf die Skisprungarena, Heimat der erfolgreichen »Schwarzwald-Adler«.

Es musste an der Sonne liegen. Was da in unmittelbarer Nähe der Schanzen stand, war kein Adler, sondern ein … Riesle.

Ein Riesle, der lässig die linke Hand an die Stirn tippte, als er ihn sah.

Bitte nicht!

Da Hummel sich bockig zeigte und seinem Freund erklärte, weder Bröse noch Elke und schon gar kein Riesle könnte ihn davon abhalten, den Westweg zu Ende zu laufen, erklärte Klaus, dann werde er eben Hubertus nicht mehr von der Seite weichen. Und schließlich wisse er, wie die weitere Tour des Freundes verlaufen werde: die zehnte Etappe von Hinterzarten über Feldberg, Stübenwasen und Notschrei zum Wiedener Eck, tags darauf über den Belchen zum Hochblauen und so weiter. Er werde an jedem neuralgischen Punkt auf ihn warten – oder am besten gleich wieder dauerhaft mitlaufen. Und jeden Mountainbiker angreifen, der sich ihm in den Weg stelle!

»Ist eigentlich schon eine Anzeige wegen deiner Prügelattacke bei dir eingegangen?«, wollte Hubertus Hummel wissen.

Riesle grinste: »Nein, noch nicht einmal eine wegen des Claudia-Wurfs auf Thomsen.«

Als Hubertus dennoch weiterhin nicht zu ihm in den Kadett steigen wollte, versuchte es Klaus mit einer plumpen Erpressung: Wenn Hummel die Zusammenarbeit verweigere, werde er, Riesle, in der morgigen Ausgabe einfach ein Bild platzieren, das Bröse gemeinsam mit Elke zeige. Schließlich habe er da noch so einiges in seinem Archiv in petto. Über den Fall Bröse werde er morgen ohnehin wieder berichten. Den groben Text habe er schon im Kopf, ein konkretes Foto noch nicht.

Bislang.

Hummel überlegte allen Ernstes, ob er Riesle endgültig die Freundschaft kündigen sollte.

Eine halbe Stunde später fuhren sie die B 3 1 in umgekehrter Richtung. Hummel dachte missvergnügt darüber nach, warum er immer wieder Dinge tat, die er eigentlich für falsch hielt. Weshalb er beispielsweise nun mit Riesle in dessen Auto saß, mit völlig überhöhter Geschwindigkeit in den Döginger Tunnel raste und sich über die Neuigkeiten im »Mordfall Bröse« informieren ließ, wie Riesle ihn bereits nannte. Dabei hätte Hubertus Hummel am liebsten einfach nur seine Ruhe gehabt.

Vermutlich lag es daran, dass Riesle sein ältester Freund war. Natürlich auch an der miesen Erpressernummer mit dem Foto von Elke, ein bisschen vielleicht an der Tatsache, dass er aufgrund seiner Erschöpfung weitgehend willenlos war – und schließlich tröstete er sich damit, dass er am nächsten Morgen ja dennoch wie vorgesehen die zehnte Etappe des Westwegs angehen konnte.

Klaus erklärte, er habe leider bislang keinen telefonischen Kontakt zu Elke aufbauen können, weshalb Hubertus sich etwas einfallen lassen solle.

Letztlich war das gar nicht nötig, denn in der Nähe von Donaueschingen erreichte Hummel seine Noch-Ehefrau, die gerade erst von ihrem Seminar zurückgekommen war, wie sie ihm am Telefon erklärte. Und überhaupt, die Nachricht von Guntrams tragischem Unfall habe sie sehr …

»Unfall? Das war hundertprozentig ein Mord!«, brüllte Riesle so laut, dass Elke es bis ans andere Ende der Leitung hörte. Und Hummel spürte durch das Handy hindurch, wie sie erschauerte.

Zwanzig Minuten später saßen sie in der Küche von Elkes Wohngemeinschaft, die sie mit Resten aus ihrer ehemaligen Sekte »Kinder der Sonne« gegründet hatte. Brindur, einer ihrer langhaarigen und bärtigen Mitbewohner, setzte sich unaufgefordert hinzu, wurde aber zu Elkes Missbilligung von Klaus mit einem deftigen »Raus hier!« verjagt.

Wie das Gespräch mit Elke H. in die vorgestrige Kurier-Ausgabe geraten war, darüber wollte Riesle jetzt lieber nicht reden. »Missverständnis«, meinte er vielsagend und redete so lange, bis Elke nicht mehr nachfragte.

»Wir wollen jetzt etwas anderes von dir wissen«, erklärte Klaus dann. »Erstens: Wer hätte einen Grund gehabt, Bröse zu ermorden?«

»Wieso bist du dir denn so sicher, dass Guntram ermordet wurde?«, fragte Elke, die im Schneidersitz auf dem

Küchensofa saß, Tee trank und sich nervös durch die Haare fuhr.

Hummel kam sich in der WG-Küche vor wie in einem religionswissenschaftlichen Museum: Ein Buddha vertrug sich mit einer nur wenige Zentimeter weiter aufgehängten Ikone, auch der Gott Shiva war vertreten, und Hubertus dachte sich wieder einmal, dass das Götterchaos in diesem Raum zum Chaos und zur Unbeständigkeit in Elkes Kopf passte.

»Na ja, aber es spricht eben vieles ...«, setzte Riesle an, doch Elke fuhr fort: »Guntram kam doch am Teufelsfelsen zu Tode: Wisst ihr nicht, dass es an diesem Felsen keltische Kultstätten gab? Ungeheure Kraftfelder? Ich mache mir richtig Vorwürfe ...«

»Warum denn das?«, schaltete sich Hummel ein.

»Dass Guntram an einem heiligen Felsen herumkletterte, das konnte ja nicht gut gehen – gerade zur Mondwende. Wenn ich noch mit ihm zusammen gewesen wäre, hätte ich ...«

»Was soll das heißen?«, brauste Hummel nun entgegen seiner Vorsätze auf und löste sich aus dem äußerst unbequemen Schneidersitz, den er Elke zuliebe eingenommen hatte. Auch Riesle hatte sich so verknotet hingesetzt – wohl um ein positives Gesprächsklima zu schaffen.

Elke winkte beschwichtigend ab. »Nicht schon wieder, Hubertus. Aber es ist doch schon tragisch, dass ich womöglich ...«

»Es gibt auch ein Kräuterweib, das mit obskuren Flugblättern die Kletterer vor dem Fluch gewarnt hat«, berichtete Riesle. »Die Alte ist davon überzeugt, dass sich Mutter Erde gerächt hat – oder so etwas in der Art.«

Elke nickte nachdenklich.

Klaus Riesle wischte das Ganze mit einer ausladenden Bewegung beiseite und meinte dann: »Uns interessiert etwas anderes. Hatte Bröse zu deiner Zeit irgendwo ein Seil gelagert? Ein Kletterseil? Und: Hatte er Schwefelsäure im Haus?«

Elke hob verständnis- und ratlos die Schultern. »Wenn, dann vermutlich in der Garage. Oder im Keller? Und Schwefelsäure? Nicht dass ich wüsste.«

Derweil kam der nächste Bewohner, diesmal mit seiner Freundin, in die Küche, die den Gemeinschaftsraum der WG darstellte.

Er wünschte allen Frieden, kramte in viel zu vielen Schubladen und schlich dann wieder in seinen Jesuslatschen von dannen. Die Freundin war entweder im Halbschlaf, unter Drogen oder meditierte im Gehen.

»Wie lange hast du denn eigentlich bei ihm gewohnt?«, bohrte Riesle weiter, sobald der Mitbewohner die Tür hinter sich und seiner Freundin geschlossen hatte.

»Fast ein Jahr ... Warte mal: Ja, elf Monate. Nein, im März waren wir ja schon zusammen in Venedig. Also dreizehn Monate.«

Hubertus wurde das Gespräch allmählich unangenehm. Er wünschte sich in seine Hinterzartener Badewanne – auf jeden Fall weit weg von dieser Hippie-Kommune, in der vermutlich in den nächsten Minuten noch delikatere Themen verhandelt würden.

»Die Obduktion hat bei Bröse Verletzungen im Genitalbereich festgestellt«, fuhr Klaus erstaunlich unsensibel fort. »Hatte er die denn auch schon, als du ...«

Schade. Vor anderthalb Stunden noch war sich Hummel sicher gewesen, er sei nun entspannter, nachsichtiger, vielleicht reifer. Aber unter diesen Umständen brach es aus ihm heraus: »Klaus! Halt den Mund!« Sein Brüllen war so laut, dass Brindur sich bemüßigt fühlte, wieder aufzutauchen.

»Raus!«, brüllten Hummel und Riesle nun gleichzeitig.

Elke wurde für ihre Verhältnisse nun recht bockig. Sie fände das Gespräch »ziemlich problematisch«, und sie sehe nicht ein, warum sie hier über »intime Details« ausgefragt werde.

Hubertus konnte ihr da nur beipflichten, entschied sich aber sicherheitshalber dafür, den Mund zu halten.

Elke war auch in den nächsten Minuten keine echte Hilfe für den neugierigen Journalisten: Weder wollte sie einen konkreten Verdacht äußern, wer es auf Bröse abgesehen haben könnte, noch erteilte sie darüber Auskunft, ob sie denn noch einen Schlüssel für das Haus ihres ehemaligen Lebensgefährten besitze.

Sie sei, meinte sie, fast sicher, dass ihm die Entweihung des heiligen Felsens zum Verhängnis geworden sei, was sie sehr betroffen mache. Feinde habe Bröse ihrer Meinung nach »nur sehr wenige« gehabt. Falls es aber wider Erwarten doch ein Mord gewesen sei, so könnte der Täter höchstens einer von Guntrams Mandanten gewesen sein, denn er habe als Anwalt bisweilen Menschen verteidigen müssen, die »nicht mit sich selbst im Reinen« gewesen seien.

»Und konkret?«, versuchte es Klaus noch einmal.

»Das ist doch schon eine ganze Weile her. Ich kann mich an keinen konkreten Fall erinnern. Aber er war manchmal abends sehr nachdenklich.«

»Der Herr Anwalt hatte doch nicht etwa Gewissensbisse?«, höhnte Hummel. »Kaum vorstellbar ...«

Riesle beschloss, bei Gelegenheit das Zeitungsarchiv zu bemühen.

Nun brannte ihm nur noch eine Sache auf den Nägeln: »Bröse hatte ja so einige Frauengeschichten – mitunter waren die Damen verheiratet ... Könnte es hier ein Mordmotiv geben? Und kannst du uns Namen nennen?«

Kurz streifte Elkes Blick den von Hubertus, dann sagte sie: »So würde ich es nicht ausdrücken. Er hat sich immer nach einer festen Beziehung gesehnt. Frauengeschichten – das klingt so negativ ...«

Hubertus hatte nun die richtige Tonlage gefunden. Höhnisch und verächtlich. »Tatsächlich? Negativ? Ach, das wird dem armen Bröse aber gar nicht gerecht. Wo er doch so ein anständiger Kerl war. Immer ethisch einwandfrei. Nie auf den eigenen Vorteil aus – immer nur für die Gemeinschaft ...«

Elke sagte zu Hubertus gewandt: »Guntram war im Grunde seines Herzens ein sensibler, aufrichtiger Charakter. Wie wir alle hat er vielleicht nicht in jeder Situation die richtige Entscheidung treffen können, aber ...«

Elke, das sah jetzt auch Riesle ein, fehlte es an ganz elementarer Menschenkenntnis. Vielmehr schätzte sie alle Leute grundsätzlich und ausnahmslos positiv ein. Das mochte für sie sprechen, aber für den vorliegenden Fall nützte es ihm nur wenig.

Elke sah das Gespräch offenbar als beendet an, denn sie kündigte an, dass sie sich jetzt zum Meditieren zurückziehen wolle. Woraufhin Riesle und Hummel umgehend die Wohnung verließen.

»Das war ja wohl der Gipfel von unsensibel«, schimpfte Hummel, als sie wieder auf der Straße standen.

»Elke gegenüber? Na ja, die ist das von dir ja eh gewohnt. Und wer an diesen Quatsch mit dem Teufelsfelsenfluch glaubt, dem ist tatsächlich nicht zu helfen.«

»Es gibt Dinge zwischen Himmel und Erde, die kann man nicht erklären«, gab Hubertus zurück und ärgerte sich, dass das jetzt so klang, als würde er sich auf Elkes Seite stellen. Er schnaufte noch einmal tief durch und wurde dann wieder laut: »*Mir* gegenüber war das unsensibel. Verletzung am Genital ...« Er äffte Riesle nach: »Hatte er die denn auch schon, als du mit ihm ...«

Riesle schüttelte den Kopf: »Auf einen Toten eifersüchtig zu sein – das schaffst aber auch nur du, Huby!«

14. HAUSMUSIK

Schon auf der Fahrt nach Linach bekam Thomsen dieses ungute Gefühl. Es gab einfach Dinge im Leben, die nicht zusammenpassten: Er und seine Exfrau beispielsweise. Er und das Klettern am Teufelsfelsen. Oder er und ein Schwarzwälder Bauernhof.

Aber was sollte man machen? Hilde Winterhalter war nun einmal sehr resolut. Und wenn sie beschlossen hatte, dass er zu einem Kaffeeklatsch auf den Winterhalter-Hof zu kommen hatte, gab es keine Ausrede mehr.

Außerdem wollte er doch seine Phobien überwinden – und da war ein Nachmittag auf dem Bauernhof ein großer Schritt, denn hygienemäßig genügte der so gar nicht seinen Ansprüchen.

Fünf Fahrzeuge sah Thomsen auf dem nicht asphaltierten

Parkplatz. Neben dem Traktor des Nebenerwerbslandwirts und dem Winterhalter-Caravan standen drei Autos, die er nicht zuordnen konnte. Er strich sich seinen alten, aber dennoch porentief reinen Anzug zurecht, den er vakuumverpackt aus dem Schrank genommen hatte, griff ungelenk nach den eigens besorgten Blumen und trat auf das Haupthaus zu.

Dort wurde er überaus freundlich von der Hausherrin begrüßt, die sich schick gemacht hatte – das vermutete Thomsen jedenfalls, denn eine solche Tracht war ja wohl kaum der normale Aufzug. Zwar trug Frau Winterhalter nicht den klassischen Schwarzwälder Bollenhut, dafür aber einen hellbraunen Strohzylinder mit schwarzen, langen Schleifen – die Furtwanger Tracht. Dazu hatte sie einen schwarzen Faltenrock mit weinrotem, seidenem Schurz und eine weiße Bluse mit Halskragen und Puffärmeln an. Violette Bänder rundeten die Bekleidung ab, mit der sie sich in die Vitrine jedes Schwarzwaldmuseums hätte stellen können.

»Mir machet heut ein bissle Hausmusik«, erklärte sie dem verdutzten Besucher.

Hausmusik? Und was bedeutete »mir«? Er selbst etwa auch?

Die Sorge war unbegründet, denn der zweite Hausmusiker war sein Kollege Winterhalter, der ebenfalls in Tracht, dafür aber mit nicht ganz so guter Laune anzutreffen war. Schwarze Hose, weißes Hemd, weinrote Weste und ein rundlicher Hut, dazu eine finstere Miene. »Meine Frau hät mich gezwunge«, meinte er. »Normalerweise mag ich Hausmusik ja, aber lieber ohne Publikum. Es heißt jo auch Hausmusik.«

Thomsen war nicht der Einzige, dem der Kunstgenuss zuteil werden würde. Drei weitere Damen hatten sich eingefunden – in derselben Tracht wie Frau Winterhalter. Thomsen fühlte sich mehr und mehr wie ein Fremdkörper.

Die Damen hatten allesamt die fünfzig überschritten, ihnen allen merkte man das bäuerliche Umfeld und die Tatsache an, dass sie stets hart gearbeitet hatten. Und alle drei hatten sich für den Anlass mit Schmuck behängt: Brosche, Halskette, Ringe.

Gertrud, Magda und Hannelore stammten ebenfalls aus Linach und waren voller Begeisterung für die Hausmusik, die in der Besetzung Gitarre und Gesang (Frau Winterhalter) sowie Akkordeon (Kriminalhauptkommissar Winterhalter) zu hören war. Die beiden halbwüchsigen Töchter bearbeiteten gelegentlich das Hackbrett beziehungsweise die Flöte und unterstützten Frau Winterhalter beim Singen. Beim Lied von der Kuckucksuhr, die nur die schönen Stunden zählt, durfte der Familienvater mehrfach »Kuckuck, kuckuck« rufen. Allerdings war es ein ziemlich uninspirierter Vogel.

Thomsen rutschte unruhig auf seinem Stuhl in der guten Stube hin und her, applaudierte immer wieder brav und blickte mehrfach verstohlen zur echten Kuckucksuhr, die überdimensional in der Nähe des Herrgottswinkels hing.

War sie stehen geblieben? Die Zeit wollte einfach nicht vergehen. Zumal das Winterhalter-Quartett nach dem Kuckuck und nach »O Schwarzwald, o Heimat, wie bist du so schön« ein weiteres Lied anstimmte. Diesmal sogar im Dialekt: »Mädele, mach's Lädele zua, drauße steht ein Bua.«

Bei der Passage »Will dir bloß dei Herzle stehle« kam Thomsen ins Schwitzen – und das war ihm unangenehm. Er fragte sich, warum ihn die Damen alle so freundlich anlächelten. Der Einzige, der nun weitgehend ohne Mimik agierte, war sein Kollege, der sich in sein Schicksal ergab, aber nach jedem Lied mit dem Satz: »So, jetzt gibt's erschtmol en Kaffee« versuchte, die Aufführung zu unterbrechen.

Endlich war es geschafft: Hilde Winterhalter bedankte sich herzlich und bat zur Kaffeetafel. Inzwischen wurde es langsam Abend. Die Damen langten ordentlich zu und unterhielten sich in einer Sprache, die dem Deutschen nicht ganz unähnlich war. Thomsen musste in gewisser Hinsicht seinem Kollegen Abbitte leisten: Gegen das, was das kecke Frauenquartett hier so von sich gab, waren Winterhalters Dialekteinschübe im Büro reinstes Hannoveraner Hochdeutsch.

Leider blieben die Damen aber nicht unter sich, sondern versuchten, Thomsen mit ins Gespräch einzubeziehen. Nachdem er zunächst nur freundlich gelächelt und genickt hatte, begann Frau Winterhalter, sich als Dolmetscherin zu betätigen: »D' Getrud wollt wisse, wie viel Stunde in der Woche Sie arbeite müsse.«

Nun erschloss sich Thomsen immerhin der ungefähre Sinn.

»Oder isch des zu neugierig?«, schob die Hausherrin nach.

Thomsen schüttelte den Kopf und ging dazu über, viel mehr von der Schwarzwälder Kirschtorte zu nehmen, als er eigentlich vorgehabt hatte. Sie schmeckte wirklich vorzüglich, aber der Hauptgrund war, dass er nicht sprechen musste, während er aß.

»Fünfundvierzig bis fünfzig Stunden die Woche«, antwortete er dann.

»Sie verdienet aber scho guet?«

Winterhalter verdrehte die Augen.

»Die Hannelore möchte wisse, ob Sie guet verdiene«, übersetzte Frau Winterhalter wieder – nicht ohne das obligatorische »Oder isch des zu neugierig?« anzufügen.

Thomsen hätte im Leben nicht eine konkrete Summe genannt. Er lud sich also das nächste Stück Torte auf, schüttelte den Kopf, um der Gastgeberin zu bedeuten, dass das nicht indiskret sei, und bejahte dann die andere Frage: Doch, er verdiene schon ganz ordentlich. Kurzer Blick zum Kollegen, dem das Ganze fast genauso unangenehm schien wie ihm selbst.

Und so ging es weiter, während die Winterhalter-Töchter längst das Weite gesucht hatten. Mal wurde gefragt, ob Thomsen ein eigenes Auto habe, mal, ob er handwerklich geschickt sei, mal, ob er Hausmusik auch so möge. Thomsen bejahte alles, aß und aß und fragte sich dann, ob die Damen denn eigentlich von ihm erwarteten, dass er ihnen auch Fragen stellte.

Zu fragen, ob sie Autos besäßen, hätte er als genauso sinnlos empfunden wie die Frage, ob sie gut verdienten. Aber vielleicht sollte er die Gelegenheit nutzen, um etwas über den aktuellen Fall herauszubekommen?

»Haben Sie auch vom Tod von Herrn Bröse erfahren? Das ist der Mann, der vom Teufelsfelsen gestürzt ist«, erklärte er und freute sich über das lebhafte Echo. Die Damen überboten sich gegenseitig mit Gerüchten. Vor allem Bröses wechselhaftes Liebesleben schien bis nach Linach vorgedrungen zu sein.

»Außerdem isch im Kurier ja g'stande, dass des mit dene Kelte und einem Fluch zu tun hät«, sagte Magda.

»Jo, und mit dem Kräuterwieble«, ergänzte Gertrud.

»Kennet ihr die? Des isch doch die Nichte von de alte Leitner, die früher mol in Linach g'wohnt hät.«

»Die lebt aber schon lang nimmer«, ergänzte Hannelore. »Des Kräuterwieble isch doch selbscht schon an die achtzig – und nit ganz richtig im Kopf.« Sie tippte sich mit dem Zeigefinger mehrfach an die Stirn.

»Jo, aber an dere Sach mit dem Fluch könnt doch was dran sei«, meinte Magda. »Die Alte hät doch scho vor ein, zwei Monate Flugblätter verteilt, auf dene sie ankündigt hät, dass demnächst an dem Teufelsfelse was passiert. Ich war da emol mit der Irma von de G'meinde wandern.«

Thomsen wurde plötzlich hellhörig. Leider übersetzte Frau Winterhalter diese Sätze nicht. Die Kräuterfrau hatte schon vor etlichen Wochen einen Toten angekündigt? So viel hatte er verstanden. Er blickte Hilfe suchend zu Winterhalter, doch der blieb weiter stoisch.

»Wie weit sind denn die Ermittlunge von euch Herre Poliziste?«, fragte Magda.

»D'Magda möchte gern wisse, wie weit die Ermittlunge sind«, schaltete sich wieder Frau Winterhalter ein. »Oder isch des zu neugierig?«

Kommissar Winterhalter nickte so entschieden, dass die Damen verstummten.

»Sie sind nit verheiratet, gell?«, ging es nach einer kurzen Pause weiter.

»D' Hannelore möchte wisse, ob Sie …«

»Nein, ich bin nicht verheiratet«, beeilte sich Thomsen zu sagen. »Und nein, die Frage ist auch nicht zu neugierig«, beschwichtigte er mit Blick auf Frau Winterhalter. »Können Sie mir noch mal das mit der Kräuterfrau sagen?«, wandte er sich dann an Magda. »Die hat schon vor fast zwei Monaten gewusst, dass jemand an dem Berg zu Tode kommen wird?«

Magda nickte. »Jo, im Flugblatt isch es g'stande – und sie hat's auch g'sagt. Ich hab des vielleicht no irgendwo.«

Winterhalter schien es überhaupt nicht recht zu sein, dass in seinen eigenen vier Wänden Dienstliches thematisiert wurde. Er trennte Berufliches und Privates strikt. Und so wechselte er reichlich plump das Thema: »Ihr Damen, sagt doch mol: Ihr seid jo au nimmer verheiratet …«

»Nei«, sagte Gertrud. »De Gerhard isch jo vor zwei Johr g'storbe.«

»De Wilhelm sogar vor vier Johr«, ergänzte Magda.

»I bin au nit verheiratet«, erklärte Hannelore.

»Na ja«, sagte Gertrud, »wobei dein Mann jo wegg'loffe isch.«

»Was ist er?«, fragte Thomsen nun beim einzigen Punkt nach, bei dem er besser den Mund gehalten hätte.

»Weggelaufen«, wiederholte Gertrud. »Auf und davon.«

Hannelore hätte sie fast mit Blicken getötet.

Da Thomsens Magen nun definitiv keinen Kuchen mehr aufnehmen konnte, widmete er sich dem dritten Kaffee, hielt sich am Henkel der Tasse fest und kippte das Getränk in sich hinein.

»Solle mer noch emol ein Lied zum Schluss spiele?«, fragte Frau Winterhalter in die peinliche Pause.

Während die Besucherinnen nickten, fragte sich Thomsen, wann denn dieser unglaublich zähe Nachmittag endlich ein Ende haben würde. Er hasste diese Kuckucksuhr, die so viel langsamer ging als alle anderen Uhren, denen er je begegnet war.

Sein Kollege tat ihm einen großen Gefallen, indem er auf

die Frage seiner Frau energisch den Kopf schüttelte. »Jetzt langt's. Unsere Mädle sind jo auch scho weg. Und ohne die …«

»Nur ein Stück«, bat Gertrud. »Einmol de Kuckuck.«

Der widerstrebende Winterhalter wurde nicht nur zu einem Duett mit seiner Gattin genötigt, er durfte auch seinen Gesangspart wiederholen: »Kuckuck, kuckuck!«

»So, schön war's«, sagte dann recht abrupt Frau Winterhalter, als Thomsen schon gar nicht mehr damit gerechnet hatte. »Die drei Damen gehen jetzt.«

Sie gehorchten leicht widerstrebend. Thomsen wollte sich ihnen erleichtert anschließen.

»Sie bleibet doch noch ein Sekündle«, hielt Frau Winterhalter ihn auf. Thomsen bemerkte die winzige Bestimmtheit in ihrem Tonfall, die schon bei der telefonischen Einladung genügt hatte, um Widerstand zwecklos erscheinen zu lassen.

Das muntere Trio verabschiedete sich derweil winkend.

»Hilde …«, sagte Winterhalter zögernd zu seiner Frau.

Doch die beachtete ihn gar nicht. »Des waret doch nette Damen, oder nit, Herr Thomsen?«, fragte sie, und Thomsen nickte so euphorisch, wie er nur konnte.

Allmählich machte sich seine Blase vom vielen Kaffee bemerkbar, doch er entschied, es irgendwie noch bis nach Hause schaffen zu wollen.

Hier zur Toilette gehen? Auf gar keinen Fall! Nach Hause waren es gut fünfundzwanzig Minuten, überlegte er. Ob das wohl reichte?

»Welche hät Ihne denn am beschte g'falle?«

Am besten? Was um Gottes willen meinte Frau Winterhalter denn damit?

»Ich han de Eindruck g'habt, dass es Ihne vor allem die Gertrud angetan hät«, fuhr Frau Winterhalter unbeeindruckt fort. »Des isch wirklich eine Nette – und sie hät de größte Hof. Sie habe übrigens allen dreien gut g'falle, da bin ich mir sicher.«

Thomsen war so verblüfft, dass er für einen Moment seine Blase vergaß.

»Die Gertrud, die hät eine sehr gute Rente und isch außerdem ein echter Putzteufel. Die wär vielleicht auch nit schlecht für Sie …«

Thomsen traute seinen Ohren nicht. »Wie … wie meinen …?«

»Ha, Herr Thomsen«, meinte nun die Gastgeberin. »Ein fescher, gut verdienender Beamter wie Sie – noch dazu im beschte Alter. Dem würd doch eine Frau nit schaden.«

»Na, prima«, mischte sich der Gatte mit grimmigem Gesichtsausdruck ein. »Statt ›Bauer sucht Frau‹ mache mir jetzt ›Bäuerin sucht Mann‹?«

»Also, Herr Thomsen, habet Sie schon eine Favoritin, oder solle mir in ein paar Tag die Hausmusik mit Kaffee noch mol wiederhole?«

»Ich gang in de Stall«, meinte Kommissar Winterhalter, ohne die Entscheidung abzuwarten.

»Ich müsste bitte mal auf die Toilette«, stammelte Thomsen.

15. ÜBERRASCHUNGSBESUCH

Auf dem Gipfel des Feldbergs hatten Hubertus die Emotionen übermannt. Die zehnte Etappe des Westwegs war die Königsetappe – und der Panoramablick vom höchsten Berg des Schwarzwaldes einfach überwältigend. Die Sicht auf die Alpen von der Aussichtsplattform direkt gegenüber der Warte des Deutschen Wetterdienstes hatte ihn mit so viel Dopamin ausgestattet, dass er die nächsten Teilziele wie im Flug erreichte. Stübenwasen oder Notschrei etwa, wo er mitunter im Winter auf den Langlaufskiern unterwegs war. Auch das in den letzten Jahren aber nur noch gelegentlich.

Während er schweißüberströmt, doch erstaunlich mühelos Kilometer um Kilometer hinter sich brachte, fasste er wieder einmal einen Entschluss: Er würde sich nie mehr mit Ernährungsumstellungen kasteien, sondern stattdessen einfach mehr Sport treiben. Viel mehr Sport. Im Freien, nicht in irgendwelchen muffigen Fitnessstudios. Und wenn er danach Lust auf einen Badischen Wurstsalat hatte, dann würde er sich den gönnen. Und zwar den großen. So!

Glücklich stürmte er in den letzten Wanderminuten des Tages über freie Wiesenhänge zum Wiedener Eck, wo die heutige Etappe enden sollte. Bei so viel Freude, bei so viel Grün war ihm, als müsse er auch noch einen weiteren Meilenstein in seinem Leben setzen: Er würde sich künftig selbst genug sein und sich nicht mehr fragen, inwieweit beispielsweise Carolin vielleicht doch noch etwas an ihm lag.

Kein Beziehungsstress mehr, schwor er sich.

Zu Beginn des Tages, beim Aufstieg zum Feldberg, hatte er noch über den Fall Bröse nachgegrübelt, doch der war ihm mittlerweile so gleichgültig wie die Mountainbiker, die ihn von Zeit zu Zeit überholten. In welcher psychischen Konstitution musste man sich befinden, um sich über so etwas derartig aufzuregen, dass man handgreiflich gegen die Radler wurde?

In diesem Moment bedauerte Hubertus seinen Freund Klaus. Er war, das musste man wohl so harsch konstatieren, auf dem absteigenden Ast. Nicht unbedingt beruflich, aber in charakterlicher Hinsicht: Er wurde immer ungeduldiger, jähzorniger, sozial dysfunktionaler. Armer Riesle.

Hummels Mitleid ging indes nicht so weit, dass er seinen Freund möglichst schnell hätte wiedersehen wollen, um ihn aufzumuntern. Ganz im Gegenteil hoffte er inständig, dass Klaus bitte nicht schon wieder am Ende der Etappe auf ihn warten und ihn weiter in diesen Fall verwickeln möge.

Hubertus Hummel stellte seinen Rucksack ab, studierte die Karte und überlegte sogar, ob er ein oder zwei Kilometer neben dem eigentlichen Weg laufen sollte, um ein mögliches Zusammentreffen mit Riesle zu vermeiden.

Er entschied sich letztlich dagegen – und hatte Glück.

Als er am Wiedener Eck ankam, war nämlich tatsächlich keine Spur von seinem Freund zu sehen. Er sichtete lediglich ein Wandererpärchen, das die Wegweiser musterte, und eine blonde Frau, die allein im Gras saß.

Als er näher kam, erstarrte er dennoch. Aus hundert Metern Entfernung glaubte er plötzlich, die Frau zu kennen, die sich da neben einem hölzernen Hinweisschild niedergelassen hatte. Er zögerte, lief dann schneller.

Die Frau, die am Wegesrand meditierte, war Elke.

Sie war so in ihrer eigenen Welt versunken, dass sie erst reagierte, als Hubertus sie zweimal angesprochen hatte.

»Huby«, sagte sie leise.

»Das ist aber ein Zufall«, meinte der, und schon während er die Worte aussprach, war ihm klar, dass es mitnichten ein Zufall war. »Was ist los?«, setzte er nach. Dann durchfuhr ihn ein kalter Schauer. »Ist etwas mit Martina? Oder mit Maximilian?«

Elke lächelte sanft und schüttelte dann den Kopf. »Setz dich zu mir«, sagte sie.

Hubertus leistete keinen Widerstand, zumal ihm nun erstmals an diesem Tag die Beine schwer wurden.

»Du hast auf mich gewartet? Wie lange?«

»Das spielt doch keine Rolle«, sagte Elke.

»Was gibt es denn?«, fragte Hubertus, der im Geiste durchging, wem noch alles etwas zugestoßen sein könnte. Seinen Eltern? Klaus?

»Guntram ist wohl wirklich ermordert worden«, sagte Elke dann. »Klaus hat mich vorhin angerufen, um mich auszufragen.«

Na und?, war Hummel beinahe versucht zu sagen, doch er beherrschte sich.

»Aha«, meinte er stattdessen. »Also lag es doch nicht daran, dass er den heiligen Berg entweiht hat?«

Elke wiegte langsam den Kopf hin und her und fuhr sich dann wieder durch die Haare, was bei ihr, wie Hubertus wusste, als Zeichen von Aufregung oder Verlegenheit zu deuten war. »Vielleicht eine Mischung aus beidem«, mutmaßte sie dann.

Hummel zuckte mit den Schultern. Im Moment war ihm das herzlich egal.

»Hubertus«, meinte Elke nun. »Ich weiß, dass das jetzt unsensibel sein mag, aber ich bin es Guntram schuldig, herauszufinden, was da passiert ist.«

»Aha«, sagte Hummel wieder.

»Schließlich waren sich unsere Seelen eine Zeitlang sehr nahe.«

Hummel war begeistert. Keinesfalls über das, was Elke da wieder herumschwadronierte, sondern darüber, dass er sich nicht aufregte.

Feldberg und Alpenblick sei Dank, dachte er. Denn er saß ganz still im duftenden Gras neben seiner Noch-Frau, hörte sich an, was sie zu sagen hatte, und freute sich auf die morgige elfte Etappe des Westwegs.

»Tja«, sagte er lediglich.

»Und ich denke, dass ich deine Hilfe benötige, um herauszufinden, wer der Täter war«, pirschte sich Elke weiter vor.

Das regte Hummel schon etwas mehr auf, auch wenn er weiterhin relativ ruhig blieb.

»Huby, unsere Seelen sind einander ebenfalls nahe – und das bleiben sie auch. In gewisser Hinsicht unterscheiden wir uns jedoch: Du bist der eher Rationale, der praktisch Veranlagte …«

Hummel nickte. Das klang doch gar nicht schlecht.

»Ich hingegen bin die Spirituelle. Ich denke, wenn wir uns gemeinsam auf die Suche machen, werden wir die Lösung des Geheimnisses finden. Du hast dich doch schon öfter mit solchen Fällen beschäftigt …«

Daher wehte der Wind? Anstelle des Ermittler-Duos Hummel/Riesle sollte nun das Duo Hummel & Hummel treten?

»Probier es doch mal bei Klaus«, schlug Hubertus vor.

»Das würde nicht funktionieren«, meinte Elke in unüblicher Deutlichkeit. »Unsere Seelen sind zu weit voneinander entfernt.«

»Dann bei Brindur, deinem Mitbewohner.«

»Der ist sehr spirituell, aber nicht so ein praktischer Mann wie du«, erklärte Elke.

Wollte sie ihm schmeicheln? Hummel hatte sich im Vergleich zum Durchschnitt der Bevölkerung eigentlich immer für handwerklich eher unbegabt, mitunter etwas tollpatschig, eben gar nicht so praktisch veranlagt gehalten. Verglich man ihn mit solchen Waschlappen wie Brindur, hatte Elke aber unzweifelhaft Recht.

»Morgen stehen der Belchen und der Blauen auf dem Programm«, entgegnete Hummel. »Die elfte Etappe.«

»Ich verstehe dich, Huby«, sagte Elke. »Und ich weiß, wie wichtig das Wandern in dieser Phase für dich ist. Glaube nicht, dass ich dich darum bitten würde, wenn es für meine Entwicklung nicht so relevant wäre.«

Noch immer schaffte sie es nicht, ihn aus der Ruhe zu bringen. Freundlich erwiderte er den Gruß anderer Wanderer, die ebenfalls erschöpft ihr Tagesziel erreicht hatten, und genoss dann wieder den Ausblick.

»Und möglicherweise wäre es auch für deinen geistigen Weg gut«, bohrte Elke weiter.

Hummel wurde nun doch allmählich unruhig.

»Du könntest auf diese Weise etwas gegen deine Eifersucht tun. Und es könnte eine Versöhnung zwischen Guntram und dir geben ...«

»Aha«, sagte Hummel wieder. »Ich will mich aber gar nicht mit deinem Guntram versöhnen. De mortuis nil nisi bene, aber dein Guntram war eindeutig ein ...«

»Er wünscht sich, dass wir herausfinden, was ihm angetan wurde – das spüre ich«, sagte Elke.

Hubertus war sich ganz sicher: Riesle hätte es an diesem Tag der Königsetappe nicht geschafft, ihn aus der Reserve zu locken oder seine Stimmung und Pläne massiv zu beeinträchtigen. So etwas war einzig und allein Elke vorbehalten.

»So, du spürst also, dass Bröse will, dass *wir beide* herausfinden, was ihm angetan wurde?«, fragte Hummel und bemühte sich zu reden, wie das Psychiater in Fernsehfilmen tun.

Elke nickte. »Und ich möchte die Verletzung dieses heiligen Felsens lindern, an dem Guntram unglücklicherweise herumgeklettert ist«, setzte sie noch einen drauf. »Er kann das ja in diesem Leben nicht mehr.«

»So, so, er kann das nicht mehr?«, wiederholte Hubertus. Nun wäre es eigentlich an der Zeit gewesen, aufzustehen und in sein Quartier zu humpeln, doch da sagte Elke etwas Infames: »Ich habe dich sehr gerne, Huby. Sonst wäre ich nicht hierhergekommen.«

Männer sind doch dumm, dachte Hubertus. Es hatten überhaupt keine sexuellen Anspielungen in diesem Satz gelegen. Nicht bei Elke, nicht bei diesem Grad ihrer Beziehung. Und dennoch waren es diese dürren Worte, die eine Bewusstseinsänderung in ihm hervorriefen, die alle Vorsätze der letzten Stunden ad absurdum führten. Noch schlimmer: Hummel wusste, dass er das Falsche tat, wenn er jetzt mit Elke ging. Aber er rang gar nicht mehr mit sich. Ihm war völlig klar, dass er ihr hinterhertrotten würde.

Und so war es dann auch.

16. ACHTUNDVIERZIG STUNDEN RIESLE

Für Klaus Riesle hätte es nicht besser laufen können. Er stand mitten im Büro der Kriminalhauptkommissare Thomsen und Winterhalter – dort, wo die Fäden bei den Ermittlungen im Fall Bröse zusammenliefen. Er hatte nicht zu hoffen gewagt, dass das klappen würde, und dann auch noch so schnell …

»Meine Herren, ich habe bereits versucht, Sie über die neuesten Entscheidungen in puncto Öffentlichkeitsarbeit auf dem Laufenden zu halten«, sagte Frau Bergmann, die Kripochefin. »Aber da waren Sie ja mit Ihren Büroexperimenten beschäftigt.«

Sie deutete auf die Karabinerhaken an der Decke.

»Nun darf ich Ihnen Herrn Riesle vorstellen, den Sie ja vermutlich ohnehin schon kennen. Er ist Journalist beim Schwarzwälder Kurier.« Die Chefin wies auf den Mann mit der obligatorischen Jeansjacke und dem umgehängten Fotoapparat. Er grinste die beiden abwechselnd an.

»Der Herr ist uns selbstverständlich bestens bekannt«, sagte Thomsen. »Was macht er hier?«

»Sie beide wissen ja, dass es bei der öffentlichen Wahrnehmung der Polizeiarbeit noch Verbesserungsbedarf gibt. Wir brauchen mehr Transparenz und sollten auch nicht mit der ausgezeichneten Arbeit unserer Beamten hinterm Berg halten. Deshalb habe ich beschlossen, eine Presseoffensive zu starten. Und das ist der erste Teil.«

Frau Bergmann strich sich die Haare aus dem Gesicht und lächelte Riesle an. »Herr Riesle ist in Polizeidingen sozusagen das beste Pferd im Stall des Kurier, nicht wahr?«

» Na ja, wenn Sie das so sagen «, meinte der Journalist verlegen.

» Ich versteh nit recht? Was macht der Riesle jetzt hier? «, mischte sich Winterhalter ein.

Erstaunlich, wie schnell die Chefin ihre Miene von sehr freundlich zu leicht ungehalten ändern konnte. » Es werden uns die nächsten Wochen mehrere Journalisten begleiten. Hospitation nennt man das. Und Herr Riesle wird den Anfang machen, Ihnen achtundvierzig Stunden Gesellschaft leisten und bei der Arbeit über die Schulter schauen. «

» Frau Bergmann «, sagte nun Thomsen mühsam beherrscht. » Dürfte ich Sie wohl mal kurz unter vier Augen sprechen? «

» Bitte «, sagte sie und ging mit ihm vor die Tür.

Der Kriminalhauptkommissar, der sonst eher leise sprach, hatte große Schwierigkeiten, seinen Ton zu mäßigen: » Das kann doch nicht Ihr Ernst sein? Dieser Riesle ist der übelste Boulevardjournalist überhaupt. Das ist ein … ein ganz fieser Typ, der gerade wieder am Fundort des toten Kletterers sehr negativ aufgefallen ist. Er hat unsere Arbeit behindert. Außerdem hat er mich mit einer Gummipuppe beworfen, weshalb noch ein Verfahren wegen Körperverletzung auf ihn zukommt. Und jetzt soll er auch noch dafür belohnt werden? «

» Womit hat er Sie bitte schön beworfen? «

» Mit einer Gummipuppe. «

» Lieber Herr Thomsen «, setzte Frau Bergmann an. Ihr Befehlston stand in krassem Gegensatz zur freundlichen Anrede. » Mir ist egal, was Herr Riesle für ein Journalist ist. Und verschonen Sie mich bitte mit solch abenteuerlichen Geschichten. Ich habe das mit dem Chefredakteur des Schwarzwälder Kurier vereinbart. Wenn Sie dieses Prestigeprojekt verhindern wollen, bitte schön. Ihrer Versetzung zum Streifendienst steht dann nichts mehr im Wege. Sie haben ohnehin schon mit Ihren Eigenarten viel Kredit verspielt.«

»Aber Frau Bergmann«, flehte nun Thomsen. »Ich habe ja gar nichts gegen diese ... äh ... Imagekampagne. Der Kollege Winterhalter und ich lassen uns auch gerne von einem Pressekollegen begleiten. Aber bitte nicht von diesem Riesle.«

»Herr Thomsen, Sie leiden offenbar unter Verfolgungswahn!«

Thomsen wusste, dass jede weitere Widerrede sinnlos gewesen wäre.

»Und wie sollen wir verhindern, dass Ermittlungsergebnisse im aktuellen Fall an die Öffentlichkeit gelangen?«, gab er zaghaft zu bedenken.

»Der Chefredakteur hat sich einverstanden gezeigt, dass er uns die Berichte von Herrn Riesle in den nächsten Tagen vor Erscheinen zumailt. Mit uns meine ich übrigens mich.«

»Aber ...«

»Abgesehen davon sollten Sie selbstverständlich keine Dienstinterna ausplaudern und Ihre Arbeit positiv darstellen – falls Ihnen das möglich ist.«

Thomsen nickte verkrampft. »Achtundvierzig Stunden?«, hakte er nach und hantierte mit seinem Handy herum.

Frau Bergmann nickte. »Herr Riesle hat übrigens schon seine Zuverlässigkeit gezeigt, indem er in seinem ersten Artikel über den Toten am Teufelsfelsen dessen Namen nicht genannt hat, obwohl er ihn bereits wusste.«

Dann ging sie energischen Schrittes wieder ins Büro.

Dort zeigte Riesle Winterhalter gerade seine Kamera und erklärte technische Details.

»Dann wünsche ich Ihnen viel Spaß und interessante Einblicke in die Arbeit der Kriminalpolizei«, flötete sie zum Abschied Riesle zu.

Der war nun alleine mit den Kripobeamten und zeigte auf die Karabinerhaken. »Was ist denn das?«

»Ha, der Herr Thomsen und ich machet gelegentlich Fitnessübungen im Büro«, erklärte Winterhalter, dessen Backen wieder mal eine gesunde rote Farbe hatten. Den Nebenerwerbslandwirt brachte einfach nichts aus der Ruhe.

Nicht mal ein Riesle.

17. BRÖSES VILLA

»Machen Sie mir hier bloß nichts schmutzig«, schnauzte Thomsen Riesle an und klang dabei so, als gehörte ihm das Haus. Dabei war es doch das von Dr. Guntram Bröse, dem Rechtsanwalt, dem Gemeinderat und möglichen Mordopfer, das sie gerade betraten.

Bröses Heimstatt war durchaus imposant – in früheren Zeiten hatte die Gründerzeitvilla in Schwenninger Innenstadtnähe einem Uhrenfabrikanten gehört. Aber der hatte Frau und fünf Kinder gehabt. Für einen zumindest die meiste Zeit Alleinstehenden mutete die Größe zumindest nach Winterhalters Meinung geradezu grotesk an.

Die protzig-moderne Einrichtung passte so gar nicht zur altehrwürdigen Villa: In neuerer Zeit war eine riesige Glasfront eingezogen worden, es gab auffällige Designerstühle, einen vermutlich sündhaft teuren Kühlschrank und einen Fernseher, der eine halbe Wohnzimmerwand einnahm.

Thomsen wandte sich flüsternd an seinen Kollegen: »Wir

müssen schauen, wie wir Riesle beschäftigt bekommen. Ich habe absolut kein Interesse, ihm unsere Ermittlungsergebnisse auf dem Präsentierteller zu servieren.«

»Herr Thomsen, ich kümmer mich um den. Schauet Sie sich derweil mal in Ruhe um«, flüsterte Winterhalter zurück. Riesles Anwesenheit schweißte die beiden Beamten enger zusammen.

»Wann kommt Bröses Putzfrau vorbei?«, fragte Thomsen immer noch flüsternd.

»In einer halben Stunde. Ich hab vorhin mit ihr telefoniert und sie einbestellt.«

Thomsen nickte zufrieden, zog die Silikonhandschuhe an und drehte dankbar in Richtung Arbeitszimmer ab. Der Journalist wollte ihm schon folgen, als Winterhalter sich einschaltete: «Herr Riesle, jetzt erklär *ich* Ihnen mal, was mir hier so mache.«

»Aber das weiß ich doch«, entgegnete Riesle. »Sie stellen jetzt Bröses Bude auf den Kopf.« Er grinste schief.

»Ja, aber das Wie isch doch die Frage. Kommet Sie mal.« Er fasste ihn unterm Arm, setzte zu einem seiner berüchtigten Kriminaltechnikvorträge an, der von der Sicherung und Auswertung der daktyloskopischen Spuren bis hin zu Mikrofaserspuren reichte. Dabei sparte er nicht mit Anekdoten und berichtete stolz, wie er einen Fall gelöst hatte, bei dem ein Mann vermeintlich in einen Glastisch gefallen und dann verblutet war – Winterhalter hatte dank akribischer Kriminaltechnikuntersuchungen und Rekonstruktionen herausgefunden, dass das Opfer mit einer Scherbe in den Hals gestochen worden war.

Riesle schwirrte der Kopf. Winterhalter konnte nicht nur ausführlich, sondern dank seines Dialekts auch ungemein langsam, ja langatmig erzählen. Verzweifelte Versuche, den Vortrag etwa mit einem »Vielen Dank, aber ich schaue mich noch ein wenig selber um« zu beenden, wurden von Winterhalter mit immer neuen Geschichten im Keim erstickt.

Der Kollege war manchmal wirklich Gold wert, dachte Thomsen. So sehr er mitunter selbst von ihm und seinen Erzählungen genervt war, so sehr schätzte er nun sein Ablenkungsmanöver. Denn Winterhalter verschaffte ihm genügend Zeit, sich im Arbeitszimmer des Opfers umzusehen.

Den Kalender auf dem Schreibtisch hatte er bereits durchgearbeitet. Der Eintrag »Klettern Teufelsf.« war ihm gleich ins Auge gestochen. Seine Hoffnung, anhand weiterer Terminnotizen etwas über ein mögliches Treffen mit dem Täter zu erfahren, zerschlug sich allerdings. Alle weiteren Termine um den Tattag herum schienen unverdächtig, waren geschäftlicher (»9.00: Prozess Gef. KV Gerstmaier«) oder politischer Natur (»19.00: Gem.rat«), auch wenn sie natürlich überprüft werden mussten. War der Angeklagte Gerstmaier gewalttätig und unzufrieden mit Bröse gewesen? Gab es im Gemeinderat irgendeinen aktuellen Streitpunkt oder massiven Zwist zwischen Bröse und einem weiteren Ratsmitglied? Oder einer Interessensgruppe?

Interessanter schien Thomsen der Hinweis auf ein »Abendessen Irene«, das mit drei Ausrufezeichen gekennzeichnet war. Es hatte den Aufzeichnungen zufolge zwar schon fast zwei Wochen vor Bröses Tod stattgefunden, schien dem Anwalt aber recht wichtig gewesen zu sein. Immerhin war es der Privattermin, der dem Todestag am nächsten lag. Ansonsten gab es nur noch einen Eintrag am Folgetag des Todesdatums für einen Termin in einem Schwenninger Café, doch war hier kein Name angegeben.

Wer war diese Irene? Vermutlich eine Geliebte.

Thomsen nahm sich die Korrespondenzen auf dem Schreibtisch vor. Vielleicht würde er hier einen Brief oder eine Nachricht der Rendezvous-Partnerin finden.

In beachtlicher Geschwindigkeit sah er rund hundert Blätter durch. Vorwiegend Gemeinderatskram, Tischvorlagen, wenig Anwaltskorrespondenz, von der sich wohl das Gros in seiner Kanzlei befand.

Steuergeschichten, Telefonrechnungen, Computerausdrucke.

Nach zwanzig offenbar unwichtigeren Blättern stieß Thomsen auf einen erbosten handschriftlich verfassten Brief. Draußen plapperte Winterhalter immer noch monoton auf Riesle ein.

»Lassen Sie gefälligst die Finger von meiner Frau!«, schrieb ein Michael Dorfmeister. »Irene und ich sind seit siebzehn Jahren verheiratet. Ich lasse es nicht zu, dass Sie meine Ehe zerstören.« Die zackige Schrift schien den Zorn des Verfassers wiederzugeben.

Thomsen steckte den Brief fein säuberlich in eine Folie und legte den Terminkalender dazu, denn bei Irene musste es sich um Bröses Verabredung handeln.

Die restlichen Privatbriefe und Ansichtskarten stammten überwiegend von Frauen, die sich mal mehr, mal weniger herzlich an Bröse gewandt hatten – meist aber schon vor etlichen Monaten oder gar Jahren. Thomsen konnte sich nicht erinnern, wann er das letzte Mal Post von einer Frau bekommen hatte. Vermutlich eine Ansichtskarte von seiner inzwischen geschiedenen Gattin, als diese damals zur Kur gefahren war. Aber da war der Schreibstil mit Sicherheit eher nüchtern gewesen – so wie ihre gesamte Ehe eben auch.

Die Postkarten packte er ebenfalls in eine Schutzfolie.

War dieser Teil der Beweissicherung noch reibungslos und ohne Störungen durch den lästigen Riesle abgelaufen, so änderte sich dies mit dem Eintreffen von Raissa Petrova. Bröses Putzfrau betrat in einer geblümten Schürze, mit Eimern und Reinigungsmitteln aller Art bewaffnet, das Haus. Allein deshalb war sie Thomsen sympathisch. Am liebsten hätte sie sofort mit der Reinigung des Hauses begonnen.

»Danke für Ihr Erscheinen – ein wenig müssen Sie sich jedoch noch gedulden«, sagte Thomsen. »Wir müssen erst noch mögliche Spuren sichern. Aber wir hätten da ein paar Fragen zu Herrn Bröse.«

Natürlich: Schon war Riesle – mit Winterhalter im Schlepptau – zur Stelle, hatte den Schreibblock gezückt und lächelte die Putzfrau neugierig an. Thomsen tat ihm nicht den Gefallen, ihn vorzustellen, sondern erklärte nur: »Das ist mein Kollege Winterhalter.«

»Eine wirklich tragische Geschichte«, jammerte die Putzfrau mit leicht russischem Akzent und schnäuzte sich in ihr ebenfalls geblümtes Stofftaschentuch. »Herr Bröse war immer gut zu mir und sehr großzügig. Er hat mir oft etwas extra zugesteckt.«

»Wie oft haben Sie bei Herrn Bröse sauber gemacht?«, fragte Thomsen.

»Dreimal die Woche. Außerdem hab ich ihm gelegentlich etwas zu Abend gekocht. Dafür habe ich aber nichts zusätzlich verlangt. Meistens hat er ohnehin auswärts gegessen. Er war ein vielbeschäftigter Mann.«

Thomsen nickte und machte sich Notizen.

Riesle tat es ihm gleich.

» Herr Bröse hatte wohl nicht viel Freizeit. Wie oft war er denn beim Klettern? «, fragte Thomsen.

» Beim Klettern? Schon ganz lange nicht mehr. Ich kann mich jedenfalls nicht daran erinnern. « Raissa Petrova zerknüllte das Taschentuch und steckte es in die Seitentasche ihrer Schürze.

» Sicher können Sie uns sagen, wo Herr Bröse sein Kletterseil aufbewahrt hat? «

» Natürlich. « Sie kannte sich wirklich aus.

Raissa Petrova ging voraus, führte die Gruppe durch einen langen Gang, öffnete dann eine Stahltür und betrat die großzügige Garage, in der ein Motorrad und ein altes Oldtimer-Cabriolet englischen Fabrikats standen. Außerdem die Limousine, die die Polizei nahe dem Teufelsfelsen entdeckt und wieder nach Villingen überführt hatte.

» Hier lag es immer aufgewickelt. « Sie zeigte auf ein sehr aufgeräumt wirkendes Metallregal mit einem Werkzeugkoffer, einer Bohrmaschine, einem Wagenheber und ein paar undefinierbaren Dosen. » Beim Putzen habe ich es immer herausgenommen. Ich reinige auch hier in der Garage zweimal im Monat die Schränke. «

» Hat er des wirklich immer hier aufbewahrt? «, fragte Winterhalter nach.

» Das Haus von Herrn Bröse kenne ich wie meine Westentasche. Bei ihm hatte immer alles seine Ordnung, jedes Teil seinen festen Platz. Er war nun mal ein besonderer Mensch. «

Fast empfand Thomsen so etwas wie Sympathie für Bröse. Ordentlicher Haushalt, saubere Putzfrau, die sogar in der Garage wienerte. So gehörte es sich. Sollte er sich vielleicht auch so eine Putzfrau wie Frau Petrova zulegen? Schließlich war ihr jetzt ein wichtiger Kunde verloren gegangen. Und für ihn wäre das doch eine gute Therapie gegen seine Phobien, mal jemand anderen seine Wohnung reinigen zu lassen. Aber vielleicht ging das dann doch etwas zu weit – zumal es sicher niemanden gäbe, der seinen Ansprüchen wirklich genügen würde. Nicht einmal Frau Petrova …

»Darf ich mal?« Nun wurde Winterhalter aktiv. Er hatte bereits seinen weißen Overall übergezogen und betrachtete aufmerksam den Regalboden. »Des sieht ja wirklich sehr sauber aus«, sagte er dann.

»Was haben Sie denn erwartet?«, entgegnete die Putzfrau beleidigt.

»Das würde zu weit führen, Ihnen das zu erklären«, sagte Thomsen und erntete ein Kopfschütteln. Gleichzeitig versuchte er, Winterhalter zu bedeuten, er möge Riesle weiter ablenken. Der Kriminaltechniker achtete aber gar nicht auf ihn.

»Beim Putzen isch Ihnen hier in letzter Zeit nix B'sonders aufgefalle? Zum Beispiel, dass hier mal eine Stelle verfärbt war?«

»Verfärbt? Nein!« Die Putzfrau schüttelte nun noch heftiger den Kopf. Seltsame Fragen hatten diese Kripoleute.

»Wer hatte alles Zugang zu Herrn Bröses Haus?«, wollte Herr Thomsen wissen.

»Herr Bröse, ich – aber sonst … «

»Er hatte derzeit keine … Lebensgefährtin?«

»Zuletzt ging hier eine Irene ein und aus.«

»Dorfmeister?«, hakte Thomsen nach.

Die Putzfrau nickte langsam. »Ja, so könnte Sie geheißen haben. Oder eher *von* Dorfmeister. Das war wirklich eine unangenehme Person, hat sich hier aufgeführt wie eine Gräfin. Und mich behandelt wie … eine ganz niedere Bedienstete. Aber zuletzt kam sie nicht mehr. Ich hatte schon gehofft, dass … Na ja, ich weiß nicht, ob sie noch mit Herrn Bröse zusammen war. Geht mich ja auch nichts an.«

»Aber hatte diese Irene noch einen Schlüssel?«

»Das kann ich Ihnen nicht beantworten.«

»Und gab es andere ehemalige Lebensgefährtinnen mit Hausschlüssel?«, warf Riesle ein und musste wieder an Elke denken.

»Das ist hier keine Pressekonferenz«, tadelte ihn Thomsen. »Halten Sie sich bitte zurück.«

Die Putzfrau beantwortete die Frage dennoch: »Nicht, dass ich wüsste. Solang sie aktuell waren, hatten sie immer mal Hausschlüssel. Ob sie die aber Herrn Bröse zurückgegeben haben oder nicht, das weiß ich nicht. Auch nicht, was diese arrogante Irene betrifft.«

»Was waren das denn immer für Frauen?«

»Ich will nicht indiskret sein …«

»Frau Petrova, wir suchen hier den Mörder Ihres ehemaligen Arbeitgebers. Und dafür müssen wir wirklich alles …« Thomsen musste den Satz nicht vollenden.

»Es waren meist … meist Damen, die sehr … sehr viel Wert auf ihr Äußeres legten.« Sie schaute etwas schnippisch. »Und wenig Wert auf eine Reinigungskraft wie mich.«

»Haben Sie Namen dieser Damen?«

Frau Petrova schüttelte den Kopf: »Beim besten Willen nicht. Ich habe ja immer nur die Vornamen mitbekommen, wenn Dr. Bröse mit ihnen sprach. Die Damen haben sich mir ja nie vorgestellt, mich sogar eher ignoriert.«

Sie schaute in die Ferne, blickte durch die glasklaren Fenster hinaus in den üppigen Garten, der bei aller Sauberkeit gezielt verwildert wirkte.

Das immerhin passte zum Anwesen.

»Keinen einzigen Namen?«, insistierte Thomsen. »Und waren die alle so unhöflich Ihnen gegenüber?«

»Schade, dass es zwischen Dr. Bröse und dieser ... warten Sie ... Elke nicht dauerhaft geklappt hat. Die war anders, das war eine nette Person, die hat sich mir auch selbst vorgestellt.«

»Elke ...« Thomsen notierte sich den Namen. »Und weiter?«

»Hummel«, platzte nun Riesle heraus. »Elke Hummel.«

»Die hat mir ein wunderbares Yoga-Seminar empfohlen«, meinte die Reinigungskraft. »Aber das mit Frau Hummel ist ja leider schon lange vorbei.«

Winterhalter, der gerade das Metallregal und die Umgebung kriminaltechnisch unter die Lupe nahm, fragte: »Frau Petrova, wann habe Sie hier denn das letzte Mal geputzt?« Er erntete einen argwöhnischen Blick der Frau, so als befürchtete sie eine Beanstandung.

»Lassen Sie mich mal überlegen ... Also, das war vor gut einer Woche.«

»Waret da auch schon die schwarze Spritzer an der Wand?«, fragte Winterhalter und beleuchtete mit einer Taschenlampe den weißen Putz.

»Ich denke, das wäre mir aufgefallen«, sagte Raissa Petrova. Eine Beobachtungsgabe, die eigentlich nach dem Geschmack von Thomsen hätte sein müssen. Doch der verstand noch nicht so recht: »Worauf wollen Sie hinaus, Winterhalter?«

»Wenn einer hier in de Garage das Seil manipuliert hat, dann könnt er Spuren hinterlassen habe, die auf Schwefelsäure hindeute.«

»Und wie müssten diese Spuren dann aussehen?«, fragte Thomsen.

»Schwarz. Schwarz wie die Nacht. Und schwarz wie die kleine schwarze Spritzer dort an der Wand.«

Thomsen bedankte sich bei der Putzfrau: »Wir brauchen Sie dann erst mal nicht mehr. Könnten Sie bitte draußen im Flur warten und sich noch zur Verfügung halten?«, beendete Thomsen vorläufig die Befragung.

»Dürfte ich im Flur schon mit dem Putzen anfangen?«, erkundigte sich Frau Petrova.

»Warum wollet Sie denn überhaupt noch hier putzen? Ich mein, der Hausbesitzer isch doch tot«, sagte Winterhalter eine Spur zu unsensibel.

»Das bin ich Herrn Bröse schuldig«, sagte Raissa Petrova leicht beleidigt, schnäuzte sich nochmals und ging nach draußen.

»Und Sie gehen jetzt bitte auch nach draußen. Wir müssen hier in Ruhe arbeiten«, befahl Thomsen dem Journalisten. Riesle lief tatsächlich der Reinigungskraft hinterher. Er folgte dabei allerdings mehr seiner Neugier als Thomsens Anweisung. Von der Garage hatte er genug gesehen, nun interessierte ihn Bröses langjährige Bedienstete.

»Sieht ja sonscht wirklich verdammt sauber aus«, sagte Winterhalter, leuchtete mit einer Taschenlampe den Regalboden ab, nahm zwischendurch eine Lupe aus seiner Arbeitstasche und betrachtete ganz genau die Struktur des Metalls.

»Und? Was meinen Sie?«, fragte Thomsen.

»Stahl«, sagte Winterhalter, ganz Fachmann.

»Ich meine nicht das Metall, sondern Ihre kriminaltechnische Einschätzung.«

»Wenn hier jemand das Seil mit Schwefelsäure bearbeitet

hat, dann müsste man eigentlich auch noch Rückstände sehe. Es sei denn, er hat danach sehr akribisch sauber g'macht oder was drunterg'legt.«

»Sieht aber aus wie neu«, sagte Thomsen.

Winterhalter nickte. Dann rüttelte er an dem Metallboden und holte ihn aus der Verankerung.

»Sicher isch sicher. Mir werdet des noch mal in de Kriminaltechnik ganz genau untersuche.«

»Und was machen wir mit den Spritzern an der Wand?«, fragte Thomsen.

Auch da wusste sich der Praktiker Winterhalter zu helfen. Er holte einen Meißel und einen kleinen Hammer aus der Arbeitstasche, bearbeitete fein säuberlich den Putz, schlug einen Teil heraus, auf dem ein paar schwarze Spritzer prangten, und sicherte das Beweisstück. Thomsen schien zufrieden.

Als Winterhalter mit dem Metallboden unter dem Arm und dem eingetüteten Stück Wandputz durch den Flur lief, blickte ihm die Putzfrau irritiert hinterher.

»Wann hatte Herr Bröse denn die vorletzte Freundin? Also die vor dieser Irene?«, wollte Riesle von Frau Petrova wissen.

Thomsen wollte schon einschreiten, doch Winterhalter zog ihn am Ärmel. »Kommet Sie mit. Lasse mir doch den Herrn Riesle allein. Ich glaub nit, dass die Frau noch viel mehr weiß.«

Thomsen folgte dem Kollegen, der den Metallboden und den Putzrest im Wagen verstaute.

»Wäre es denkbar, dass der Täter das Seil mit Schwefelsäure bearbeitet und dann den Metallboden ausgetauscht hat?«

»Schon möglich«, antwortete Winterhalter. »Aber ein biss-le umständlich. Mich interessieren jetzt vor allem die Spritzer an de Wand. Die geb ich gleich zur Analyse ins Labor.«

Thomsen blickte in Richtung Villa. Noch immer schien Riesle mit der Putzfrau ins Gespräch vertieft. Worüber nur?

»Die Kollege versiegeln nachher die Haustür. Wir sollten nun zügig Bröses Kollegen in der Kanzlei befragen. Am besten sofort und ohne diesen Riesle im Schlepptau.«

»Ich hab verstanden«, sagte Winterhalter nur, forderte Thomsen zum schnellen Einsteigen auf, sprang entgegen seiner sonst so gemütlichen Art in den Wagen und ließ mit quietschenden Reifen die Villa hinter sich.

Als Riesle wenig später vor die Tür trat, war vom Kommissarenduo keine Spur zu sehen.

18. SIEGELBRUCH

Verschlusssiegel – das Wort an sich schien Hubertus und Elke schon deutlich zu signalisieren, dass man hier nicht hineindurfte.

»Ablösung oder Unkenntlichmachung stellt nach § 138 StGB eine Straftat dar. Kriminalpolizei Villingen-Schwenningen«, stand auf dem Papier, das Rahmen und Haustür miteinander verklebte. Auch wenn der Hinweis nur klein gedruckt war, schüchterte er Hubertus doch ein.

»Sollen wir wirklich?«, fragte er.

Elkes Antwort war nonverbal. Sie zückte den Hausschlüssel, durchritzte das Siegel und öffnete dann die Tür zur Gründerzeitvilla, in der Guntram Bröse gewohnt hatte.

Möglicherweise war ihr gar nicht klar, was auf dem Siegel gestanden hatte: Straftat.

Dann beschäftigte ihn aber etwas anderes: »Du hast noch einen Hausschlüssel? Wann hast du denn letztmalig von ihm Gebrauch gemacht?«, wollte er misstrauisch wissen. Wieder war die heilsame Wirkung des Westwegs verflogen. »Hast du ihm bis zuletzt noch die Blumen gegossen?«

Hummel verfluchte sich schon hier, unter der Haustür, dass er mitgegangen war. Elke reagierte derweil mit einem »Ach, Huby«.

»Heißt das Ja oder Nein?« Hubertus war plötzlich auf Krawall gebürstet. Es wäre sicher ein schöner Abend im Hotel geworden. Ganz allein mit den positiven Gedanken und den vielversprechenden Lebensentwürfen. Die zehnte Etappe hinter sich, die elfte vor sich.

Und hier war er nun wieder im alten Trott, spielte seine Standardrolle als Othello seiner Frau, von der er seit geraumer Zeit getrennt war.

Unsinnig, aber immerhin wohl vertraut.

»Ach, Huby«, antwortete Elke wieder – vermutlich, weil sie wusste, wie sehr ihn das nervte. Überhaupt fiel ihm auf, dass es einen Rollenwechsel gegeben hatte. Am Wiedener Eck war Elke noch die Unsouveräne gewesen, die Bittstellerin, er hingegen der Patente, dessen Hilfe sie benötigte. Nun schien sich das Verhältnis aus unerfindlichen Gründen wieder umgedreht zu haben. Er ergab sich in seine Eifersucht, sie wirkte mild-souverän und schien ein gewisses Verständnis für den Noch-Ehemann zu hegen, gegenüber dessen Emotionen sie sich offenbar nun wieder überlegen fühlte.

»Huby! Du bist doch derjenige, der zuletzt eine Freundin hatte, bis eure Seelen …«

»Ist schon gut«, schloss Hummel das Thema ab.

Ihn überkam ein merkwürdiges Gefühl. Weniger wegen der Angst, entdeckt zu werden. Vielmehr, weil es schon sehr seltsam war, mit seiner Exfrau im Haus von deren ehemaligem Lebensgefährten herumzustöbern.

Unsicher fragte er: »Hat das überhaupt noch Sinn, wenn die Polizei schon hier war und alles auf den Kopf gestellt hat?«

»Ach, Huby«, sagte Elke zum dritten Mal. »Du hast es doch vorgezogen, hierher zu gehen, während ich ja lieber mit der alten Seherin in ihrer Hütte am Teufelsfelsen sprechen wollte. Aber lass mich nur machen.«

Da hatte Elke Recht. Eine weitere Begegnung mit diesem Kräuterweib hatte auf seiner persönlichen Skala noch weiter unten gestanden. Zumal er nur sehr bedingt Lust verspürte, einem esoterischen Fachgespräch über die Kelten und deren Opferbräuche beizuwohnen und diese Flugblätter gemeinsam durchzugehen. Wenn er ehrlich war, hatte ihn ja schon auch interessiert, wie Bröse wohnte. Und in seinen Sachen herumzuschnüffeln – nun ja, wenn die Option des Westwegs und der Entspannung ohnehin vorläufig ausschied, dann war das wenigstens eine einigermaßen akzeptable Alternative.

»Es hat sich fast gar nichts verändert«, meinte Elke, als sie die Tür zum Schlafzimmer öffnete. Auf die Besichtigung dieses Raums verzichtete Hummel, weil er sich nicht noch plastischer vorstellen mochte, wie ...

»Ich weiß, wo Guntram Dinge aufbewahrt hat, die ihm besonders wichtig waren«, wisperte Elke, die ihm auch etwas unentschlossen vorkam. Zum einen war sie ganz offensichtlich von Erinnerungen ergriffen, zum anderen verfolgte sie für ihre Verhältnisse erstaunlich zielstrebig den Versuch, Genaueres über die Todesursache ihres ehemaligen Lebensgefährten herauszufinden.

Zusammen bildeten sie ein hinreißend skurriles Einbrecherpärchen.

»Guntram hat einen Safe – ob die Polizei den entdeckt hat?«, flüsterte Elke und nahm im Schlafzimmer einen Dalí von der Wand, bei dem sich Hubertus fast schon vorstellen konnte, dass es ein Original war. Zu allem Überfluss musste er nun doch das Schlafzimmer betreten. Immerhin waren die Laken nicht zerwühlt.

»Frau Petrova, die Putzfrau, ist sehr zuverlässig und gründlich«, erläuterte Elke und wandte sich dem kleinen Tresor zu, der hinter dem Bild in die Wand eingelassen war.

»Sag bloß, du hast auch dafür einen Schlüssel?« Hummel konnte es nicht fassen, doch das musste er auch nicht, denn Elke schüttelte den Kopf.

»Vielleicht stimmt die alte Zahlenkombination ja noch«, mutmaßte die Ex-Bewohnerin und drehte fünf Ziffern. Eins – Drei – Neun – Sechs – Eins.

»13 – 9 – 61. Das ist ja … ein Geburtsdatum … dein Geburtsdatum!«, empörte sich Hubertus. Die Empörung wurde noch größer, als sich der Safe tatsächlich öffnete.

»Vielleicht hat er doch eine gewisse dauerhafte Seelenverwandtschaft zwischen uns gesehen«, sagte Elke, während Hubertus wieder mit dem Fragespiel begann, wann sich die beiden zuletzt gesehen hätten.

»Vor einer ganzen Weile«, beruhigte Elke ihn ein wenig vage und fasste in den Safe. Hubertus drängte sich neben sie.

Sie fanden mehrere tausend Euro Bargeld und ein wenig Schmuck.

»Das ist ein Ring von Guntrams Mutter«, erläuterte Elke zu Hummels Missvergnügen. »Und das sind die Eheringe seiner Eltern.«

»Sonst nichts?« Hummel drängte sich nach vorne und fischte eine kleine Plastiktüte mit etlichen Bildern aus dem Safe. Es waren mindestens zwanzig.

Er war baff.

»Das sind Aktfotos«, sagte er dann. »Aktfotos von Frauen. Hui, das ist doch die Frau des Gemeinderatskollegen Lembach. Und die, mit der war er doch auch mal offiziell zusammen ...«

Elke ging dazwischen. »Das ist nicht so wichtig«, sagte sie und machte Anstalten, die Bilder wieder in die Tüte zu bugsieren.

Hubertus wurde nun so richtig misstrauisch. »Bist du da auch drauf?«

Elke nahm die Tüte an sich: »Hubertus, lass das doch. Sei doch nicht so indiskret.«

»Das ist aber ... wichtig für den Fall.« Hubertus riss Elke die Bilder mit einer solchen Wucht aus der Hand, dass die Tüte zerstört wurde. Die gesamten Bilder fielen auf den Boden. Hummel ruhte nicht, bis er auch die nackte Elke gefunden hatte. Aufgenommen in genau diesem Schlafzimmer.

Barbusig. Lächelnd. Nicht zu fassen!

»Das hatte ich völlig vergessen«, behauptete Elke. »Mir war das komplett unwichtig.«

»Ja, dir schon«, grummelte Hubertus. »Gibt's noch mehr davon?«

»Von mir? Nein«, antwortete sie leise.

Hubertus nahm das Elke-Bild, zerriss es mindestens viermal und warf es auf den Boden.

»Huby, du musst lernen, deine Eifersucht zu kontrollieren«, sagte Elke.

Nun war es so weit – Hummels erster echter Wutausbruch an diesem Tag. »Herrgott noch emol! Ich finde hier in diesem Safe ein Nacktfoto von dir. Da werde ich mich ja wohl aufregen dürfen!«

Elke nickte langsam und verständnisvoll, was es nicht besser machte.

»Außerdem geht es nicht nur um Eifersucht: Ist dir klar, dass dir die Polizei einige peinliche Fragen stellen wird, wenn sie hier ein Nacktbild von dir findet?«

»Du hast es ja jetzt zerrissen«, sagte Elke sachlich, worauf Hummel etliche Male auf den Fetzen herumtrampelte, sie dann sorgfältig einsammelte und in die Hosentasche steckte.

»Was machen wir mit den anderen?«, fragte Elke dann.

»Wir schreiben uns auf, um wen es sich handelt«, beschloss Hummel. Er bemerkte, dass er nun wieder das Heft in die Hand nahm. Und dass er ein bisschen forscher, wenn nicht sogar skrupelloser war, wenn sein Begleiter nicht Riesle hieß. Bei Klaus als Kompagnon hatte er immer ausschließlich den Bedenkenträger gespielt.

Hubertus wühlte weiter im Safe und stieß dabei auf einige Papiere. Die Promotionsurkunde, ein Schriftstück der Zulassung zum Rechtsanwalt, Bausparverträge. »Eine gute Partie – da wird sich der Erbe freuen«, murmelte Hummel und drehte sich zu seiner Frau um. »Wer erbt denn? Eine aktuelle Frau gibt es ja nicht.«

»Er hat einen Bruder, der in Freiburg lebt«, wusste Elke zu berichten. »Den habe ich aber nur einmal gesehen. Ich glaube, sie haben kaum noch Kontakt.«

»Traust du ihm einen Mord zu?«

»Eigentlich traue ich gar niemandem einen Mord zu«, meinte Elke.

»Der Übergang vom Positiven zum Naiven ist fließend«, knurrte Hubertus und drehte sich wieder in Richtung Safe. Dort stieß er auf weitere Bescheinigungen der Bank und einen offenbar privaten Brief.

Er las ihn durch und versuchte vergeblich, die Unterschrift zu entziffern. Nur dass sie von einer Frau stammte, war ziemlich eindeutig.

Der Brief begann mit einem Spruch: »Kinder sind eine Brücke zum Himmel. (Aus dem Persischen)«, stand da.

»Guntram, wir haben deutlich mehr gemeinsam, als ich bisher wusste«, las Hummel vor. »Wir müssen dringend miteinander sprechen. Ich habe etwas erfahren, das Dich genauso betrifft wie mich. Es ist sehr wichtig! Konkreteres am kommenden Dienstag (8. Juni) um 14 Uhr im Schwenninger Salinencafé. Ich freue mich und hoffe, dass Du kommst.«

Hummel senkte das Blatt, blickte Elke an und versuchte sich dann gemeinsam mit seiner Frau an der Unterschrift: »Sa...bine. Sa...brina«, schlug er vor.

»Sandra?«, mutmaßte Elke.

»Der Schrift nach müsste es eine eher jüngere Frau sein«, meinte Hubertus. »Wäre interessant, zu welchem der Nacktfotos sie gehört. Je älter solche Typen werden, umso jünger die Freundin. Irgendwie typisch ...«

Elke wollte Guntram erneut verteidigen, unterließ es dann aber. Die Beziehung zwischen ihr und Bröse war zuletzt nur noch rein platonisch gewesen. Aber ein kleines bisschen Eifersucht angesichts der vielen Frauen, mit denen sie hier konfrontiert wurde, keimte dann doch in ihr auf. Gleichzeitig aber auch so etwas wie Mitleid. Guntram war ein Getriebener gewesen, und das hatte ihm nicht gutgetan.

»Wer schreibt einen solchen Brief und warum?«, fragte Hummel. »Mehr gemeinsam … etwas erfahren … Und dann dieser Spruch …«

Elke mit ihrer weiblichen Intuition hatte bereits eine Lösung parat. »Ich bin ziemlich sicher, dass sie schwanger ist.«

»Schwanger?«

»Schwanger. Daher der Spruch mit den Kindern als Brücke zum Himmel.«

»Von Bröse?« Hummel war nun doch euphorisiert von dem Fall. »Und wann ist der 8. Juni?« Vor lauter Wandern hatte er überhaupt keine Orientierung über Wochentag und Datum mehr. Auch sein Handy lag nach wie vor zu Hause. Vermutlich hatte Riesle schon wieder etliche Male versucht, ihn zu erreichen.

»Der 8. Juni? Der war vor drei Tagen. Am Tag nach Guntrams Tod«, sagte Elke.

»Verdammt!«, fluchte Hubertus.

19. ANWALTSGEHEIMNIS

Die potenzielle Anwesenheit des nervigen Lokaljournalisten schien das Verhältnis der beiden Kriminalkommissare weiter zu entspannen. Winterhalter und Thomsen waren sich einig wie kaum zuvor: Trotz aller Bergmannschen Beteuerungen hielten sie Riesle für nicht recht vertrauenswürdig. Insofern galt es, ihn von Ermittlungen und Vernehmungen nach Möglichkeit fernzuhalten. Momentan war Riesle abwesend – und deshalb Eile geboten.

Winterhalter hatte mit zügigem Fahrstil die Beweismittel in die Kriminaltechnik zur Analyse befördert und dann Bröses Kanzlei angesteuert.

»Wir müssen die Befragungen dort rasch und getrennt voneinander durchführen. Wir haben keine Zeit zu verlieren. Wie ich Riesle kenne, wird der uns bald ausfindig machen«, sagte Thomsen nach dem Betreten des repräsentativen Gebäudes im Herzen Villingens.

»Kollege, Sie haben völlig Recht. Sie den Bühler, ich den Moser?«, schlug Winterhalter vor, als sie erfahren hatten, dass Dr. Armbruster, der kommissarische Kanzleichef, bei einem Termin auf Gericht und daher nicht verfügbar war. Thomsen nickte.

Eigentlich war es einerlei gewesen, welcher Beamte nun mit welchem Anwalt zu tun hatte. Besonders unterschiedlich waren die Aussagen der Juristen nämlich nicht.

»Wirklich Mord? Das Seil manipuliert? Aber wer …?«, fragte Rechtsanwalt Dr. Moser in seinem näselnden Tonfall. »Wer Zugang zu seinem Haus hatte? Sie fragen Dinge … Soweit ich weiß, seine Putzfrau … Warum? Aha, Gegenstand der Ermittlungen … Sie dürfen mir das nicht sagen? Das geht mich ja auch nichts an …« Mit zunehmender Unlust notierte Winterhalter in dem sterilen Büro mit, während sich Thomsen anhörte, was Rechtsanwalt Dr. Bühler zu sagen hatte.

»Eine Genitalverletzung? Schauderhaft. Wie kann nur jemand so etwas … Ob jemand außer der Putzfrau Zugang zu seinem Haus hatte? Na, das kann ich Ihnen wohl kaum beantworten. Er hat ja in Schwenningen gewohnt. In der

Kanzlei hatten wir jedenfalls keinen Schlüssel ... Die Sekretärin? Ja, vielleicht. Fragen Sie die doch mal ...«

Thomsen schwieg vor sich hin und blickte sich im Büro um. Bühler schien entweder kein Privatleben zu haben oder Beruf und Familie strikt zu trennen.

Winterhalter nahm derweil weiter die Aussage des Zeugen Moser auf:

»In seinen Funktionen als Anwalt und Politiker hatte er natürlich gelegentlich Konflikte ... Ach, wissen Sie, Frauengeschichten ... Ja, ich kannte ihn schon relativ lange. Dr. Bröse, Dr. Armbruster und ich waren Kommilitonen an der Uni Konstanz. Aber um sein Liebesleben habe ich mich schon damals nicht gekümmert, auch wenn wir uns einige Male privat getroffen haben ... Ob ehemalige Lebensgefährtinnen einen Schlüssel zum Haus hatten? Keine Ahnung. Um Gerüchte haben wir uns in der Kanzlei übrigens auch nicht geschert.«

»Mir war egal, was die Leute über ihn erzählt haben«, erzählte der Zeuge Bühler unterdessen. »Für mich war er ein stets zuverlässiger und integrer Kollege. Ein guter Chef. Wie es mit der Kanzlei weitergeht? Wir hoffen doch, dass sich nichts ändert. Sieht man natürlich mal vom schmerzlichen Verlust Dr. Bröses ab ... Dr. Armbruster führt die Kanzlei vorläufig weiter. Er hat sie ja auch mit Dr. Bröse gegründet seinerzeit. Später sind Herr Dr. Moser und ich dazugestoßen. Ob Bröse sich als Rechtsanwalt Feinde gemacht hat? Ein weites Feld, das Sie da zu bestellen haben. Alle Anwälte machen sich Feinde ...«

»Irene Dorfmeister? Warten Sie mal, ich habe eine Dame namens Irene ein- oder zweimal hier in der Kanzlei gesehen«, wusste Herr Dr. Moser zu berichten. »Nein, mehr kann ich

Ihnen über ihr Verhältnis zu Bröse nicht sagen. Auch darum habe ich mich nämlich nicht gekümmert.«

»Dorfmeister? Irene Dorfmeister? Doch, der Name sagt mir etwas«, meinte Bühler gegenüber Thomsen. »Ein Herr Dorfmeister oder Dorfmeier hat hier mal aufgebracht angerufen. Und er war dann noch aufgebrachter, als er mit mir verbunden wurde. Mehr weiß ich darüber aber nicht. Wie gesagt: Um private Belange haben wir uns eigentlich nicht gekümmert.«

»Ob ich mir vorstellen kann, dass die Tat einen sexuellen Hintergrund hat?« Moser wirkte unangenehm berührt. »Wie meinen Sie das? Haben Sie noch weitere Fragen?« Sein rötliches Gesicht glühte vor Empörung, und er nutzte dankbar die Chance des plötzlich klingelnden Telefons. »Meine Tochter«, erklärte er nach dem Abnehmen des Hörers, während er höflich in Richtung Ausgang zeigte.

»Ein sexuelles Motiv? Wie soll ich denn wissen … Wir haben da jedenfalls nichts mitbekommen. Nein, mir ist nie etwas aufgefallen – warum denn auch? Hören Sie, meine Herren: Wir sind eine Spitzenanwaltskanzlei. Hier wird ganz im Sinne von Justitia gearbeitet. Um Amor wird sich hier nicht gekümmert. Es sei denn, es betrifft Mandanten«, meinte derweil Bühler leicht indigniert.

»Das Privatleben von Herrn Dr. Bröse ging mich ja nichts an«, erklärte wenig später die Sekretärin auf die Fragen von Winterhalter und Thomsen, die langsam das Gefühl befiel, dass die Schallplatte einen Sprung hatte.

Immer wieder die gleiche Leier.

»Privat haben wir eher wenig geredet. Er war ja mein Chef. Und um das, was die Leute so erzählen, habe ich mich nicht gekümmert … Stimmt, ein Herr Dorfmeister hat vor einiger

Zeit angerufen. Aber ich weiß nicht, ob es im Sinne von Herrn Dr. Bröse wäre, wenn ich hier Privates ... Ja, ich denke, das war tatsächlich privat ... Natürlich gab es mitunter auch andere Anrufe, bei denen Menschen sich beschwert haben. Das ist in einer Anwaltskanzlei doch ganz normal, oder? Eine Auflistung der letzten Strafprozesse von Dr. Bröse? Das dürfte schwierig werden. Sie kennen sicher die datenschutz-rechtlichen Bestimmungen, aber ich spreche gerne noch mal mit Herrn Dr. Armbruster ... Eine sexuell motivierte Tat? Um Gottes willen! Nein, da habe ich keine Idee. Ob ich einen Schlüssel zu seiner Villa habe? Na, hören Sie mal!«

Die Kriminalbeamten waren etwas ratlos, als sie wieder im Auto saßen.

»In dieser Kanzlei scheint ja ein eher distanziertes Arbeits-verhältnis zu herrschen«, konstatierte Thomsen auf dem Rückweg zur Dienststelle. »Man kennt sich zwar schon lange, aber niemand weiß so recht etwas über den anderen – oder will nichts wissen.«

»Ha, mir unterhaltet uns aber auch kaum privat im Büro«, wandte Winterhalter ein.

»Wir kennen uns ja auch nicht wirklich gut«, entgegnete Thomsen. »Oder haben Sie mit mir zusammen studiert?«

»Und über unser Liebesleben unterhalte mir uns ja auch nit ...«

Thomsen verzog sauertöpfisch das Gesicht.

»Apropos: Entschuldige Sie die Geschichte mit der Haus-musik und dene Freundinnen von meiner Frau. Ich denk, des hat sich jetzt erledigt. Ich hab mit ihr gesproche. Manchmal geht mit ihr bissle der Gaul durch ...«

Thomsen winkte ab.

»Aber was den Bröse betrifft: Sie habet schon Recht. Mir erschien des Ganze auch arg distanziert – so für ehemalige Kommilitonen. Aber Rechtsanwälte sind seltsame Typen. Haltet sich halt immer bedeckt«, meinte Winterhalter.

»Bröse anscheinend auch. Keine Familie. Keine echten Freunde. Einige Lebensabschnittsgefährtinnen und sonst nur Beruf und Karriere im Kopf«, pflichtete ihm Thomsen bei. Wobei die Beschreibung auch ganz gut auf ihn selbst gepasst hätte, wie ihm gerade auffiel – sah man mal von den fehlenden Frauengeschichten ab.

»Und wie sollet mir weiter vorgehen?«, fragte nun Winterhalter und steuerte den Wagen auf den Parkplatz der Polizeidirektion.

»Wir sollten schleunigst mal diesen Herrn Dorfmeister und seine Irene ausfindig machen. Im Grunde müssen wir schauen, wer die stärksten Motive hatte, Bröse nach dem Leben zu trachten. Danach sollten wir unsere Ermittlungen ausrichten. Potenziell tatverdächtig war im Grunde die halbe Stadt, auch wenn sicher kaum jemand so voller Hass auf ihn war, dass er ihn nach seinem Tod noch mit dem Messer traktiert hätte. Das könnte die Suche nach der Nadel im Heuhaufen werden.«

»Ha, mit Heuhaufen kenn ich mich aus«, versuchte Winterhalter einen Witz. Thomsen schmunzelte immerhin minimal. Für seine Verhältnisse war das ein veritabler Heiterkeitsausbruch.

»Allerdings sind das schon dicke Bretter, in die wir da zu bohren haben. Und wenn die Anwaltskanzlei uns nicht mal die Akten herausgibt, müssen wir erst mühevoll die Pressearchive durchstöbern, ehe wir auf einen Verdächtigen stoßen«, sagte er.

»Nit mir«, schmunzelte Winterhalter. »Des wär doch eine schöne Aufgabe für den Herrn Riesle.«

»Ausgezeichnete Idee«, lobte ihn Thomsen. »Dann ist der beschäftigt und hält uns nicht von der Arbeit ab. Es muss nur klar sein, dass er die Informationen dann auch an uns weitergibt.«

Als sie ihr Büro betraten, war es mit der Heiterkeit vorbei. Dort erwartete sie nämlich nicht nur Riesle. Frau Bergmann stand neben ihm, die geballten Fäuste in die Hüften gepresst.

»Kollegen! Hatten wir nicht besprochen, dass Herr Riesle Sie begleitet? Ich habe den Armen gerade hier auf dem Flur aufgegabelt. Er meinte, Sie seien einfach davongefahren.«

Der Journalist setzte eine Unschuldsmiene auf.

Winterhalter lächelte. Ihn schien das Ganze überhaupt nicht zu tangieren.

»Ja, wir haben uns leider verloren«, log Thomsen. »Herr Riesle hatte noch eine Zeugin interviewt. Aber wir mussten schnell weiter zur nächsten Befragung. Es eilte.«

»Es isch halt dumm g'laufen«, pflichtete Winterhalter bei. »Was habet Sie denn noch herausg'funde, Herr Riesle?«

Doch der kam gar nicht dazu, auf die Frage zu antworten.

»Meine Herren, Herr Riesle ist unser Gast. Sie sind für ihn verantwortlich, auch für seine Sicherheit.«

»Na ja«, wandte Thomsen ein. »Aber Riesle …«

Frau Bergmann platzte der Kragen – nun bat sie den Kommissar, doch bitte mal eben mit nach nebenan zu kommen. Dort fasste sie sich kurz: »Kollege Thomsen: Ich habe gewissen Respekt vor Ihrer kriminalistischen Kompetenz, viel weniger Respekt allerdings vor Ihren sozialen Fähigkeiten.

Falls die Polizei in den Medien aufgrund Ihrer mangelnden Öffentlichkeitsarbeit in ein schiefes Licht gerückt wird, dürfte sich das massiv auf Ihre Karriere auswirken!«

Sie streckte den Kopf wieder zur Tür herein, wünschte Riesle einen guten Tag und ging erhobenen Hauptes von dannen.

»Wie ist es bei Ihnen gelaufen?«, fragte Riesle, als die Schritte von Frau Bergmann auf dem Flur verhallt waren.

»Guet«, sagte Winterhalter und strahlte den Journalisten an.

»Sehr gut, sogar«, meinte Thomsen und lächelte bitter-süß. »Ansonsten bekommen Sie keinen weiteren Kommentar von uns. Sie wissen sehr wohl, dass wir Sie nicht in alle Dienstgeheimnisse einweihen müssen.«

»Aber nit dass Sie meinet, Sie müsstet sich jetzt wieder bei der Frau Bergmann beschwere. Mir weichet Ihnen nämlich nit mehr von der Seite«, sagte Winterhalter schmunzelnd.

»Wir sind sozusagen unzertrennlich«, pflichtete Thomsen ihm bei und schaute auf seine Armbanduhr. Zwei Tage würde Riesle sie begleiten, hatte Frau Bergmann gesagt. Es blieben noch fünfundvierzig Stunden.

»Und mir habet sogar eine schöne Aufgabe für Sie: Sie könnet sich in unserer Ermittlungsgruppe sehr nützlich mache«, sagte Winterhalter.

20. SCHWESTERN IM GEISTE

Elke hatte sich sofort in das schiefe Häuschen unweit des Teufelsfelsens verliebt. »Das ist ja herrlich«, schwärmte sie. Als sie den Garten mit dem krummen Baum und der Opferschale sah, war sie überhaupt nicht mehr zu halten. »Man merkt sofort, wie viel Kraft dieser Ort ausstrahlt!«

Hubertus ärgerte sich, dass er dem Drängen seiner Frau nachgegeben hatte. Viel lieber wäre er gleich in dieses Salinencafé gefahren, in dem sich Bröse mit der unbekannten Schwangeren hätte treffen sollen.

Immerhin war die »Seherin«, wie Elke sie ehrfurchtsvoll nannte, zu Hause. Ihr Aktionsradius schien den Weg von ihrer Hütte zum Felsen und zurück nicht zu überschreiten.

Sie schrieb gerade an einem neuen Flugblatt. »Immer mehr Mensche interessiere sich für die Prophezeiunge«, sagte sie.

Na ja, dachte Hummel. Durch Zeitungsartikel wie diejenigen von Riesle wurden eben viele Neugierige an den Felsen gelockt, die sich erbarmten und der Alten den Zettel aus der Hand nahmen.

Er selbst war durchaus der Meinung, dass es Dinge gab, die sich einer rein wissenschaftlichen Betrachtung entzogen. Schließlich hatte er eine Vergangenheit als Ministrant, und wenn es nach seiner katholischen Mutter gegangen wäre, hätte aus ihm sogar ein Priester werden sollen. Als Schwarzwälder hatte man ohnehin einen anderen Bezug zur Natur und war offener für unerklärliche Geheimnisse und Sagen als die Leute in den Großstädten, die rationalistisch verseucht waren.

Allerdings hatte die Affinität zu seltsamen Phänomenen

und spirituellen Sonderwegen bei Hummel im Gegensatz zu seiner Frau durchaus Grenzen. Die Grenzen waren seiner Überzeugung nach hier überschritten.

Die Kelten mochten historisch im Schwarzwald einiges geleistet haben. Doch dass sie noch heute prägend für die Region waren und dass Mutter Erde sich räche, wenn ihre Kraftfelder beeinträchtigt würden, wie die Alte seiner Noch-Frau Elke erzählte, das ging Hummel um einige Kilometer zu weit. Die esoterische Teestunde, der er nun unfreiwillig in dem Hexenhäuschen beiwohnen musste, stand für ihn unter dem dringenden Verdacht der Zeitverschwendung. Und während er gegenüber Riesle immer spirituelle Menschen verteidigte, musste er diesmal eingreifen.

»Es ist doch sehr unwahrscheinlich, dass Mutter Erde zugeschlagen hat«, versuchte er zu argumentieren. »Es handelt sich wohl vielmehr um einen klassischen Mord. Nicht nur, dass jemand Bröses Seil manipuliert hat, es wurde ihm laut Gerichtsmedizin danach auch noch eine Verletzung am Geschlechtsteil beigebracht. War das dann auch Mutter Erde?«

In gewisser Hinsicht typisch war, dass nicht die Alte, sondern Elke die Antwort gab.

»Ich denke schon, Huby«, meinte sie nachdenklich. »Schließlich rauben die Menschen, die hier den Berg entweihen, diesem heiligen Ort die Mystik, also die spirituelle Potenz. Nichts anderes ist letztlich mit dem armen Guntram geschehen – nur eben in körperlicher Hinsicht ...«

»Er wurde nit nur in die Anderschwelt verbracht, sondern isch auch noch zusätzlich in seiner Potenz bestraft worde«, pflichtete Johanna Storz bei. »Denkt an d' Prophezeiung.«

Hubertus fiel auf, dass die Alte noch nicht einmal gefragt

hatte, wer sie eigentlich waren und warum sie sich mit dem Fall beschäftigten. Sie sah sich offenbar dazu berufen, jeden über ihre Gedankenwelt aufzuklären. Dann fragte er: »In welche Welt bitte schön wurde er verbracht?«

Elke mischte sich erneut ein – offenbar hatte sie wieder eine neue Religion für sich gefunden und sich vor dem Besuch auch schon ausgiebig damit befasst. Sie bildete jedenfalls mit der Seherin ein beinahe eingespieltes Team. »Die Anderswelt, Huby. Es gibt doch einen ewigen Kreislauf von Werden und Vergehen. Mal bist du in dieser Welt, der sichtbaren, dem Diesseits, und dann in der Anderswelt …«

Die Belehrungen ärgerten Hummel. »Ich komme mir hier drin auch wie in einer Anderswelt vor«, sagte er.

»Des wird nit de einzige Fall bleibe, wenn der Teufelsfelse weiter entweiht wird«, flüsterte die Seherin verschwörerisch und schenkte noch mehr Tee nach.

Hummel schnaufte. Der Tee war gut, eine Mischung aus allem, was sich so im Schwarzwald fand. Hoffentlich kannte sich die Alte mit den diversen Früchten aus und hatte nicht versehentlich ein paar Giftpilze untergemischt.

Ihm wurde allmählich heiß, aber das hatte nichts zu bedeuten. Auch dieser Tag war wie in den Tourismusmagazinen angepriesen – klarer Frühsommer, zwanzig Grad, eigentlich ideal zum Wandern.

Er rief sich zur Ordnung und stellte das Teeglas auf den klapprigen Holztisch. Wenigstens er musste einen klaren Kopf bewahren, wenn sich die Fahrt hierher auch nur ein bisschen lohnen sollte.

»Mer muss die Mensche aufkläre«, sagte die Alte derweil und reichte ihm wieder eines der Flugblätter, das er schon kannte.

»Seit wann verteilen Sie denn diese Flugblätter, in denen Sie ankündigen, dass es hier bald Tote geben könnte?«, fragte Hummel.

»Seit April. Seit der Mondfinsternis. Drei Monat«, sagte die Alte, die sich durch den Absturz massiv in ihrer Weltanschauung bestärkt fühlte. »Des isch mei Pflicht. Des entscheidende Zeitalter bricht an.«

Hummel tat es ja leid, aber er musste allmählich in die Offensive gehen. »Ihnen ist aber schon klar, dass Sie wahrscheinlich für die Polizei auch als tatverdächtig gelten?«, fragte er die Frau.

Elke schaute entsetzt. »Huby!«

Die Alte lächelte milde.

Hubertus juckte es, das zu sagen – gerade weil Elke neben ihm saß. »Vielleicht haben Sie ja dann am Genital des toten Bröse herumgeschnibbelt. Da lag er ja schon unterhalb des Felsens ...«

Elke verschüttete fast ihren Tee: »Aber, Huby!«

Die Alte war keineswegs empört: »Ich bin die Überbringerin der Prophezeiung. Ich führ sie nit aus.«

Hubertus erwog die Möglichkeit, dass die Alte vielleicht Leute angestiftet hatte, einen Mord zu begehen, damit sich ihre Prophezeiung bewahrheitete und künftig keine Kletterer mehr den Berg entweihten. Ausgeschlossen schien ihm das nicht. Im Bekanntenkreis von Elke kannte er einige Leute, bei denen der religiöse Fanatismus absurde Blüten trieb. Wenn er nur an die schrägen Vögel in ihrer Wohngemeinschaft dachte ...

Er beschloss, diese Option im Hinterkopf zu behalten.

»Wie oft gehen Sie eigentlich zum Teufelsfelsen, um Ihre Flugblätter loszuwerden?«, fragte er dann.

»Jede Dag. Daher hab ich auch den in die Anderschwelt verbrachte Frevler g'sehe. Aber ich hab ihn noch g'warnt!«

»Und Bröse, also der Tote, ist allein losgeklettert?«

Die Alte nickte.

»Waren zu der Zeit am Berg noch andere Kletterer?«, mischte sich Elke ein. »Oder vielleicht Wanderer?«

Die Alte schüttelte den Kopf, stand auf und hängte von einer Leine in der Küche zahlreiche Kräuterblätter ab, die dort wohl zum Trocknen angebracht worden waren. Vermutlich würde sie eine Suppe daraus machen. Oder eine Salbe?

»Nur ein Mann mit einem Helm«, sagte die Alte plötzlich.

»Ein Mann mit einem Helm?«, echote Hubertus.

Die Alte widmete sich wieder ihren Blättern. »Er war ein ganzes Stück weg hinterm Felsvorsprung und hät wohl dacht, ich seh ihn nit«, sagte die Alte, die nun für ihre Verhältnisse relativ gesprächig war. Auch wenn eine normale Unterhaltung mit ihr kaum möglich schien, so ließ sie sich doch immerhin ein bisschen auf die Besucher ein. Das lag sicher an Elke. »Er hät den Kletterer beobachtet, wie er losgange isch.«

»Wenn er einen Helm aufhatte, war er vielleicht auch ein Kletterer?«, fragte Hummel.

Die Alte zuckte mit den Schultern, nahm die Blätter liebevoll von der Leine und verteilte sie nach einem recht unklaren Prinzip in zwei bereitstehende Töpfe. Besonders wichtig war ihr ihre Beobachtung offenbar nicht. Kein Wunder, sie glaubte ja an die Kraft von Mutter Erde als Auslöser des Absturzes.

»Können Sie den Mann beschreiben?«

Wieder die Prozedur mit den Blättern. Das eine Gefäß füllte die Alte mit heißem Wasser, das andere trug sie in ein Nebenzimmer.

»Trug er ein Kletterseil?«

Die Alte schüttelte den Kopf. »Auch keine Bergschuh. Eher so ... Sportschuh.«

Hummel dachte intensiv nach, kam aber nicht so recht weiter. »Haben Sie der Polizei von dieser Beobachtung erzählt?«, fragte er dann.

Doch er erntete ein erneutes Kopfschütteln. »Mir hän uns nit richtig verstande, die Polizei und ich.«

Hummel ahnte, wie das gemeint war.

»Eine tolle Frau«, sagte Elke, als sie die Holztür des verwitterten Häuschens hinter sich zugezogen hatten. Hubertus war sich nicht ganz so sicher, ersparte sich diesmal aber eine Antwort.

»Huby, ich möchte dir noch einmal sehr danken, dass du deine Wanderung für mich unterbrochen hast«, sagte sie.

Hubertus dachte intensiv nach. Eigentlich hatte er nun schon einiges für Elke getan. Sollte er sich jetzt ausklinken? Er könnte Elke auch die Namensliste der acht Frauen überlassen, deren Nacktfotos sie – außer demjenigen von Elke selbst – im Safe von Bröse gefunden hatten. Elke hatte das Thema Fotos lieber nicht mehr angesprochen. Und Hubertus hatte keine gute Idee, wie er auf dieser Spur weiterkommen sollte.

Ihn drängte es, morgen auf dem Westweg weiterzukommen. Sollte er sich jetzt zurück ans Wiedener Eck bringen lassen? Er blickte in den Abendhimmel und sah zwischen den Tannenwipfeln die Spitze des Teufelsfelsens im späten Sonnenlicht glänzen.

Dann schaute er Elke an und sagte: »Keine Ursache. Wir werden den Fall zusammen lösen.«

21. DAS EHEPAAR DORFMEISTER

Die Dorfmeisters wirkten, als hätten sie einen Adoptions-antrag gestellt und erwarteten nun den Besuch des Jugend-amts. Beste Bürgerlichkeit im Vorort Weigheim. Wie aus dem Ei gepellt empfingen sie in ihrem Haus die Krimina-listen mit Riesle im Schlepptau. Hätte Thomsen über die Adoption zu entscheiden, er hätte dem Ehepaar sämtliche verfügbaren Kinder zur Verfügung gestellt. Das Haus war blitzsauber aufgeräumt, es erstrahlte förmlich in der frühen Abendsonne – von außen und innen. Winterhalter hingegen empfand es eher als steril, und so etwas war ihm suspekt. Auch Klaus Riesle kam das eher verdächtig vor. Er war aber nur bedingt ein Maßstab, denn in seiner Wohnung in der Villinger Wöschhalde wäre jede Reporterin, die einen Bei-trag über Messies hätte drehen wollen, vor Freude in Tränen ausgebrochen.

Thomsen und Winterhalter hatten Riesle eingeschärft, dass er auf gar keinen Fall die Ermittlungen behindern dürfte. Die beiden hatten sich schon einen Plan zurechtge-legt: Winterhalter würde Frau Dorfmeister vernehmen und sich dabei von Riesle begleiten lassen, Thomsen hingegen den Hausherrn, dessen Eifersucht zu mehreren Anrufen und mindestens einem bösen Brief an Bröse geführt hatte.

Auch zu einem Mord?

Herr Dorfmeister bat Thomsen in den »Salon« des Hauses, was wie alles am Habitus des Ehepaars etwas überkandidelt wirkte. Im Gegensatz zu Bröses Villa war es ein klassisches Bausparerhäuschen. Nett, aber keineswegs dazu angetan, hier auf Großbürger zu machen.

Genau das tat Dorfmeister aber – und zwar nach Kräften. Er kredenzte einen Kognak, gab sich einigermaßen selbstgerecht und war intensiv bemüht, seine Aggressionen als längst vergessene Lappalien darzustellen. »Ich war zu dieser Zeit beruflich sehr in Anspruch genommen, weshalb mein Nervenkostüm ... Sie verstehen?«

Thomsen verstand nicht, was er Dorfmeister auch vermittelte.

Der präzisierte, er streite keineswegs ab, in Bröses Kanzlei angerufen zu haben, um diesen zur Rede zu stellen. Und der Brief ... Ja, möglicherweise habe er auch einen solchen geschrieben. Doch zwischen seiner Frau und ihm sei alles bereinigt, man verstehe sich ausgesprochen gut, und seit geraumer Zeit sei der Name Bröse überhaupt kein Thema mehr.

»Meine Frau hat diese unglückselige Episode beendet und eingesehen, dass sie nichts als ein Irrweg war.« Und zwar vor sechs bis acht Wochen, also beinahe zwei Monaten. Er als Bröses Mörder? Da müsse er fast lachen, wenn der Anlass nicht so tragisch wäre, sagte Dorfmeister und nippte auf eine Weise am Kognak, als wäre er Bobby Ewing aus Dallas.

»Haben Sie Bröse denn nicht gehasst?«, wollte Thomsen wissen.

Er hatte sich während des Gesprächs aufmerksam im

Zimmer umgeblickt. Es war auch auf den zweiten und dritten Blick sehr sauber, wirkte aber so, als wolle jemand mit bescheidenen Mitteln beim Besucher einen möglichst wohlhabenden Eindruck hinterlassen: Bilder, deren Mischung zeigte, dass Dorfmeister ziemlich sicher von Kunst keine Ahnung hatte. Geistvolle Literatur – die großen Philosophen, allerdings in Sammelausgaben. Und Trödel, von dem nur ein völlig Uneingeweihter annehmen konnte, es seien echte Antiquitäten.

Thomsen hatte Dorfmeister längst durchschaut: Er war ein statusfixierter Mensch, dem es eminent wichtig war, dass er ein teureres Auto hatte als der Nachbar.

»Hass? Das ist keine Kategorie, in der ich denke!«, spielte Dorfmeister den jovialen Großbürger.

Als Thomsen ihm aus dem bei Bröse sichergestellten Brief vorlas, wurde er etwas kleinlauter. Dennoch wollte er wissen, wie der »Herr Kriminalkommissar« auf die Idee komme, er, Michael Dorfmeister, Leitender Angestellter und in strafrechtlicher wie auch anderer Hinsicht völlig unbescholten, könne mit einem schnöden Mord zu tun haben.

»Wenn mir das wirklich so wichtig gewesen wäre, hätte ich Bröse allenfalls zu einem Duell gefordert, aber ihn doch niemals so feige zum Absturz an einem Felsen gebracht ...«

Thomsen war klar, dass er Dorfmeisters allzu selbstgerechte Darstellung nur durch Überraschungsfragen würde durchbrechen können: »Duell? Dann können Sie mit einer Waffe umgehen?«

Dorfmeister stutzte. Dann schüttelte er langsam den Kopf: »Das war eher ... ideell gedacht. Wenn, dann würde ich mich mit so einem von Mann zu Mann messen. Aber bei dieser Tat handelte es sich ja offenbar eher um einen Anschlag ...«

» Woher wissen Sie eigentlich so genau über die Umstände Bescheid?«

» Aus dem Kurier«, erwiderte Dorfmeister.

» Sie waren doch bis zuletzt sehr wütend auf Bröse, oder?«, setzte Thomsen die Befragung fort. » Das wäre ein Motiv …«

Dorfmeister widersprach energisch: » Ich wollte nur, dass meine Frau bei mir bleibt. Weil es das Beste für sie ist. Und das hat sie getan – daher ist mir Herr Bröse ziemlich gleichgültig. Auch wenn ich als guter Staatsbürger natürlich solche Verbrechen …«

» Wo hat Ihre Frau denn Herrn Bröse kennengelernt?«, forschte Thomsen weiter.

» Ist das wirklich so wichtig? Meine Frau arbeitet in einer Apotheke. Nicht, weil sie es müsste«, schob Dorfmeister nach. » Aber es macht ihr Spaß, und Bröse hat sie wohl bei der Arbeit getroffen. Er war Kunde.«

» Apotheke?«, fragte Thomsen und kniff die Augen zusammen – ein Zeichen intensiven Nachdenkens. » Da hätte sie doch sicher Zugriff auf Schwefelsäure …?«

Er ließ einen offenbar ratlosen Michael Dorfmeister zurück, als er den » Salon« verließ, um nachzudenken. Dorfmeister kam mehr denn je als Täter infrage. Alleine oder sogar gemeinsam mit seiner Frau. Vielleicht hatte er sie ja gezwungen, beim Verbrechen mitzumachen, um ihm so ihre Liebe zu beweisen. Sie verantwortlich für den Absturz, er für die postmortale Leichenschändung. Verdächtig war in jedem Fall, dass Frau Dorfmeister Bröse ziemlich sicher noch vor weniger als zwei Wochen gesehen hatte. Von wegen sechs oder acht Wochen seit dem Ende der Beziehung …

Er würde dem sauberen Herrn Dorfmeister noch mal auf den Zahn fühlen müssen.

Das unfreiwillige Ermittlerduo Riesle und Winterhalter saß derweil im Esszimmer und unterhielt sich mit Michael Dorfmeisters Gattin. Auch sie tat so, als sei sie mit silbernem Löffel im Mund geboren. Irene Dorfmeister war eine attraktive Frau von Mitte, Ende vierzig, sorgfältig geschminkt, ohne dass es übertrieben gewirkt hätte. Sie trug einen Hosenanzug, von dem Winterhalter sich beim besten Willen nicht vorstellen konnte, dass es sich dabei um ihre normale Freizeitkleidung handelte.

Frau Dorfmeister bestätigte, dass sie »aufgrund zwischenzeitlicher Differenzen« mit ihrem Mann eine etwa vier Monate währende Beziehung mit Dr. Guntram Bröse eingegangen sei.

»War es das erste Mal, dass Sie Ihren Mann betrogen haben?«, wollte Riesle wissen, was ihm von den beiden anderen Anwesenden missbilligende Blicke einbrachte.

»Betrogen ist sicherlich das falsche Wort«, setzte Frau Dorfmeister an, wurde jedoch von Winterhalter unterbrochen: »Sie halten sich raus«, sagte er so deutlich zu Riesle, dass dieser schließlich nickte. »Vergessen Sie die Frage«, wandte er sich in seinem besten Vernehmungshochdeutsch an die Gattin.

Frau Dorfmeister erklärte, dass sie die Beziehung zu Bröse »schon vor etlichen Wochen« beendet habe.

»Ihrem Mann war das natürlich aber überhaupt nicht recht, dass Sie und der Bröse miteinander …?«, deutete Winterhalter an.

Frau Dorfmeister, die den Besuchern Kaffee und Obstkuchen kredenzt hatte, spulte eine irgendwie vorbereitet klingende Antwort ab. Natürlich nicht, aber er habe sich eine Weile so in seinen Beruf verschanzt, dass er sie völlig vernachlässigt habe. Es habe einfach gewisse Probleme gegeben, wie sie möglicherweise in jeder langjährigen Ehe auftauchten. Doch diese Probleme seien »voll und ganz« ausgeräumt, sie und ihr Mann glücklicher denn je.

Der Obstkuchen war nicht selbst gebacken, sondern gekauft. Das war eindeutig zu schmecken, fand Winterhalter.

»Würden Sie Ihrem Mann denn zutrauen, dem Bröse etwas angetan zu haben?«, fragte er nach.

Frau Dorfmeister wiegelte wieder etwas zu empört ab. Sie wisse, dass Michael »ein-, zweimal«, als er wirklich schlechte Tage gehabt habe, empört in Bröses Kanzlei angerufen habe. Ja, und auch von einem Brief habe er ihr berichtet. Aber ihr Gatte neige keinesfalls dazu, Probleme mit körperlicher Gewalt zu lösen.

»Wie hat denn Bröse reagiert, als Sie die Affäre beendet haben?«, wollte Winterhalter nun wissen und gabelte lustlos den staubig schmeckenden Kuchen auf.

»Nun ja. Er hatte letztlich schon Verständnis für mich, aber er hat eben darauf gehofft, dass ich dauerhaft zu ihm ziehe«, meinte sie dann.

»Noch mal: Wann genau haben Sie die Beziehung beendet?«, fragte Winterhalter.

»Wie ich sagte: Vor einigen Wochen schon.«

»Konkret?«

Sie zögerte. »Sechs? Oder fünf?«

»Und Sie haben ihn seitdem nicht mehr gesehen?«

Sie schüttelte den Kopf.

»Wieso standen Sie dann noch für vorletzte Woche Donnerstag in Bröses Kalender? Neunzehn Uhr Abendessen Irene? Oder wollen Sie mir jetzt erzählen, dass es noch eine andere Irene gab?«

Frau Dorfmeister überlegte. Sie war ganz offensichtlich in der Defensive. Ihre zuvor so stolze Haltung war etwas zusammengesackt.

»Ich wusste nicht … Ich dachte, das sei nicht so wichtig. Bei diesem Abendessen habe ich definitiv Schluss gemacht …«

»Sie verwechseln eine Zeitspanne von knapp zwei Wochen mit einer von fünf oder sechs Wochen? Das ist schon verdächtig«, kostete Winterhalter die Ungereimtheit aus. »Weiß Ihr Mann, dass Sie Bröse da zum letzten Mal gesehen haben?«

Sie nickte.

»Was hat Ihnen denn am Bröse so gefallen, dass Sie sich in ihn verliebt haben?«, fragte Winterhalter nach einer kurzen Pause.

Frau Dorfmeister beantwortete auch diese Frage nur ungern. »Er … er stellte schon etwas dar, war eine Persönlichkeit. Aber das reichte letztlich nicht, um mich zu halten.«

Riesle war aufgrund seines Frageverbots dazu übergegangen, im Esszimmer hin und her zu wandern. Dann meldete er sich aber noch einmal grundlegend zu Wort: »Ich glaube Ihnen nicht«, verkündete er Frau Dorfmeister. »Wissen Sie was? Ich glaube, Bröse hat mit Ihnen Schluss gemacht. Oder es gab irgendeinen anderen Grund …«

Winterhalter staunte. Riesle schien doch über eine gewisse Menschenkenntnis zu verfügen – wahrscheinlich benötigte er die als Journalist. Genau diesen Eindruck hatte Winterhalter nämlich auch gehabt. Frau Dorfmeister war der Typ Frau, der sich jedem einigermaßen prominenten oder besonders reichen Mann an den Hals geworfen hätte. Und solange der ihr die üblichen Statussymbole anbot, würde sie ihm kaum von der Seite weichen.

Was war also der wirkliche Grund für die Trennung gewesen? Hatte Bröse sich von ihr abgewandt? Oder hatte ihr Mann ihr vielleicht so massiv gedroht, dass sie es mit der Angst zu tun bekommen hatte?

Winterhalter konfrontierte Frau Dorfmeister mit seinen Vermutungen und änderte dabei seinen Tonfall hin zu einem Verhörton, den er sich in vielen Jahren für den Ernstfall angeeignet hatte. Manchmal benutzte er diese Tonart und Lautstärke auch bei seinen Tieren, wenn sie einen besonders bockigen Tag hatten.

Schließlich fiel die gut geschminkte Maske der Hausherrin endgültig, und sie brach in Tränen aus. »Er hat mich betrogen«, sagte sie leise.

»Wer?«

»Guntram.«

»Mit wem?«

»Ich habe einen Brief von einer anderen Frau gefunden. Einen frischen Brief. Und darin stand, dass sie …« Sie schnäuzte sich. »Dass sie mehr mit Guntram gemeinsam hätte als bisher angenommen. Ich vermute, dass sie … sogar schwanger von ihm war. Und das, während wir zusammen waren. Diese Schande …«

»Name?«, fragte Riesle, der sich offenbar als Teil des Ermittlerteams ansah.

»Das weiß ich nicht«, sagte sie. »Und Guntram hat es mir auch nicht gesagt. Er war sehr verärgert, als ich den Brief sah.« Sie seufzte, als könne sie es immer noch nicht glauben. »Er hat mich wirklich betrogen.«

Nun ergriff Winterhalter wieder das Wort. »Also«, fasste

er zusammen. »Sie betrügen Ihren Mann mit Herrn Bröse. Und jetzt sitzen Sie hier und beklagen sich, dass Bröse Sie während Ihrer Affäre mit einer anderen Affäre betrügt ...«

Frau Dorfmeister schnäuzte sich wieder. Riesle grinste.

»Und daran ist gewissermaßen Ihre Affäre mit dem Bröse gescheitert?«

Frau Dorfmeister wirkte sehr unglücklich. Riesle grinste immer noch.

Winterhalter schaute die Hausherrin mit einer Mischung aus Ratlosigkeit und Verachtung an. Er bekam auf einmal massive Sehnsucht nach seinem Bauernhof – auf dem zwar viel Arbeit, aber weniger Dünkel und Falschheit wartete.

22. DER EINBRECHER

Klaus Riesle nahm den Auftrag der Kommissare Winterhalter und Thomsen durchaus ernst, zumal er sich exakt mit seinen eigenen Interessen deckte. Er sollte nach auffälligen Strafprozessen recherchieren, die Dr. Bröse anwaltlich betreut hatte, und zwar mittels Pressearchiv. Das sei doch sozusagen sein Spezialgebiet, hatte Winterhalter ihm lächelnd erklärt. Aus datenschutzrechtlichen Gründen sei die Einsicht in die Akten der Kanzlei nicht möglich.

Inwieweit er aber die beiden Kommissare wirklich über seine Rechercheergebnisse auf dem Laufenden halten sollte – darüber war er sich noch nicht so recht im Klaren.

So oder so würde er jedoch vor dem Pressearchiv zunächst ein anderes bemühen. Denn warum sollte er sich mit Informationen aus zweiter Hand begnügen, wenn er sie auch aus erster Hand haben konnte?

Riesle beschloss, in die Kanzlei Bröse einzudringen.

Eine gewisse technische Versiertheit, die er sich im Laufe der Jahre angeeignet hatte, war dafür unverzichtbar. Und natürlich auch eine entsprechende Ausrüstung – ein schmales Lederetui mit einem Set, das er unauffällig in seiner Jeansjacke mitführte. Es enthielt Dietriche und Sperrhaken sowie ein Pickset, mit dem man Schlösser knacken konnte. Im Kofferraum seines Kadetts befand sich noch etwas schwereres Gerät für alle Fälle.

Die Handhabung der Instrumente hatte Riesle bei mehreren Sommerlochreportagen über Schlüsseldienste erlernt und durch zahlreiche Praxisübungen in der eigenen Wohnung perfektioniert. Ziel der Übungen war es stets gewesen, so wenig Gewalt wie möglich anzuwenden.

Die Lage von Bröses Kanzlei in der zumeist recht belebten Villinger Innenstadt machte das Vorhaben nicht gerade einfacher. Deshalb wählte Riesle die Zeit nach Mitternacht.

Als er um die schön restaurierten, mittelalterlichen Häuser schlich, hatte er ein Kribbeln in der Magengrube. Er liebte dieses Gefühl zwischen Nervosität und positiver Anspannung und konnte gut nachvollziehen, dass Einbrecher sich schwer damit taten, mit den »Brüchen« aufzuhören – auch wenn sie schon mehrfach geschnappt und zu Gefängnisstrafen verurteilt worden waren.

In dieser Tätigkeit steckte ein gewisses Suchtpotenzial, das wusste Riesle schon seit seiner Schulzeit. Mehrfach hatte er gestohlen, war sogar einmal erwischt worden. Es hätte nicht viel gefehlt, und er wäre dauerhaft auf die schiefe Bahn geraten.

Nun war er eben Journalist geworden – wobei das Sozialprestige seiner Berufsgruppe kaum besser als das der Einbrecher war. Und es konnte nicht schaden, wenn man sich im Einbrechermilieu einigermaßen auskannte. Außerdem war Riesle schon mehrfach in Situationen gekommen, in denen er derartige Fingerfertigkeiten benötigt hatte.

Für ihn hatte das nichts Anrüchiges, zumal er ja nicht Geld oder Schmuck klaute, sondern nur Informationen, die letztlich dazu führen sollten, ein skrupelloses Verbrechen wie das an Bröse aufzuklären. Im Grunde doch ein hehres Motiv. In gewisser Hinsicht empfand er sich fast als ein moderner Robin Hood. Nur war sein Revier eben nicht der Sherwood Forest, sondern der Black Forest. Und ganz nebenbei erwarb er so ausgezeichnete Exklusivgeschichten für den Kurier.

Riesle warf einen kurzen Blick in die menschenleere Gasse, ob Unheil drohte. Einen Blick über die Häuserzeilen, ob ihn jemand von einem der Fenster aus beobachtete. Und einen letzten Blick auf das Gebäude der Kanzlei, ob doch noch irgendwo Licht brannte.

Es konnte losgehen …

Riesle machte sich konzentriert an die Arbeit. Kernpunkt eines gelungenen Einbruchs war es, sich zunächst mit möglichst geringem Aufwand Zugang zu einem Haus zu verschaffen. Dies äußerst leise und natürlich, ohne Spuren zu hinterlassen. Riesle prüfte mit scharfem Blick, ob die Fenster der Kanzlei, die im zweiten Stock lag, verschlossen waren.

Der Schein der Straßenlaterne flackerte zwar nur matt, doch beim dritten Fenster wurde er fündig: Ein Fensterflügel war halboffen. Volltreffer! Er konnte es wagen.

Das Regenrohr und seine Befestigungen an der Hauswand schienen ihm ausreichend sicher, um sich seilfrei bis zum Dachsims hochzuschrauben. Wie Bröse am Teufelsfelsen kam er sich vor.

Er wollte sich indes lieber nicht vorstellen, welche Schlagzeile seine Kollegen ihm in der nächsten Ausgabe des Kurier widmen würden, wenn er bei der nun folgenden Kraxelei auf das harte Kopfsteinpflaster stürzen würde …

Und entgegen seiner sonstigen Vorlieben hatte er auch keine Lust, sich eine knallige Überschrift für das tragische Ereignis auszudenken, das ihm womöglich gleich blühte.

Er balancierte also flugs über die Dachziegel, behielt dabei immer die Dachrinne im Auge und bemühte sich, den Abstand zu ihr nicht zu gering werden zu lassen.

War die Kletterei bis dahin schon eine einigermaßen halsbrecherische Angelegenheit gewesen, kam das, was nun folgte, einem lebensgefährlichen Stunt gleich. Riesle legte sich auf den Bauch, robbte auf allen Vieren dem Abgrund entgegen und linste vorsichtig über die Dachrinne nach dem zuvor von unten erspähten, halb geöffneten Fensterflügel.

Als er die richtige Position erreicht hatte, hängte er sich ganz vorsichtig an die Rinne, ließ sich langsam hinabgleiten und tastete mit den Fußspitzen nach dem Fenstersims. Dabei geriet er immer heftiger ins Schwitzen. Er stellte sich vor, wie die Aktion gelaufen wäre, wenn er seinen Freund Hubertus dabeigehabt hätte. Dessen Gewicht hätte die Dachrinne vermutlich nicht überlebt …

Wie gut, dass er, Riesle, so drahtig und durchtrainiert war.

Schließlich stand er auf dem Fensterbrett und ließ seinen Blick kurz umherschweifen. Immer noch war er unbeobachtet. Der eigentliche Einbruch war im Verhältnis zur Kletterei ein Kinderspiel. Das Fenster ließ sich ohne technische Hilfsmittel öffnen. Kurz darauf befand sich Riesle im Wartezimmer der Kanzlei. Er gelangte von dort in den Empfangsraum, durchstreifte die Büros und fand schließlich das Arbeitszimmer von Bröse, an dem das größte Schild prangte.

Die Tür war unverriegelt.

War der streng geheime Sondereinsatz zur Unterstützung der Ermittlungsgruppe Bröse bis dahin noch einigermaßen reibungslos verlaufen, so änderte sich dies nun. Denn ein Blick in die Aktenschränke des Ermordeten ließ bei Riesle die böse Ahnung aufkommen, dass er hier die ganze Nacht beschäftigt sein würde. Bröse war nicht nur als Liebhaber, sondern auch als Anwalt überaus fleißig gewesen.

Riesle war es zwar gewohnt, schnell und viel zu lesen, doch das galt vor allem für Pressemitteilungen von Behörden und Vereinen. Die waren zwar auch sperrig, aber kein Vergleich zu dem, was ihn hier erwartete.

Das Anwaltsdeutsch der Bröse-Akten trieb ihn schon nach wenigen Minuten zur Verzweiflung. Er brauchte viel Geduld, bis er sich einigermaßen in den Jargon eingelesen hatte, der vor allem durch umständliche Satzkonstruktionen, Fremd- und Fachwörter geprägt war. Dass er dabei mit einer kleinen Taschenlampe hantierte, erschwerte das Vorhaben zusätzlich. Das Oberlicht musste aber natürlich ebenso wie die Schreibtischlampe ausgeschaltet bleiben.

Was Riesle schnell feststellte, war, dass Bröse ein überaus erfolgreicher Strafverteidiger gewesen war. Wenn Mandanten »von dem Vorwurf der schweren Körperverletzung freigesprochen« wurden, war kaum anzunehmen, dass diese ihm dann nach dem Leben trachteten.

Auch milde Bewährungsstrafen, die Bröse für gewisse

Angeklagte herausholte, waren wohl kaum ein Grund, ihn umzubringen. Schon eher Prozesse, die in einem Misserfolg für Bröse geendet hatten – also beispielsweise solche, bei denen der Antrag des Verteidigers meilenweit vom tatsächlichen Strafmaß entfernt lag …

Doch durch Recherche stellte er nach und nach fest, dass die wenigen völlig erfolglos vertretenen Mandanten des letzten Jahres noch alle einsaßen. Hatte einer von ihnen vielleicht vom Gefängnis aus einen Mord an Bröse mit anschließender Verstümmelung der Leiche in Auftrag gegeben? Unwahrscheinlich.

Die Akten lieferten auch keine Hinweise darauf, dass einer der von Bröse verteidigten »schweren Jungs«, die vor etlichen Jahren eine saftige Strafe gefangen und nun ihre Zeit abgesessen hatten, sich an dem Anwalt rächen wollten.

War vielleicht denkbar, dass einer der Verurteilten inzwischen ausgebrochen war? Aber vermutlich hätte der akribische Bröse auch das in der Akte vermerkt. Es sei denn, er wusste gar nichts davon …

Als Riesle vor lauter Juristenjargon fast schon die Augen zufielen und er fein säuberlich Akte für Akte wieder in den Schränken verstaute, fiel ihm ein Ordner auf, der aufgeschlagen auf dem Schreibtisch lag, den er sich aber noch nicht angeschaut hatte. Ob er ihn vorhin übersehen hatte? Gut möglich, da sein Sichtfeld wegen der Taschenlampe deutlich eingeschränkt gewesen war.

Es war die Akte »Bertsche«. Klaus musste nicht erst das Pressearchiv bemühen, er erinnerte sich auch so. Dummerweise hatte damals der Kollege Bieralf die Gerichtsverhandlung besucht, sodass Riesles Kenntnisse sich auf die Artikel im Kurier beschränkten. Falls er selber darüber berichtet hätte, wäre ihm der Fall sicher schon eher in den Sinn gekommen.

Vor einem guten halben Jahr hatte Dr. Bröse einen mutmaßlichen Vergewaltiger verteidigt. »Schwieriges Milieu«, hatte der Anwalt handschriftlich in die Akte notiert. Ein gewisser Marco Bertsche hatte vor Gericht gestanden, weil er eine Angelika Schumacher im Anschluss an eine Party brutal unter Einsatz eines Messers vergewaltigt haben sollte. Die Beweislage war dünn gewesen, zumal die Vergewaltigung erst einige Tage danach angezeigt worden war.

Bröse hatte das Opfer während der Verhandlung ins Kreuzverhör genommen und die Zeugen, die Täter und Opfer kurz vor der Tat zusammen gesehen hatten, so lange befragt, bis sie nicht mehr hundertprozentig ausschließen konnten, dass es statt Bertsche auch jemand anders hätte gewesen sein können, der dem Angeklagten sehr ähnlich sah.

Im Prozess stand Aussage gegen Aussage. Doch weil Opfer und Zeugen nach der Bearbeitung durch Bröse dem Richter zu wenig glaubwürdig erschienen waren, hatte man Bertsche freigesprochen.

In dubio pro reo.

Tumultartige Szenen hatten sich anschließend im Gerichtssaal abgespielt. Vor allem der Bruder des Opfers hatte getobt und nicht nur den Angeklagten und den Richter, sondern auch Bröse bedroht.

»Widerlicher Rechtsverdreher«, hatte er ihm zugerufen. »Du gehörst aufgehängt! Dich kriege ich noch!«

All das war in der Akte »Bertsche« ebenso fein säuberlich protokolliert wie die gewiefte Strategie des Anwalts, mit der er es geschafft hatte, einen Freispruch zu erwirken.

Im Artikel des Journalistenkollegen Bieralf hingegen war

damals nur von einem »ungehaltenen Angehörigen« die Rede gewesen. Ein bisschen zu sachlich, dachte sich Riesle. Aber so war der nun mal.

Als er eine weitere Notiz zu dem Fall las, wusste er, warum Bröses Anwaltsakten datenschutzrechtlich problematisch waren.

»Er war's«, hatte der Verteidiger handschriftlich knapp notiert. Und: »Wird schwierig. Opfer Kreuzverhör.«

Dass Anwälte durchaus schon mal um die Schuld ihrer Mandanten wussten, das war Riesle bekannt. Doch die Tatsache, wie massiv Bröse in Anbetracht dieser brutalen Vergewaltigung verbal gegen das Opfer vorgegangen war und ihm »unverantwortlichen Leichtsinn« sowie »die Vermischung von Realität und Fiktion« vorgeworfen hatte, zeigte ihm, dass dieser Jurist keinerlei Skrupel gekannt hatte. Auch nicht gegenüber Frauen.

Aber warum lag ausgerechnet diese Akte aufgeschlagen auf dem Schreibtisch? War sie die letzte gewesen, die Bröse gewälzt hatte? Hatte er vielleicht eine Vorahnung gehabt, was ihm zustoßen könnte? War er von dem Bruder des Vergewaltigungsopfers bereits bedroht worden?

Riesle notierte sich die Namen der Prozessbeteiligten und wälzte noch geschätzte zwei Dutzend weitere Akten, ohne auf ähnlich verdächtige Fälle zu stoßen. Insgesamt recht zufrieden mit seiner Ausbeute, verließ er schließlich Bröses Büro. Der Versuch, das Gebäude über das Treppenhaus zu verlassen, scheiterte an der abgeschlossenen Tür der Kanzlei. Also ging er auf demselben Weg, auf dem er gekommen war. Den offenen Fensterflügel zog er sorgsam von außen zu.

Dann dachte er noch einmal kurz an Bröse: Auch ihm war der Aufstieg am Teufelsfelsen noch unfallfrei gelungen, erst beim Abstieg war er abgestürzt. Daher galt es, nur nicht leichtsinnig zu werden.

Mit voller Kraft und Konzentration hangelte er sich über die Regenrinne, robbte sich zurück zum Regenrohr, das nach unten führte. Er umklammerte es mit allen Vieren, ließ sich Zentimeter für Zentimeter behutsam in Richtung Kopfsteinpflaster ab. Im Gegensatz zu Bröse erreichte er bei seiner Kletteraktion unbeschadet festen Boden unter den Füßen.

Es war spät geworden, zwei Uhr dreißig.

Dennoch belohnte er sich zu Hause mit einer erst zwei Tage alten halben Pizza, die er inmitten zahlreicher leerer Schachteln fand, und dachte darüber nach, wie er mit seinen Informationen zu dem Vergewaltigungsfall umgehen sollte. Im Alleingang recherchieren, sich den Bruder des Opfers und die Familie vornehmen? Eher nicht, zumal er sich die nächsten achtzehn Stunden erst einmal weiter an die Fersen der Kripobeamten heften wollte. Das war er sich und dem Chefredakteur schuldig.

Aber wie sollte er die Kommissare, denen ja der Zugriff auf die Akten verweigert war, auf diese Spur bringen?

»Kurier-Redakteur löst Mordfall gemeinsam mit der Kripo«, las er schon seine Schlagzeile. Das wäre doch mal etwas Neues …

23. TAUSEND TORTEN UND EIN ANRUF

In gewisser Hinsicht war es Schicksal gewesen, dass sich die unbekannte Briefschreiberin mit Bröse in einem Café hatte treffen wollen. Zumindest für Hubertus, der eine große Schwäche für Süßes aller Art hatte. Noch dazu in einem Café, in dem eine Mappe mit hunderten verschiedener Torten auslag. Der Konditormeister schien kreativ zu sein: Es gab einen Kuchen in Uhrenform als Reminiszenz an die ehemals weltberühmte Uhrenstadt Schwenningen, ein Blätterteiggebäck in Form eines Eishockeyschlägers für die Fans der Schwenninger »Wild Wings« sowie eine Torte mit dem Wappen Villingen-Schwenningens – vermutlich als konditorische Antwort auf die von Bröse propagierte Trennung der beiden Stadtteile.

Stand etwa irgendwo geschrieben, man dürfe um zehn Uhr morgens keinen Kuchen essen? Hubertus bestellte sich eine Schwarzwälder Kirsch und eine Marzipantorte, außerdem bekam er einen Großteil von Elkes Bienenstich. Vor dem nächsten Stück Kuchen – diesmal ging es um einen Kirschplotzer – überlegte Hubertus noch, ob er ein schlechtes Gewissen haben sollte. Doch dann erinnerte ihn seine innere Stimme an seine Wanderanstrengungen und daran, dass er noch kein Frühstück gehabt hatte. Außerdem verriet ihm der Blick auf seinen Gürtel, dass er ihn seit Beginn des Westwegs zwei Löcher enger schnallen konnte. Also keine falsche Bescheidenheit!

Elke war schweigsam, sie dachte intensiv nach und nippte an einem Kräutertee. Das Ambiente des Cafés in der Schwenninger Innenstadt war plüschig, das Publikum gesetzt, wobei sich auch ein paar Studenten eingefunden hatten, die sich die Frühstücksangebote schmecken ließen.

Als die Bedienung den Kirschplotzer brachte, startete Hubertus die Befragung. »Entschuldigung – hatten Sie auch vor drei Tagen Dienst? Und zwar am frühen Nachmittag? So gegen vierzehn Uhr oder vierzehn Uhr dreißig?«

»Stimmt, da war ich hier«, sagte die Servicekraft nach kurzem Nachdenken.

»Ist Ihnen da eine Kundin aufgefallen, die längere Zeit auf jemanden gewartet hat?«

Die Bedienung überlegte wieder. »Hier warten täglich Leute auf andere«, meinte sie dann. »Wie sah die Frau denn aus?«

»Hm, das würden wir gerne von Ihnen wissen«, murmelte Hubertus.

»Eine jüngere Frau«, sagte Elke. »Vielleicht dreißig, maximal vierzig. Ein zierlicher Typ, würde ich denken.«

Hummel fragte sich, wie Elke wohl darauf kam, von der Schrift nicht nur aufs Alter, sondern auch auf die Statur der Frau zu schließen.

»Zahlen, bitte«, meinte derweil eine stark geschminkte Seniorin wenige Tische weiter.

»Vielleicht war sie auch schwanger«, schaltete sich Hubertus wieder ein.

»Schwanger?«, fragte die Bedienung und wandte sich dann an die ältere Dame: »Ich komme sofort.«

»Na ja, Huby«, gab Elke zu bedenken. »Da sie schrieb, es gebe da etwas, was die beiden miteinander verbinde, denke ich eher, dass man ihr noch nicht ansah, dass sie schwanger war.«

»Also nicht ersichtlich schwanger«, relativierte Hubertus.

»Zahlen!«, wiederholte die ungeduldige Kundin.

»Entschuldigen Sie mich bitte«, sagte die Bedienung und wollte gerade gehen, als Elke noch einen Hinweis parat hatte: »Ich denke, dass die Frau sehr traurig gewesen sein muss, als niemand kam. Vielleicht hat sie sogar geweint.«

Die Bedienung schien hin- und hergerissen zu sein, kassierte dann aber bei der überschminkten Seniorin ab, stapelte Kuchen, Torten, Kaffee und Kakao am Tresen, lieferte alles an die Tische und kehrte dann zu Hummel zurück, der mittlerweile seinen Kirschplotzer vernichtet hatte.

»Da war eine junge Frau«, erzählte sie dann. »Ich hätte mich ziemlich sicher nicht mehr daran erinnern können, wenn sie nicht zweimal nachgefragt hätte, ob jemand für sie angerufen habe.«

Die Hummels waren elektrisiert.

»Wie sah die Frau aus?«, wollte Hubertus wissen.

»Dann haben Sie auch den Namen?« Elke war bereits einen Schritt weiter.

Die Bedienung schaute sich um, ob sie gerade andere Gäste vernachlässigte, und beantwortete dann Hubertus' Frage: »Ich würde sagen, so Mitte, Ende zwanzig. Blonde, halblange Haare, ein natürlicher Typ. Schlank.«

»Mitte, Ende zwanzig«, murmelte Hubertus. »Widerlich. Das könnte ja seine Tochter sein.«

»Huby! Wenn zwei Menschen sich zueinander hingezogen fühlen, spielt das Alter nicht die entscheidende Rolle …«

Doch das ließ Hubertus nicht gelten: »Schon seltsam, dass dann nie eine alte Frau zu seinen Gespielinnen zählte – sondern dass die ganz im Gegenteil wohl immer jünger wurden.«

Elke wollte das Thema nicht weiter ausdiskutieren. »Wissen Sie, wie diese junge Frau hieß?«, fragte sie die Bedienung.

Und Hubertus schob nach: »Kam sie öfters hierher?«

»Auf jeden Fall nicht regelmäßig«, sagte die Bedienung. »Mag sein, dass ich sie zuvor schon einmal gesehen hatte, aber ...«

»Und der Name?«, insistierte Elke.

»Windbeutel«, sagte Hubertus zur großen Irritation beider Frauen.

»Wie bitte?«, fragte Elke.

»Ich hätte gern einen Windbeutel.«

Die Bedienung notierte die Bestellung und bemerkte dann, dass schon wieder Gäste an anderen Tischen unruhig wurden. Sie kümmerte sich um die Bestellungen und widmete sich dann wieder den Hummels.

»Und wie war jetzt der Name der jungen Frau?«, hakte Hubertus nach.

»Warten Sie.« Die Bedienung dachte noch mal intensiv nach. »Sie hat nur einen Vornamen genannt – das ist mir aufgefallen. Irgendetwas mit S war es, glaube ich.«

»Oje, so weit waren wir auch schon«, klagte Hummel. »Wir vermuten Sabine oder Sabrina.«

»Das könnte sein«, stimmte die Frau zu. »Oder war es Sarah? Samantha?«

»Warum nicht gleich Shakira?«, bemerkte Hummel ironisch, während die Bedienung misstrauisch wurde: »Wozu wollen Sie das eigentlich alles wissen?«

Elke beruhigte sie. »Machen Sie sich keine Sorgen, wir führen nichts Böses im Schilde.« Sie tätschelte der Bedienung die Hand. »Die junge Frau hat auf einen ... guten Bekannten von mir gewartet, und wir wollten sie nur etwas fragen. Sie hat nämlich ein kleines Problem, bei dem wir ihr vielleicht helfen können.«

Hubertus überlegte, ob er das Misstrauen der Bedienung mit einer weiteren Bestellung zerstreuen könnte, doch dann ergriff Elke wieder die Initiative und nahm einen Stift zur Hand. Auf einer Serviette notierte sie ihre Telefonnummer für den Fall, dass die Frau noch einmal vorbeikäme.

Auch ihren eigenen Namen schrieb sie auf.

In diesem Moment klingelte Elkes Handy.

24. EIFERSUCHT

Klaus schloss die Tür seiner kleinen Wohnung in der Wöschhalde hinter sich und dachte über den Mordfall Bröse nach. Das Ehepaar Dorfmeister hatte auf ihn keinen recht überzeugenden Eindruck gemacht – mal abgesehen davon, dass die beiden recht unsympathisch gewesen waren. Sie gaben sich gegenseitig ein Alibi und taten so demonstrativ unschuldig, dass da etwas faul sein musste. Zudem hatte Frau Dorfmeister sich bei der Frage, wann sie Bröse zum letzten Mal gesehen hatte, in Widersprüche verwickelt – und ebenso bei der Frage nach dem Grund für das Ende ihrer Affäre. Vermutlich hatte der die gute Frau schlicht und einfach abgesägt, weil er ihrer überdrüssig gewesen war.

Gut nachvollziehbar, fand Riesle.

Oder gab es wirklich diese ominöse Nebenbuhlerin, die Bröse einen Brief geschrieben hatte?

Dann dachte er über seinen nächtlichen Besuch in der

Anwaltskanzlei nach. Und über den cholerischen Bruder des Vergewaltigungsopfers, der Bröse gedroht hatte.

Warum hatte die Akte aufgeschlagen auf dem Schreibtisch gelegen?

Riesle stieg in seinen Kadett und gab wie immer Vollgas. Sein Nachbar und derzeitiger Kollege, Kriminalhauptkommissar Thomsen, war schon weg. Der Journalist beeilte sich umso mehr. In den Morgenstunden hatten die Beamten einen Vorteil gegenüber dem Langschläfer Riesle.

Hoffentlich hatten sie noch nichts Entscheidendes unternommen.

So sehr er vor allem mit Thomsen nach wie vor fremdelte, so sehr hatte er doch auch irgendwie das Bedürfnis, wenigstens für die noch verbleibenden acht Stunden zum Ermittlerteam dazuzugehören. Zumal ihn Winterhalter am Vorabend noch gebeten hatte, Elke Hummel für eine Zeugenbefragung zu kontaktieren. Schließlich habe er doch einen »heißen Draht« zu ihr, und die Polizei habe sie zu Hause nicht erreicht. Vermutlich könne Frau Hummel etwas über mögliche Nachfolgerinnen und Bröses Umfeld sagen.

Riesle war natürlich erpicht darauf, möglichst viele Nachrichten exklusiv im Kurier melden zu können. Den Fall von A bis Z ganz allein zu recherchieren – das war er nicht gewohnt. Schließlich hatte er so oft gemeinsam mit seinem Freund Hubertus rätselhaften Dingen nachgespürt. Doch der ließ ihn schmählich im Stich – und das alles wegen einer Wanderung …

Riesle fühlte sich ein bisschen einsam, obwohl er sonst nach außen gern den Kleinstadt-Cowboy gab, der keine Freunde brauchte. Er würde die Kommissare in seine Ermittlungen einbinden – das schadete auch für die längerfristigen

Beziehungen sicher nicht. Allerdings nur so lange, wie er auch von ihnen profitierte …

Er griff zum Handy, um Elke anzurufen, während er einen Parkplatz in der Nähe der Polizeidirektion suchte.

»Es ist Klaus«, staunte Elke, die einen kurzen Blick auf das Display ihres Handys warf, während sie der Bedienung des Cafés ihre Nummer aufschrieb. Hubertus griff nach dem Telefon und meldete sich mit »Hummel«.

Am anderen Ende der Leitung herrschte verdattertes Schweigen. Riesle hatte Elkes Stimme gut in Erinnerung. Und die war eindeutig in einer höheren Tonlage angesiedelt. Die Person am anderen Ende, die sich ebenfalls Hummel nannte, schien vielmehr …

»Hier ist Hummel«, sagte die Stimme wieder. Fast triumphierend.

Kein Zweifel: Das war Hubertus!

Da meldete der sich nicht bei seinem besten Freund, war auch nicht über Handy erreichbar und scharwenzelte dafür mit seiner Exfrau herum. Und Hubertus war gar nicht beim Wandern!

Riesle war beleidigt.

Nach einigen Sekunden Pause sagte Hubertus: »Auf Elkes Handydisplay steht ›Klaus‹, dann wirst es du ja wohl auch sein! Meld dich doch!«

»Wieso bist du bei Elke?«, fragte Riesle so eifersüchtig, als wäre er mit Hummel liiert.

Die beiden hatten offenbar gerade Spaß miteinander. Hummel jedenfalls war noch zu einem Scherz aufgelegt: »Darf ich das nicht? Sie ist doch meine Frau!«

»Bist du nicht beim Wandern?«

»Nein.«

»Und warum nicht?« Klaus klang immer noch beleidigt.

Hummel war die Sache nicht deshalb unangenehm, weil er seinen Freund in den letzten Tagen eher gemieden hatte. Vielmehr stand er inmitten des Salinencafés, und die genervten Blicke mehrerer Gäste machten ihm klar, dass man hier nicht unbedingt in voller Lautstärke telefonieren sollte.

»Ich gebe dir mal Elke«, meinte Hubertus.

Die hatte mittlerweile alles mit der Bedienung geregelt und verließ, während Hummel zahlte, das Café.

»Was macht denn Hubertus bei dir?«, wollte Riesle wissen, sobald er Elke am Apparat hatte.

»Ach«, sagte Elke unbedarft. »Huby ist so lieb. Er hat seine Wanderung extra unterbrochen, um mir zu helfen, diesen Absturz von Guntram aufzuklären.«

Der Redakteur sagte zunächst gar nichts und dann: »Aha.«

Das »Aha« war mindestens eine Neun Komma Null auf der nach oben offenen Riesle-Eifersuchtsskala. Er war tief gekränkt, denn genau das hatte er mit Hubertus ja auch versucht: Ermitteln statt Wandern. Doch der Freund – oder besser ehemalige Freund? – hatte ihm die kalte Schulter gezeigt.

Riesle versuchte, seiner Stimme einen dienstlichen Klang zu verleihen. Gemeinsam mit der Polizei recherchiere er nämlich in derselben ominösen Sache, und »sie« – womit er die Einheit Winterhalter, Thomsen und Riesle meinte – seien nun daran interessiert, auch mit Elke zu sprechen. Ob sie damit einverstanden sei, wenn Kommissar Winterhalter ein paar Fragen an sie stelle?

»Wo?«, fragte Elke und hörte erst einmal Gemurmel. Riesle, der mittlerweile im Büro von Thomsen und Winterhalter angekommen war, übergab an den Schwarzwälder Kriminalhauptkommissar. Klaus selbst war ohnehin die Lust vergangen, noch mit jemandem aus der Familie Hummel zu sprechen.

»Ja, Frau Hummel, solle mir's gleich am Telefon mache?«, fragte Winterhalter, womit Elke einverstanden war. Der mittlerweile aus dem Café nachgekommene Hubertus nahm seiner Frau das Handy kurz aus der Hand, drückte auf den Lautsprecher und versuchte mitzuhören, was ihm aber erst einigermaßen gelang, als Elke und er im Auto saßen.

Ob sie eine Irene Dorfmeister kenne, war die erste Frage, die Elke allerdings verneinte.

»Mitte, Ende vierzig, brünett, schick. Sie war die letzte uns bekannte Lebensgefährtin von Dr. Bröse«, verdeutlichte Winterhalter.

Aber Elke konnte ihm hier wirklich nicht weiterhelfen. Das konnte eigentlich auch nicht die gesuchte junge Frau sein, die den Brief an Guntram geschrieben hatte, dachte Elke.

Zur Frage, wann sie selbst Bröse zuletzt gesehen habe und ob er da etwas von einer Lebensgefährtin erzählt habe, gab sie indes eine ausführlichere Antwort – und zwar eine, die Hummel reichlich erboste.

»Vor drei Wochen – wir sind uns zufällig begegnet und waren dann Kaffee miteinander trinken. Er deutete im Verlauf des Gesprächs an, dass er eine Beziehung habe, aber ich wollte das gar nicht genauer wissen. Mir ging es mehr darum, wie seine seelische Verfassung war – und psychisch hatte ich keinen schlechten Eindruck von ihm.« Mit Blick auf Hubertus ergänzte sie: »Es war nur ein kurzer Kaffee. Zehn Minuten ungefähr.«

Dennoch war Hubertus beleidigt. Vor drei Wochen? Wieso hatte sie ihm davon bislang nichts erzählt?

Wahrscheinlich, weil er nach dem Nacktfoto von Elke im Safe überhaupt nichts mehr über die Liaison hatte wissen wollen. Bislang war er allerdings davon ausgegangen, dass Elke ihn schon seit mindestens einem Jahr nicht mehr getroffen hatte.

Was Bröse für ein Mensch gewesen sei, wollte Winterhalter nun wissen, und Elke hob zu einer weitschweifigen Erklärung an, die Hubertus im Prinzp bereits kannte.

Die nächste Frage alarmierte dann aber auch wieder ihn: »Habet Sie noch einen Schlüssel zum Haus von Herrn Bröse?«

»Warum?«, fragte Elke in der Absicht, Zeit zu gewinnen.

»Weil des Siegel an der Eingangstür zum Haus vom Bröse aufgebrochen wurde. Von jemandem, der einen Schlüssel gehabt hat. Des isch ein Straftatbestand …«

»Es ist strafbar, einen Schlüssel von Guntram gehabt zu haben?« Hummel staunte, wie geschickt Elke erneut Zeit schindete. Sie war manchmal cleverer, als er ihr zugetraut hätte.

Als Winterhalter knurrig nachfragte, was jetzt mit dem Schlüssel sei, musste Hummel seine Einschätzung von gerade eben aber sofort wieder revidieren. Oder doch nicht? Elke wich nämlich auf ein neues Thema aus: »Wir waren gestern nochmal bei Frau Storz, der Kräuterfrau, in der Nähe des Teufelsfelsens. Eine faszinierende Frau. Und die hat uns berichtet, dass sie einen Mann hinter einem Felsvorsprung gesehen hat, als Guntram zu klettern begann. Einen Mann mit einem Helm …«

»Elke!«, entfuhr es Hummel. »Bist du verrückt?«

»Ah«, meldete sich nun wieder Winterhalter. »Ich wollt grad fragen, mit wem Sie denn bei dem Kräuterwieble waren. Aber jetzt hab ich's gehört. Grüß Gott, Herr Hummel.«

Der knurrte nur etwas Unverständliches vor sich hin.

»Mir waret auch bei der Kräuterfrau«, sagte nun Winterhalter. »Aber uns hat sie nix davon g'sagt. Ich frag mich nur, warum?«

»Wir hatten eine besondere Ebene«, erklärte Elke. »Ich denke nämlich auch, dass diese Keltenprophezeiung eine wichtige Rolle spielt bei dem Mord. Natürlich nur indirekt. Es gibt vermutlich trotzdem jemanden, der Verantwortung für Guntrams Tod trägt.«

»Besondere Ebene, so so«, murmelte Winterhalter und erklärte Elke, sie solle sich zur Verfügung halten. Eventuell müsse sie doch noch aufs Polizeirevier kommen, und sei es nur, um ein Protokoll zu unterschreiben.

Die Vernehmung war zu Ende, doch jetzt begann ein Verhör.

»Vor drei Wochen habt ihr euch also gesehen? Warum? Und wieso hast du mir nichts davon gesagt?«, rief Hummel empört.

Elke blickte ihn nicht an, was aber auch damit zu tun haben mochte, dass sie sich auf den Verkehr konzentrierte.

»Ach, Huby!«, sagte sie dann. »In gewisser Hinsicht bleibt man doch miteinander befreundet, auch wenn die körperliche Beziehung vorbei ist.«

»Ach, die körperliche Beziehung war aber immerhin vorbei?«, bemühte Hubertus wieder seinen Sarkasmus. »Und seit wann? Seit vier Wochen?«

»Huby!«

Hummel hatte keine Ahnung, wohin sie fuhr, aber er wollte nicht nachfragen.

»Weil Guntram und ich kein Paar mehr waren, hätten wir nicht einmal mehr einen Kaffee miteinander trinken dürfen? Das wäre doch schade.«

»Klare Verhältnisse, schon mal was davon gehört?«, knurrte Hummel. »Konsequenz ist eine schöne Eigenschaft.«

»Dann dürfte ich mich ja auch nicht mit dir treffen.«

»Ist das etwa dasselbe?« Hubertus wurde laut und fügte in voller Rage den nächsten Kritikpunkt an: »Und warum plauderst du unsere Ermittlungsergebnisse bei der Polizei aus? Das war ja wohl unglaublich naiv!«

»Wir müssen doch alle zusammenhalten, Huby«, sagte Elke treuherzig. »Wir haben dasselbe Ziel. Wir alle möchten gemeinsam herausbekommen, was mit Guntram geschehen ist. Uns eint die Suche nach der Wahrheit.«

Hubertus schwankte zwischen Tobsuchtsanfall und Schweigsamkeit und entschied sich dann für Letzteres.

Elke hielt das Steuer fest in der Hand.

25. SCHWIERIGE ZEUGEN

Die nochmalige polizeiliche Befragung der Kräuterfrau war dann doch eine Art Erfolg. Allerdings weniger deswegen, weil Thomsen der Zeugin mit juristischen Konsequenzen drohte (»wenn Sie uns weiter Dinge verschweigen«), sondern vielmehr, weil Kriminalhauptkommissar Winterhalter die Initiative ergriff. Und zwar in seiner ureigenen Art.

Der Nebenerwerbslandwirt gab eine Kostprobe seiner

Vernehmungskünste in tiefster Mundart, während Thomsen und Riesle erstaunt schwiegen. Besonders Thomsen kam es so vor, als sei das Gespräch chiffriert – derart starken Dialekt hatte er den Kollegen noch nie sprechen hören.

Die Kräuterfrau sprach nach wie vor wenig – und wenn, dann vorwiegend über den Fluch und die Heilkraft von Mutter Erde. Aber immerhin: Sie sprach.

Als die Wortfetzen »ein rodes Fahrrädle« fielen, meinte Thomsen, in die Vernehmung eingreifen zu müssen.

»Hat sie ›ein marodes Fahrrad‹ gesagt?«, fragte er.

Winterhalter musterte ihn leicht amüsiert. »Momentle noch«, antwortete er und stellte noch ein paar unverständliche Fragen, denen noch unverständlichere kurze Antworten folgten.

»Nicht ›marodes‹, sondern ›ein rotes Fahrrad‹, hat sie g'sagt«, erläuterte er dann und schmunzelte.

»Wie, ›ein rotes Fahrrad‹?« Thomsen wurde langsam ungehalten.

»Sie hat ein rotes Fahrrad gesehen, das am Felsen gelehnt hat«, sagte Winterhalter überdeutlich. »Zu dem Zeitpunkt, als Bröse den Felsen erkletterte.«

Die anschließende Suche mit der gesamten Kriminaltechnikmannschaft am Teufelsfelsen brachte allerdings keine neuen Erkenntnisse. Weder entdeckten sie Spuren des Fahrrads noch weitere Hinweise auf die Leichenschändung. In der Zwischenzeit waren bereits mehrere frühsommerliche Gewitter niedergegangen.

Auch das Messer, mit dem der tote Bröse geschändet worden sein musste, blieb verschwunden.

Winterhalter ärgerte sich ein wenig darüber, dass sie die

Umgebung nicht schon vorher gründlicher abgesucht hatten. Allerdings waren sie ja zunächst von einem Unfall ausgegangen.

Immerhin einer hatte eine ordentliche Ausbeute – und zwar eine fotografische. Denn nach Riesles Ansicht machte der Aufmarsch der gut zwei Dutzend Beamten in den weißen Overalls durchaus etwas her.

Auf dem Rückweg nach Villingen berichtete Winterhalter, der am Steuer saß, seinem Kollegen ausführlich von der Vernehmung. Riesle lehnte sich gegen die Rückbank des Kombis und lauschte mit.

»Sehet Sie, Herr Thomsen. Dialekt kann doch sehr von Nutze sein, wenn man von de Leut was erfahre möcht. Sie solltet vielleicht mal einen Kurs bei der Muttersprochg'sellschaft ...«

»Jaja, ist ja schon gut«, winkte Thomsen unwirsch ab.

»Außerdem isch die alte Frau von diesem Keltenmythos so durchdrunge, dass ihr reale Dinge geradezu unwichtig erscheine, die wiederum für uns von Bedeutung sind«, versuchte Winterhalter das Verhalten der Zeugin zu erklären.

»Lassen Sie uns noch mal en détail über die Beobachtung dieser Kräuterfrau sprechen. Wie war das noch mal mit diesem roten Fahrrad?«

»Als sie nach der Begegnung mit Bröse vom Felsen zurückkomme isch, hat sie nit nur den Mann g'sehe, sondern nit unweit davon entfernt auch des rote Fahrrad. Angelehnt am Teufelsfelse.«

»Genaue Beschreibung?«

»Mann mit Helm und rotem Fahrrad – mehr wusste sie nit.«

Tolle Zeugin, dachte Thomsen. »Sie hat auch nicht gesehen, wie der Mann damit weggefahren ist?«

Winterhalter schüttelte den Kopf: »Nein, des nit. Aber da der Mann ja einen Helm trug, isch anzunehme, dass des Fahrrad zu ihm g'hört hat.«

»Vielleicht der Täter?«, sagte Thomsen in einer Mischung aus Frage und Antwort.

»Sehr gut möglich. Wenn es aber nit der Täter war, so könnt es ein wichtiger Zeuge sein«, mutmaßte Winterhalter.

»Täter und Schänder zugleich«, lautete Riesles Plädoyer. Dann räusperte er sich und fuhr fort: »Wenn wir mal fünf Minuten Zeit haben, möchte ich Ihnen gerne noch etwas in Sachen Presserecherche zu den Gerichtsfällen von Bröse mitteilen …«

Später, wurde ihm beschieden.

War das Kräuterweib bereits eine harte Nuss gewesen, so stellte der nächste Zeuge eine noch härtere dar. Zumindest, was den Terminkalender anbelangte. Schon seit zwei Tagen versuchten sie, einen Termin beim Oberbürgermeister zwecks einer »Befragung in Sachen des verstorbenen Gemeinderats Dr. Bröse« zu bekommen. Die persönliche Referentin – eine freundliche, aber durchaus resolute Person – hatte immer wieder um Aufschub gebeten. Dabei wusste sie noch gar nichts davon, dass ihr Chef unter Mordverdacht stand: Schließlich hatte Bröse mit seinen Spaltungsbestrebungen zwischen Villingen und Schwenningen die integrativen Bemühungen des Oberbürgermeisters ziemlich unterminiert.

Wenn man wollte – und Riesle wollte unbedingt –, konnte man noch ein weiteres Indiz gegen den OB finden: Wie sie recherchiert hatten, ging nur ein Pflichtteil aus dem Erbe von Dr. Bröse an seinen Bruder, mit dem er nur noch wenig Kontakt gepflegt hatte. Den Löwenanteil hatte der Anwalt mehreren Vereinen vermacht – darunter dem Schwarzwaldverein, bei dem der OB im Vorstand saß. Wobei sich nicht einmal Riesle ernsthaft vorstellen konnte, dass der OB wirklich …

»Der Herr Oberbürgermeister ist außerordentlich beschäftigt«, hatte die Referentin betont, als sie ihnen schließlich ein kleines Zeitfenster im Terminkalender anbieten konnte.

»Guten Tag, die Herren.« Der OB kam mit ungelenkem, fast hektisch wirkendem Schritt auf Thomsen und Winterhalter zu. »Nanu, Herr Riesle? Sie auch hier?«, wandte er sich dann erstaunt an den Lokaljournalisten. »Macht die Kripo neuerlich ihre Befragungen gleich mit der Presse zusammen?«

»Nur eine Ausnahme, Herr Oberbürgermeister. Die Polizei – dein Freund und Helfer – lässt sich von der Presse begleiten«, erläuterte Thomsen und bemühte sich um einen gleichgültigen Gesichtsausdruck.

»Des sollet Sie vielleicht auch mal erwäge«, schlug Winterhalter verschmitzt vor.

»Eine Spitzenidee«, meinte Riesle grinsend.

Der OB schaute pikiert und fragte nur: »Und was kann ich für Sie tun?«

»Sie wissen schon, warum wir hier sind? Uns beschäftigt der Fall Bröse.«

Der OB nickte. »Eine wirklich grauenhafte Sache.« Er hatte einen ähnlich nasalen Tonfall wie Bröses Kompagnon Moser und musterte die beiden Kriminalbeamten durch seine randlose Brille. »Einen solch aufsehenerregenden Fall nutzt ja auch die Presse dazu, um alle möglichen Spekulationen zu verbreiten – nicht immer zum Vorteil unserer Stadt«, wandte er sich an Riesle, der nur die Augenbrauen hochzog.

»Wie gut kannten Sie denn den Herrn Dr. Bröse?«, fragte Winterhalter.

»Privat nicht. Aber natürlich von den Gemeinderats- und Ausschusssitzungen. Und von den Beratungen mit den Fraktionsvorsitzenden. Da Dr. Bröse Fraktionschef war, hatte ich öfter mit ihm zu tun als mit anderen Räten«, meinte der OB.

»Wie war Ihr Verhältnis?«, wollte Thomsen wissen. »Er hat Ihnen doch einigen Ärger bereitet ...«

»Es dürfte kein Geheimnis sein, dass wir nicht gerade politische Freunde waren. Dr. Bröses Ansichten waren manchmal – wie soll ich sagen – etwas extrem ...«

»Zum Beispiel, was die Trennung von Villingen und Schwenningen anbelangt?«, bemühte Winterhalter wieder sein bestes Vernehmungsdeutsch.

»Absolut. Ich habe Herrn Dr. Bröses Engagement und seine Eloquenz insgesamt sehr geschätzt. Aber diese von ihm angestrebte Trennung war wirklich – gelinde gesagt – eine Schnapsidee. Zwei Flüsse, eine Stadt.«

»Wie meinen Sie?«, fragte Thomsen.

»Zwei Flüsse – eine Stadt. Das ist doch unser Motto. Wir sind *die* Baden-Württembergstadt. Villingen und Schwenningen, badisch und württembergisch zugleich, katholisch und evangelisch, Arbeiter- und Beamtenstadt. Europäische Wasserscheide, von der aus das Wasser von einem Stadtteil bis ins Schwarze Meer und vom anderen zur Nordsee fließt. Wo gibt es das schon? Eine Stadt mit Herz im Herzen Europas.«

Riesle verdrehte die Augen: Der OB hatte den Werbeprospekt der Stadt perfekt auswendig gelernt. Thomsen, der mit dem Tourismusvortrag nichts anfangen konnte, schwieg ebenfalls.

Nur Winterhalter hatte eine Replik parat: »Aber Sie können doch nicht abstreiten, dass es zwischen Villingen und Schwenningen immer noch unüberbrückbare Differenzen gibt. Wenn ich da an die Landesgartenschau ...«

»Die war ein überwältigender Erfolg. Und wie sollen wir denn auf der Welt Frieden halten, wenn wir schon Zwietracht gegen den anderen Stadtteil säen?«

»Aber Sie wissen doch selbst, dass der Graben zwischen V und S tiefer denn je ist«, mischte sich Riesle ein. »Bröse war vielleicht etwas extrem. Aber in der Sache hatte er doch nicht unrecht ...«

»Halten Sie sich bitte zurück. Sie sind lediglich Beobachter«, ermahnte ihn Thomsen scharf. Der OB registrierte zufrieden die Zurechtweisung und sparte sich eine Gegenrede.

»Können Sie sich vorstellen, dass jemand aus einer politischen Motivation heraus die Tat begangen haben könnte?«, führte Thomsen die Vernehmung fort.

»Ein politischer Mord? Mitnichten. Diese Zeiten sind ja in Deutschland Gottseidank vorbei. Eine absurde Vorstellung. Ich bin bereit, dafür die Hand ...«

»Sie wissen, dass die Leiche geschändet worden ist?«, unterbrach Winterhalter. »Was bedeutet das Ihrer Meinung nach?«

Das Stadtoberhaupt blinzelte irritiert. »Wieso fragen Sie mich? Das ist schrecklich, spricht doch aber noch mehr gegen eine politische ...«

»Vielleicht hat das Ganze ja eine tiefere Bedeutung? Vielleicht stellte Bröses Körper für den Mörder sinnbildlich die Stadt mit ihren Ortsteilen dar? Das könnte doch des Rätsels Lösung sein«, spekulierte Riesle.

»Wie bitte?«, fragte der Oberbürgermeister höchst irritiert.

»Wenn Bröses Verstümmelung etwas mit der Stadt zu tun haben sollte«, dachte der Journalist laut – zu laut, »dann müsste man nur eruieren, für welchen Stadtteil das Genital von Bröse stehen könnte: einen Stadtteil, der sich gewissermaßen von VS lossagen möchte.« Als das Schweigen immer dröhnender wurde, fügte er hinzu: »Oder welchen Stadtteil man gerne loswerden möchte ...«

Der OB war ebenso fassungslos wie Thomsen.

Nur Winterhalter schien zu einer Antwort bereit: »Aha, und welcher Stadtteil steht dann für Bröses verstümmelten Rumpf?«

Riesle zögerte. »Der größte. Also Villingen ... oder doch Schwenningen?«

Thomsens Kommentare auf dem Rückweg reichten von »geschmacklos« bis »kranke Phantasie«. Er erwog eine Beschwerde beim Chefredakteur, unterließ das aber, da er sein Verhältnis zur Kripochefin nicht weiter belasten wollte. Selbst Winterhalter ignorierte Riesle bei der Fahrt in die Polizeidirektion. Der Journalist hatte sich und in gewisser Hinsicht sie alle bis auf die Knochen blamiert. Es hätte nur noch gefehlt, dass er den OB nach einem Alibi gefragt – oder ihn gleich verhaftet hätte ...

Schon in seiner Schulzeit hatte es Riesle als Rabauke der Klasse immer wieder verstanden, alle gegen sich aufzubringen, sich dann aber doch mit irgendeiner Geschichte wieder interessant zu machen. Dieses Verhaltensmuster trug auch jetzt Früchte: Als Thomsen und Winterhalter in der Polizeidirektion den Journalisten weiter wie Luft behandelten und sich der Büroarbeit zuwandten, zog Riesle seinen Trumpf aus der Tasche.

»Ich gebe ja zu, dass meine Vermutung beim OB ... na ja, etwas mutig war«, tastete er sich vor. »Aber ich habe noch etwas anderes, ganz Konkretes. Ich wollte Ihnen doch etwas über meine Presserecherche erzählen ...«

»Stimmt«, sagte Winterhalter.

»Also, es gab da einen Fall, in dem Bröse einen Sexualstraftäter vertreten hat. Und diesmal war nicht sein Mandant unzufrieden, denn der ist aus der ganzen Sache mehr als glimpflich rausgegangen, sondern der Bruder des Opfers«, triumphierte Riesle.

»Woher wissen Sie das denn?«, fragte Winterhalter, worauf der Journalist sich schon wieder eine kleine Großspurigkeit erlaubte. »Gute Kontakte«, sagte er. Natürlich würde er verschweigen, dass er in die Anwaltskanzlei eingebrochen war.

»Dieser Bruder des Opfers hat Bröse noch im Gerichtssaal bedroht!«, fuhr Riesle fort. »Das ist erst ein paar Monate her. Bröse hat die junge Frau, die vergewaltigt wurde, in der Verhandlung besonders heftig in die Zange genommen und sie und die Zeugen als unseriös dargestellt, obwohl er wusste, dass sein Mandant der Täter war.«

»Sie sind ja guet informiert«, meinte Winterhalter. »Woher denn? Nur von Ihrem Zeitungsarchiv? Des klingt ja fast, als würdet Sie die Akte kenne ...«

»Informantenschutz«, wiegelte Riesle ab. »Der Mann, den wir überprüfen sollten, heißt ...«

»Schumacher. Und der damalige Angeklagte Bertsche«, meldete sich Thomsen zu Wort.

Riesle entgleisten die Gesichtszüge. »Woher …?«

»Die Anwaltskanzlei hat uns heut Morgen informiert«, erläuterte Winterhalter. »Sie habet auf Bröses Schreibtisch eine Akte mit dem Fall g'funde …«

Der Journalist blickte immer noch entgeistert drein. »Und wieso haben Sie mir nichts …?«

»Herr Riesle.« Thomsen blickte noch einmal von seinem Computer auf. Streng diesmal. »Sie sind verpflichtet, uns Informationen zukommen zu lassen. Umgekehrt ist das aber nicht so – haben wir uns verstanden?«

Das Schweigen brach erst Winterhalter wieder: »Eine Gegenüberstellung von dem Herrn Schumacher mit der Kräuterfrau isch schon veranlasst …«

26. MAGDALENENBERG

Der Magdalenenberg war nur wenige Gehminuten von dem Haus entfernt, das Elke einst in der Villinger Südstadt mit Hubertus bewohnt hatte und in dem jetzt nur noch ihr Mann lebte. Der Berg war im Vergleich zu anderen Erhebungen im Schwarzwald zwar breit, aber nicht allzu hoch, sodass die Einheimischen nur von dem »Magdalenenbergle« sprachen.

Elke hatte ihn vor allem deshalb für ihren einsamen Spaziergang ausgewählt, weil er eine große keltische Grabstätte enthielt und für sie eine Kraftquelle darstellte. Die Kelten standen nach alldem, was sie in den letzten Tagen von der Kräuterfrau am Teufelsfelsen erfahren hatte, im Mittelpunkt ihres spirituellen Interesses. Eine solche Kraftquelle brauchte Elke jetzt: Sie war überzeugt davon, dass es ihre Bestimmung war, herauszufinden, was mit Guntram Bröse geschehen war.

Doch nicht nur Guntrams Tod machte ihr zu schaffen. Sie hatte außerdem das Gefühl, in ihrem Leben auf der Stelle zu treten. Die ehemaligen Sektenmitglieder der »Kinder der Sonne«, mit denen sie in einer Wohngemeinschaft residierte, waren nicht die spirituellen Intellektuellen, für die sie sie eine Weile gehalten hatte, sondern größtenteils wichtigtuerische, mitunter gar sozial rückständige Aussteiger, die zu keiner regelmäßigen Arbeit in der Lage waren.

Elke erschrak darüber, wie negativ ihre Gedanken waren, und rätselte, während sie den Magdalenenberg weiter überquerte, was ihrem Leben wohl fehlte. Freilich: Sie war eine intelligente Frau im besten Alter, eine engagierte Lehrerin, die trotz gelegentlicher religiöser Sonderwege mehr auf dem Boden der Realität stand, als ihr Noch-Mann ihr das zutraute. Und der war mit sich selbst ja auch nicht im Reinen. Seine Westweg-Wander-Auszeit war dafür ein deutliches Zeichen.

Doch auch Elke mangelte es irgendwie an Erfüllung. Sie fragte sich, ob sie und Guntram vielleicht doch füreinander bestimmt gewesen waren. Sie hatte Guntram ganz anders kennengelernt, als ihn die Öffentlichkeit und vor allem Hubertus wahrgenommen hatten. Dr. Guntram Bröses Problem war lediglich, dass man ihm von Kindesbeinen an die falschen Werte vorgelebt hatte. In seinem Innersten war er, davon war Elke überzeugt, ein warmherziger Charakter gewesen, was sich ja auch an seinem sozialen Engagement gezeigt hatte. Die negativen Seiten, seine Härte und seine scheinbare Kompromisslosigkeit – das war aufgesetzt gewesen in einer Welt, in der man glaubte, solche Masken tragen zu müssen, um erfolgreich zu sein.

Langfristig hatte es zwischen ihnen nicht gepasst, denn Elke hatte irgendwann den Eindruck gehabt, als schätze Guntram vor allem ihr Äußeres und nicht ihre inneren Werte. Als brauche er sie vorwiegend zur Begleitung bei Empfängen und zu anderen Zwecken …

Dennoch hatte sie gespürt, wie seine Seele die ihrige angerührt hatte. Sie fragte sich, wer so von Hass erfüllt gewesen sein mochte, dass er das Seil sabotiert hatte. Und wer sich dann mit einem scharfen Messer an seinem Geschlechtsorgan zu schaffen gemacht hatte.

Und was hatte wohl diese Prophezeiung damit zu tun? Hundertsechsunddreißig keltische Gräber waren rund um die zentrale Fürstengrabstätte des Magdalenenbergs angeordnet – und zwar nicht nach Sonnenzyklen wie in Stonehenge, sondern nach dem Mondzyklus, also den Sternbildern, wie sie zum Zeitpunkt der Sommersonnenwende sichtbar waren.

Und ziemlich genau zur Mondwende war Guntram abgestürzt. Elke konnte sich gut vorstellen, dass es eine Verbindung zwischen den himmlischen Elementen und dem schwelenden Hass eines Einzelnen gewesen war, die zu dem Verbrechen geführt hatte.

Und während Elke weiter auf dem Berg herumlief und nachgrübelte, fiel ihr auf, dass in dem Mordfall etwas nicht zusammenpasste.

Von der Motivation des Täters her hätte sie auf eine Frau getippt, die gewaltsame Leichenschändung aber hatte laut Gerichtsmedizin ein Mann begangen. Doch was für ein Mann? Hatte die Unbekannte, nach der sie vergeblich im Salinencafé gesucht hatten, etwas mit der Tötung zu tun?

Aber warum hatte sie dann im Café auf ihn gewartet, wenn sie doch wusste, dass er zu diesem Zeitpunkt schon tot war?

Und: Wie sollten Hubertus und sie an diese ominöse Frau herankommen, falls sich die Kellnerin aus dem Café nicht mehr meldete? Vielleicht sollte sie auch einmal Kontakt zu dieser Frau Dorfmeister aufnehmen – der letzten Lebensgefährtin Guntrams, von der Kommissar Winterhalter gesprochen hatte?

Vor allem aber glaubte Elke, dass kein erzürnter Mandant hinter dem Mord steckte, nein, es musste Liebe im Spiel gewesen sein.

Ob Mann oder Frau – Elke war sich in jedem Fall sicher, dass der Mörder an den Tatort zurückkehren würde. Diese kriminalistische Weisheit war selbst ihr geläufig. Außerdem glaubte sie, dass die ominöse Schwangere sich früher oder später an die Absturzstelle begeben würde, um Abschied zu nehmen. Vielleicht war sie sogar bei der Trauerfeier und der Beerdigung dabei, die nach der Freigabe der Leiche durch die Staatsanwaltschaft in wenigen Tagen stattfinden sollte.

Elke hätte am liebsten schon vorher das Rätsel gelöst – zumindest den Teil, für den es eine diesseitige Erklärung gab. Sie selbst konnte natürlich schlecht tagelang am Teufelsfelsen ausharren – doch sie kannte jemanden, der dies tat.

Langsam ging sie zu ihrem Auto.

Sollte sie Hubertus mitnehmen? Nein. Diesmal nicht.

Sie fuhr in Richtung Triberg, dann zum Teufelsfelsen. Das Wetter war trist, mittlerweile hatte es zu regnen begonnen. Außer einzelnen Wanderern in Regencapes sah sie niemanden. Sie kletterte bergab zur Absturzstelle, an der immer noch das polizeiliche Absperrband angebracht war.

Elke kniete nieder und meditierte. Blumen oder Briefe

waren bislang nicht niedergelegt worden. Noch nicht einmal ein »Warum?« war zu lesen, Pergel-Bülows hatten wohl nach dem Lapsus mit dem scheinbaren Tod von Hubertus lieber darauf verzichtet, sich hierherzubegeben.

Die Knie von Elkes Jeans zierte ein matschiges Grünbraun, als sie sich wieder erhob, um sich zum Häuschen der Kräuterfrau aufzumachen.

27. GEGENÜBERSTELLUNG

»Wir schlagen zwei Fliegen mit einer Klappe«, sagte Thomsen zu Winterhalter. Sie hatten nicht nur Heiko Schumacher, den Bruder des Vergewaltigungsopfers, einbestellt, sondern auch Michael Dorfmeister, der beim Polizeibesuch so getan hatte, als seien seine Briefe und Drohanrufe nur eine Lappalie gewesen.

In wenigen Augenblicken sollten diese beiden potenziellen Tatverdächtigen der Kräuterfrau vom Teufelsfelsen, Johanna Storz, gegenübergestellt werden, zusammen mit einer dritten Person. Man hatte dazu den Kollegen Matt gewählt, der weder die Kräuterfrau noch die Tatverdächtigen kannte, aber dennoch eine markante Erscheinung war, die nach Meinung der Kripobeamten optisch gut zu den anderen passte.

»Wobei natürlich nit davon auszugehe isch, dass die beide Fliege die Tat gemeinsam begange habe«, meinte Winterhalter.

»Natürlich nicht. Aber wir können zwei Spuren auf einmal abarbeiten«, sagte Thomsen, der wegen der Kräuterfrau jetzt doch etwas nervös wurde.

Würden sie sich auf die Zeugenaussage einer Person verlassen können, die in ihren Flugblättern absurde Hirngespinste verbreitete? Und wenn sie tatsächlich einen der beiden Tatverdächtigen als die Person erkannte, die sich mit Helm und Fahrrad kurz vor der Tat am Teufelsfelsen aufgehalten hatte: Würde sie ihre Aussage zuverlässig vor Gericht wiederholen? Oder am Ende doch wieder etwas Kryptisches von keltischen Mondphasen erzählen?

In wenigen Minuten würden die Kollegen von der Schutzpolizei mit der alten Frau eintreffen. Damit ihnen Riesle nicht schon vorher die sensible Operation verdarb, hatte Thomsen ihn in den Raum gesetzt, von dem aus die Zeugin später die Tatverdächtigen in Augenschein nehmen sollte. Er hatte ihn eingehend instruiert, dass er bei der Gegenüberstellung absolut zu schweigen hatte.

»Reden Sie der Frau gut zu. Sie soll sich konzentrieren«, sagte Thomsen nun zu Winterhalter und schickte ihn zur Pforte, um die Kräuterfrau in Empfang zu nehmen. Er war der richtige Mann, um sie vorzubereiten – er verstand ihre Mentalität und beherrschte ihre Sprache. Und in dieser hatte er sie schon am Morgen der Gegenüberstellung über das Verfahren aufgeklärt. Dafür hatte Winterhalter eigens zu ihr fahren müssen: Johanna Storz hatte nämlich kein Telefon.

Thomsen behielt derweil die beiden Tatverdächtigen im Auge. Vielleicht konnte man ja von ihren Mienen oder Gesten etwas ablesen. Eine Unsicherheit oder eine verdächtige Bewegung.

Er musterte sie von Kopf bis Fuß.

Parallel dazu erstellte Thomsen in Gedanken ein Psychogramm des Täters. Er musste Bröses Absturz sehr sorgfältig vorbereitet und inszeniert haben, war also mit hoher krimineller Energie, Intelligenz und Sachkenntnis ausgestattet. Fast wäre es ihm gelungen, ihnen einen Unfall vorzugaukeln.

Andererseits hatte die Person etwas getan, das in krassem Gegensatz zu der ausgefeilten Seilmanipulation stand. Die Leichenverstümmelung musste eine emotionale Affekthandlung gewesen sein.

Thomsen versuchte sich in den Täter hineinzuversetzen, der am Teufelsfelsen auf Bröse gelauert hatte. Nichts hatte er dem Zufall überlassen, sich sogar vor Ort davon überzeugt, dass das Seil mithilfe der Schwefelsäure auch wirklich reißen würde.

Alles schien zunächst glattzugehen: Bröse war abgestürzt und hatte sich schwere Verletzungen zugezogen, an denen er vermutlich sofort gestorben war. Eigentlich ein perfekter Mord …

Doch dann musste etwas aus dem Ruder gelaufen sein: Vermutlich hatte sich der Täter davon überzeugt, dass Bröse auch wirklich tot war.

Er hatte ein Messer mitgeführt. Um den Schwerverletzten im Zweifelsfall zu töten?

Etwas Ungeheuerliches musste dann in dem Täter vorgegangen sein. Es hatte ihm nicht mehr genügt, sich von Bröses Tod zu überzeugen. Er hatte sich in einen Blutrausch gesteigert, die Leiche geschändet. Ausdruck eines unermesslichen Hasses, den er gegen das Opfer gehegt haben musste.

Dadurch hatte der Täter nicht nur seinen Mordplan gefährdet, er hatte der Polizei auch ein mögliches Motiv für die Tat geliefert. Die Leichenschändung war ein eindeutiger Hinweis darauf, dass ein sexueller Hintergrund vorliegen musste.

Wer kam dafür infrage?

Tatverdächtiger Nummer eins war Michael Dorfmeister, neunundvierzig Jahre, von Beruf Maschinenbauingenieur, intelligent, von kräftiger Statur, statusorientiert. Jemand, der nach außen die Fassade eines intakten Familienlebens pflegte, sich bei der Befragung aber in Widersprüche verstrickt hatte. Sein Alibi war zweifelhaft: Ausgerechnet seine Ehefrau, die ihn ja mit Bröse betrogen hatte, wollte mit ihm zur Tatzeit zusammen gewesen sein. Keine weiteren Zeugen, die das Alibi beleumundet hätten. Tatmotiv: Rache eines eifersüchtigen Ehemanns. Womöglich hatte ihn die reuige Ehefrau bei der Planung der Tat sogar unterstützt.

Der zweite Tatverdächtige war Heiko Schumacher, siebenundzwanzig Jahre, von Beruf Mechatroniker, derzeit ohne feste Arbeitsstelle, ebenfalls kräftig gebaut, von der Biografie her das krasse Gegenteil von Dorfmeister. Mehrfach vorbestraft wegen diverser Gewalttaten. Ein junger Mann, der seine Emotionen oft nicht im Griff hatte und Bröse gedroht hatte, ihm etwas anzutun. Jemand, der schon wegen gefährlicher Körperverletzung im Gefängnis gesessen, zur Tatzeit aber in Freiheit gewesen war. Auch sein Alibi war wacklig. Es stammte von der Schwester, dem Vergewaltigungsopfer. Auch hier gab es keine weiteren Zeugen.

Wenn Schumacher der Täter war, dann war die Schwester vermutlich auch bei der Planung des Mordes dabei gewesen. Klares Motiv: Rache für das Vergewaltigungsopfer, das von Bröse im Kreuzverhör auseinandergenommen und diffamiert worden war. Die bisherige Aussage des Tatverdächtigen war überschaubar: »Sie können mich mal!«

Winterhalter wurde aus Johanna Storz nicht so recht schlau. Allein schon ihre Mimik. Zwar schaute sie, als sei ihr das alles völlig fremd, als habe sie seit über zwanzig Jahren ihr Dorf nicht mehr verlassen und als sei schon die Busfahrt ins benachbarte Triberg für sie eine halbe Weltreise.

Vermutlich stimmte das auch: Ihr Bewegungsradius spielte sich im Wesentlichen zwischen Teufelsfelsen und ihrem Häuschen ab. Vielleicht war sie ja gelegentlich noch in Villingen am Magdalenenberg, der ja ebenfalls ein Anziehungspunkt von Keltenfreunden war.

Dennoch verrieten die Gesichtszüge der »Seherin« nicht die Anspannung, die er sonst von Zeugen vor Gegenüberstellungen kannte. Vielmehr schien Frau Storz das Ganze hier für überflüssig zu halten. Aus ihrer Sicht kein Wunder: Für sie war dieser Fall schon geklärt, der Felsenschänder mit der Versetzung in die Anderswelt bestraft.

Nun forderte Winterhalter die drei Männer über Mikrofon auf, zur Gegenüberstellung in den Raum zu kommen. Sie erschienen – und zwar in knallengen Radlerhosen, Trikots sowie mit Fahrradhelmen auf dem Kopf. Bezüglich der Trikotfarbe des Verdächtigen am Teufelsfelsen war die Kräuterfrau sich nicht sicher gewesen. Die Männer hier trugen einheitliches Weiß.

»Die Gegenüberstellung soll besonders authentisch ablaufen«, hatte Thomsen diese Maßnahme begründet. Die zwei Tatverdächtigen hatten vergeblich dagegen protestiert.

Besonders dem Kollegen Matt hatte das Manöver, sich in die hautengen Hosen zu pressen, erhebliche Mühe bereitet. Im Gegensatz zu den anderen hatte er aber auf eine Protestnote verzichtet.

Nur unter großer Überredungskunst hatte Thomsen sich von Winterhalter davon abbringen lassen, eine weitergehende, kostspielige Maßnahme anzuordnen: Nämlich zusätzlich drei knallrote Mountainbikes für die Gegenüberstellung besorgen zu lassen.

Schon gut zehn Minuten lang ging Johanna Storz vor der Scheibe immer wieder auf und ab. Sie schaute in die Gesichter der drei Männer, von denen zumindest zwei einen zunehmend nervösen Eindruck machten. Einer wirkte hingegen geradezu stoisch. Allenfalls das Stehen schien ihm gewisse Probleme zu bereiten, weshalb er immer wieder das Körpergewicht von dem einen auf das andere Bein verlagerte. Auch juckte die enge Hose.

»Frau Storz, mir könnet des jetzt nit ewig in die Länge ziehe. Habet Sie einen von dene Männer am Teufelsfelse g'sehe oder nit?«

»Ich weiß nit. Vielleicht waret sie mol do, aber die Leut sehet in der Kleidung doch alle gleich aus. Habet die alle den Berg entweiht?«

»Habet Sie einen von dene Männer überhaupt schon mol g'sehe?«

»Ich weiß nit. Vielleicht. Vielleicht auch nit. Vielleicht den do rechts?« Sie deutete auf Schumacher, dem nun der Schweiß von den Augenbrauen herabtropfte.

Es war sehr stickig.

»Also haben Sie den nun gesehen oder nicht?«, fragte Thomsen scharf. Er hatte schon mit Hunderten von Zeugen zu tun gehabt, aber diese Frau war wirklich die Höhe. Was war das hier? Eine Gegenüberstellung oder ein Memoryspiel?

»Nei, doch nit«, sagte nun die Frau. »Nur so vom Typ her isch er mir bekannt vorkomme. Er isch aber zu jung. Wenn die Kerle hier auch alle den Felse entweiht habet, muss ich dene aber noch Flugblätter gebe.«

Thomsen und Winterhalter stöhnten im Chor.

Dann drehte sich die Kräuterfrau abrupt zur Seite. »Aber den, den hab ich schon mol am Felse g'sehe. Ganz sicher.«

»Ja, ich war ja mit den Kollegen auch schon an Ihrem Häuschen«, sagte der angesprochene Klaus Riesle.

Woraufhin Thomsen fragte: »War der Herr Riesle hier vielleicht der, den sie am Teufelsfelsen gesehen haben, kurz bevor der Mann abgestürzt ist? Möchten Sie ihn vielleicht auch mit Helm und Fahrradkleidung auf der anderen Seite der Glasscheibe sehen?«

Riesle fiel in einen mittleren Schock, in dem er zunächst kein einziges Wort herausbrachte. Dann fing er sich und sagte beleidigt: »Das ist nun der Dank dafür, dass ich Ihnen noch nach Feierabend unter großen Anstrengungen Informationen besorge.«

Frau Storz verstand nun gar nichts mehr, sagte aber wenigstens: »Nei, der war's auch nit.«

Im Hinausgehen ließ die Frau ein Körbchen mit frisch geernteten Waldkräutern zurück und drückte den Kriminalbeamten noch einige Exemplare des Flugblatts in die Hand. »Verteilt des weiter.«

Thomsen lehnte ab und verweigerte auch den Handschlag.

Winterhalter hingegen bedankte sich artig: »Also ade. Ich komm dann mol mit meiner Frau bei Ihne am Teufelsfelse vorbei. Do soll's jo auch gute Pilz gebe.«

Kaum war die Alte weg, warf Thomsen die Flugblätter einfach in den nächsten Papierkorb.

Winterhalter erkundigte sich, ob sie jetzt noch Dorfmeister und Schumacher vernehmen sollten.

»Ich glaube, für heute reicht es. Das bringt uns ja auch nicht weiter«, meinte Thomsen. Dann ging er zum Angriff auf den Kollegen über: »Winterhalter, ich habe mich auf Sie verlassen, dass Sie die Frau richtig instruieren. Aber diese Gegenüberstellung gerade eben war ja die schlechteste meines Kripolebens. Damals in Kiel …«

»Mir könnet uns die Tatverdächtige jo auch nit backe. Und mir durftet die Zeugin nit überfordere. Und schon gar nit beeinflusse«, meinte Winterhalter, der den Vorwurf nicht auf sich sitzen lassen wollte.

»Moment mal«, mischte sich Riesle ein.

»Sie halten sich da raus«, erhob Thomsen die Stimme. »Sie halten uns eh nur von der Arbeit ab.«

»Sie sind ungerecht. Vermutlich sehen Sie den Wald vor lauter Bäumen nicht mehr. Ich möchte Sie doch nur auf etwas hinweisen, was Sie bei der Gegenüberstellung gerade eben übersehen haben könnten.«

»Na, jetzt bin ich aber gespannt. Der Herr Lokaljournalist möchte uns unser Handwerk erklären?« Thomsen wurde immer aggressiver im Ton. Das passte überhaupt nicht zu ihm – und er merkte das auch selbst.

Riesle ließ sich davon nicht beeindrucken.

»Die alte Frau hat doch gesagt, dass ihr der junge Mann zumindest bekannt vorkam? Vom Typ her hätte es womöglich doch der vom Felsen sein können. Verstehen Sie?«

Thomsen verstand noch immer nicht ganz.

»Dann könnte doch durchaus auch ein älterer Verwandter von Schumacher respektive dem Vergewaltigungsopfer am Felsen auf Bröse gelauert haben. Der hier war sicher nicht der einzige mit Vorstrafen. Haben Sie das vielleicht schon mal in Betracht gezogen?«

Thomsen schwieg eine Weile, dann formulierte er mit grimmiger Entschlossenheit: »Die Kollegen sollen sofort die

gesamte männliche Verwandtschaft des Vergewaltigungsopfers abklappern. Ältere Brüder, Vater, Onkel, Großväter.
Zur Not machen wir noch zwei Dutzend Gegenüberstellungen mit dieser Kräuterfrau.«

»Die arme Frau Storz«, stöhnte Winterhalter.

28. VERFOLGUNGSJAGD

Hubertus saß gerade mit dem Ehepaar Pergel-Bülow beim
Kaffee, als Elke anrief.

Ein rettender Engel!

Es war genauso gelaufen, wie er geahnt hatte. Der Streit
konnte noch so heftig sein – nach wenigen Tagen wollten sich
die Nachbarn unbedingt wieder versöhnen. Und so hatten sie
an seiner Haustür geklingelt. Zaghaft zunächst, dann etwas
heftiger. Hummel hatte sie durch den Milchglaseinsatz der
geschlossenen Haustür erkannt und sofort jede weitere Bewegung vermieden, doch Klaus-Dieter hatte seine Silhouette
schon gesehen: »Huhu, Huby! Wir haben etwas für dich!«

Das »etwas« war eine Linzertorte aus Dinkelvollkorn-
mehl, die nicht so richtig den Geschmack des durch die
Leckereien im Schwenninger Café verwöhnten Hummel tra-
fen. Er hatte zunächst überlegt, ob er einfach nicht öffnen
sollte. Aber ihm war völlig klar, dass Pergel-Bülows in ihren
Versöhnungsbestrebungen nicht lockerlassen würden.

Auch sein Versuch, sie mit ein paar freundlichen Worten
an der Haustür abzufertigen, war nicht von Erfolg gekrönt
gewesen. Und so saßen die Nachbarn nun in der Hummel-
schen Küche und ließen sich ihren eigenen Kuchen schme-

cken, während Hubertus nur anstandshalber ein sehr kleines Stück auf seinen Teller geschaufelt hatte.

Klaus-Dieter erklärte, dass er so froh sei, dass dieses Missverständnis keine weiteren Folgen für ihre Freundschaft habe. Die letzten Tage seien für ihn ganz schlimm gewesen, er habe möglicherweise gar einen Reizmagen wegen der schlechten Schwingungen, die vom Nachbarn herübergedrungen seien. Und die Nächte erst – er habe kaum noch geschlafen …

Seine Frau lächelte dazu nur süß-sauer. Hummel vermutete, dass sie nicht die treibende Kraft dieser Versöhnung gewesen war.

Als Hubertus' Handy klingelte, beschloss er den Anruf zu nutzen, um die ungebetenen Gäste hinauszukomplimentieren. Egal ob Riesle, Martina oder ein Umfrageinstitut dran war – er würde sich am Telefon festkrallen.

Elke machte ihm die Sache noch viel einfacher als gedacht: Sie sei in maximal fünf Minuten da, und es sei alles extrem eilig, sagte sie.

Als sie in ihrem kleinen Renault angebraust kam und Pergel-Bülows sie in ein weitschweifiges Gespräch verwickeln wollten und ihr ebenfalls ein Stück Dinkeltorte anboten, winkte sie hektisch ab.

Hubertus war begeistert, schob die perplexen Nachbarn mitsamt ihrem Kuchen zur Tür hinaus und stieg eilig in den Wagen.

Die Fahrt ging wieder einmal in Richtung Triberg.

»Der Bürgermeister hat mich angerufen«, erläuterte Elke und gab so viel Gas, dass Hummel nicht wusste, ob er Angst haben oder schmunzeln sollte. Seine Frau hatte nicht nur

Riesles Rolle als Kompagnon bei der Recherche von Kriminalfällen übernommen, sondern ganz offensichtlich auch dessen Fahrgewohnheiten.

»Welcher Bürgermeister? Unser OB?«

»Nein, Huby, der Ortsvorsteher von Gremmelsbach. Frau Storz, die Kräuterfrau, hat nämlich kein Telefon.«

Hummel verstand nur Bahnhof.

Elke atmete tief durch und erzählte dann: »Ich habe mir gedacht, dass die unbekannte Frau, die Guntram einen Brief geschrieben hat, sicher um ihn trauert. Und dass sie das vermutlich auch an der Absturzstelle tun wird.«

»Falls sie nicht die Mörderin ist ...«

»Selbst wenn sie die Mörderin ist, Huby. Ich bin sicher, sie würde das alles bereuen. Auf jeden Fall war ich noch einmal bei Frau Storz und habe sie gebeten, mich zu benachrichtigen, falls eine sich auffällig verhaltende Frau an der Absturzstelle auftaucht. Das scheint jetzt der Fall zu sein.«

»Weibliche Intuition, wie?«, fragte Hummel in einer Mischung aus Respekt und Skepsis.

»Auf jeden Fall ist Frau Storz zum Ortsvorsteher gegangen – und der hat mich vor ungefähr fünfzehn Minuten angerufen.«

Hummel blickte nun noch skeptischer drein. »Wir brauchen aber noch mindestens weitere fünfzehn Minuten bis zum Teufelsfelsen. Da wird diese Frau über alle Schwarzwaldberge sein – wenn es sich nicht ohnehin nur um eine Gafferin handelt, die durch Riesles Berichte angelockt wurde.«

»Ich habe Frau Storz darum gebeten, sich die Autonummer aufzuschreiben, falls die Frau mit dem Auto gekommen ist.«

Hummel empfand beinahe so etwas wie Stolz. Diese Kräuterfrau für ihre Zwecke einzuspannen war eine beeindruckende Leistung – das schaffte nur Elke.

»Gut gemacht. Gibt es denn schon eine Beschreibung der Frau?«

»Nur, dass sie recht jung sein soll.«

Als sie ankamen, stürmte Hubertus voran. Doch Elke sah es als Erste. »An der Absturzstelle liegen Blumen, frische Blumen – da waren heute Morgen noch keine!«, sagte sie.

»Und ein Brief«, ergänzte Hubertus und riss ihn auf.

»Das finde ich jetzt nicht so gut, Huby«, meinte Elke. »Da stehen sicher intime Dinge drin.«

Zudem hatte Hubertus in seiner grobmotorischen Art den Umschlag komplett auseinandergerissen. Elke fühlte sich an die Weihnachtsgeschenke in früheren Jahren erinnert. Da hatte ihr Mann auch nie die Muße gehabt, das Papier fein säuberlich zusammenzulegen und es der Wiederverwertung zuzuführen, sondern hatte ein wahres Geschenkpapierschlachtfest angerichtet.

»Das ist die gleiche Schrift wie in dem Brief, den wir bei Bröse gefunden haben«, sagte Hummel. »Kein Zweifel.« Er überflog den kurzen Text: »Eine verpasste Chance ... tut mir unendlich leid ...«

»Da oben sehe ich Frau Storz«, rief Elke, als sie eine Gestalt etliche Meter über sich auf dem Pfad entdeckte. Gemeinsam kletterten sie schnell nach oben.

Die Kräuterfrau war auch jetzt nicht viel gesprächiger als sonst. »Ich hab die Frau aufgeklärt«, sagte sie.

»Über den Mord?«, fragte Hubertus.

»Über d' Prophezeiung. Und über die Mondwende. Denkt

dran: Ich fürcht, dass es noch weitere Tote gebe wird, wenn die Entweihungen nit aufhöre …«

Hubertus unterbrach die Alte recht barsch: »Wo ist die Frau jetzt?«

»Grad zum Auto. Isch recht lang dabliebe und hät betet und g'weint. Ich bin noch mit ihr zu meinem Häusle, han ihr einen Tee g'macht und weitere Flugblätter gebe. Die war völlig fertig.«

Während Elke sich für die Mithilfe herzlich bedankte, erlief sich Hubertus schon einen Vorsprung. Er war froh, sich auf dem Westweg eine gewisse Kondition antrainiert zu haben. Er verfehlte die Frau nur knapp, sah aber immerhin noch das Auto – einen schwarzen Ford. Er merkte sich das »VS«-Kennzeichen und musste all seine Selbstbeherrschung aufbringen, auf Elke zu warten und nicht einfach ohne sie loszufahren.

»Auf geht's«, trieb er seine Frau an, sobald sie eingetroffen war.

»Ich fahre«, entschied Elke. Hummel widersprach allein schon deshalb nicht, weil das zu verfolgende Auto nun außer Sichtweite war und sie keine Sekunde mehr zu verlieren hatten. Zudem hatte er ja gerade vorher erlebt, dass seine Frau durchaus einen heißen Reifen fahren konnte.

Zwischen Nussbach und Sankt Georgen hatten sie den Ford wieder im Blickfeld. Zum Glück hatte die Frau auch die B33 gewählt. Die zahlreichen Urlauber und Lastwagen auf dieser steilen Strecke machten ein schnelles Vorankommen schwierig. Es war später Nachmittag, und das launische Wetter war wieder von Regen zu Sonnenschein übergegangen.

Die Fordfahrerin schien es ohnehin nicht übermäßig eilig zu haben.

Hubertus atmete tief durch. »Hast du den Brief?«, fragte er.

Elke schüttelte den Kopf. »Ich finde, dass der Brief an der Absturzstelle bleiben sollte. Er gehört dorthin – das sollten wir respektieren.«

Hubertus erkannte, dass es doch noch gewisse Unterschiede zwischen seinem alten und seinem neuen Kompagnon gab: Riesle hätte diese Gewissensbisse nicht gehabt.

»Vielleicht sollten wir jetzt die Polizei einschalten«, sagte Elke dann. »Wobei ich schon gerne selbst mit der Frau sprechen würde. Ich möchte erfahren, was sie bewegt – und ob sie wirklich etwas mit Guntrams Tod zu tun hat.«

»Hast du sie denn schon mal früher gesehen?«

Elke blickte angestrengt nach vorne. »Ich kann sie ja nur grob erkennen. Sowie ich das beurteilen kann: Nein. Aber sie könnte auf die Beschreibung passen, die uns die Bedienung des Cafés gegeben hat ... Also doch die Polizei einschalten?«

»Nein, dafür ist es noch zu früh«, meinte Hummel.

»Oder wenigstens Klaus?«, schlug Elke vor. »Schließlich hast du sonst immer mit ihm ...«

Hummel schüttelte wieder den Kopf, was Elke als Einladung zu einem psychologisierenden Gespräch begriff.

»Was ist denn zwischen euch beiden? Er hat sich ja gar nicht mehr gemeldet, oder?«

Hummel schüttelte wieder den Kopf. »Er ist doch mit der Polizei unterwegs.«

»Seid ihr denn nicht mehr so eng miteinander befreundet?«, forschte Elke weiter.

Hubertus schnaufte. Seine Frau erinnerte ihn gerade an seine Mutter vor vierzig Jahren, die sich immer, wenn es

Ärger mit einem Spielkameraden gab, in der Rolle der Vermittlerin gesehen hatte.

In diesem Moment bog der Ford überraschend von der Hauptstraße ab. Wenige Minuten später hielt er vor einem Haus im Villinger Kurgebiet.

Elke fuhr mit etwas Abstand rechts ran: »Ich gehe jetzt zu ihr und spreche sie an«, beschloss sie.

Hubertus widersprach.

Zu einer Einigung kamen sie nicht mehr, weil nun ein hagerer Mann aus dem Haus kam und auf dem Beifahrersitz Platz nahm. Er mochte etwa Mitte dreißig sein. Der Wagen wurde wieder angelassen und fuhr an den beiden Hummels vorbei in Richtung Innenstadt.

»Eine Frau und ein Mann«, murmelte Hubertus. »Sie sabotiert das Seil, er schneidet dem toten Bröse ...«

»Aber warum?«, fragte Elke.

Auch Hubertus war ratlos. Sie schwiegen, während der Wagen sich weiter in die Innenstadt durchkämpfte, wo Elke aufgrund der zahlreichen anderen Fahrzeuge Mühe hatte zu folgen.

»Die beiden scheinen zu Guntrams Anwaltskanzlei zu wollen«, sagte Elke plötzlich.

»Die wollen sich bestimmt stellen und vorher den Anwalt konsultieren«, mutmaßte Hubertus. »Ausgerechnet die Kanzlei von Bröse!«

Während der Ford noch einen guten Parkplatz fand, musste sich Elke in die zweite Reihe stellen. Hubertus wollte eingreifen, ehe das Paar in der Anwaltskanzlei angekommen war, und stürzte aus dem Wagen. »Hallo!«, meinte er. »Ich muss mit Ihnen reden!«

Das Paar drehte sich um. Da fiel Hubertus ein, dass er

keine Ahnung hatte, wo er anfangen sollte. »Es geht um Sie und Dr. Bröse«, sagte er nach einigen Sekunden des Schweigens.

Der hagere Mann erwiderte: »Ich wüsste nicht, was Sie das anginge!«

Nun kam auch Elke hinzu und wandte sich direkt an die Frau. Sie war noch jünger, als sie erwartet hatte. Zu jung für Guntram, wie sie bei aller Toleranz fand. Kein Wunder, dass er ihr Unglück gebracht hatte – und sie ihm möglicherweise auch …

»Darf ich kurz mit Ihnen sprechen?«, fragte sie die Frau.

Zögernd blickte die ihren Begleiter an. »Ich glaube … Entschuldigung, aber wir haben leider gerade überhaupt keine Zeit …«

»Mein Name ist Hummel«, stellte sich Elke vor.

»Meiner auch«, mischte sich Hubertus wieder ein.

Für ihn war die Sache klar: Die junge Frau vor ihm hatte sich in Bröse verliebt, war von ihm schwanger geworden. Der Ehemann war dahintergekommen, hatte den Nebenbuhler umgebracht, dann das Ganze seiner Frau gebeichtet. Die war vorhin an die Absturzstelle gegangen, hatte einen Trauerbrief niedergelegt und dann ihren Mann aufgegabelt, der sich nun in ihrem Beisein stellen wollte.

»Und Sie sind der Ehemann dieser Dame hier?«

Der Hagere nickte. »Peter Kuhnert«, stellte er sich kurz vor.

Erwartungsvoll schaute Hubertus die Frau an.

»Saskia Kuhnert«, sagte diese daraufhin.

Saskia. Das war wohl die Briefunterschrift, die sie nicht hatten entziffern können.

»Und wo ist das Kind?«, fragte Hummel weiter. »Oder sind Sie noch schwanger?«

»Welches Kind?«, fragten Herr und Frau Kuhnert wie aus einem Munde.

29. THOMSENS DAMENBESUCH

Thomsen sollte den Babysitter für Riesle spielen, wie es Winterhalter mittlerweile nannte. Denn der Schwarzwälder Kriminalbeamte wollte endlich Bröses Kompagnon Armbruster in der Anwaltskanzlei befragen und konnte den Journalisten dabei überhaupt nicht gebrauchen. Thomsen hingegen musste – ob er wollte oder nicht, und er wollte nicht – nach Hause in die Wöschhalde, weil er einen »privaten Termin« hatte.

Ausnahmsweise war es ihm sehr recht, dass Riesle ihn begleitete. Das fand dieser wiederum schon deshalb nicht schlimm, weil er sich in der Anwaltskanzlei ja schon reichlich umgeschaut hatte. Wenn Thomsen einen privaten Termin hatte, und auch noch in seiner Wohnung, die eigentlich niemand betreten durfte, dann war da allerdings etwas faul. Und der notorisch neugierige Riesle nutzte gern die Gelegenheit, sich mal bei seinem Nachbarn umzuschauen.

Der unfreiwillige private Termin war Thomsen selbst nicht ganz geheuer. Am Vormittag im Büro hatte nämlich Winterhalters aufdringliche Ehefrau angerufen und ihm erklärt, sie müsse ihn treffen. Ausreden zählten nicht.

Auf das Angebot, doch ins Büro zu kommen, wo ja schließlich auch ihr Gatte sei, hatte sie gemeint: »Des wär nit so günschtig – au für Sie nit.« Schließlich hatte Frau Winterhalter beschlossen, gemeinsam mit einer »Überraschung« bei Thomsen aufzukreuzen. Um halb fünf – auch das hatte sie vorgegeben. »Keine Widerrede.«

Wumm. Aufgelegt.

Thomsen hatte keine Ahnung, worum es sich handelte. Hatte Frau Winterhalter Probleme mit ihrem Mann und wollte seinen Rat einholen? Ohnehin war ihm das Paar während der Hausmusik nicht so harmonisch vorgekommen, wie er sich das immer vorgestellt hatte.

In seine Wohnung würde er Frau Winterhalter aber nicht lassen – und hier kam Riesle ins Spiel.

»Herr Riesle, ich brauche für einige Minuten Ihre Wohnung«, erläuterte er dem Journalisten, als sie vor dem Haus standen, in dem sie seit einiger Zeit und durch einen dummen Zufall beide wohnten.

»Warum?«, fragte der misstrauisch.

»Hm«, machte Thomsen. »Also, Frau Winterhalter kommt und ...«

»Aber Herr Thomsen«, meinte Herr Riesle anzüglich grinsend.

Erst da fiel dem Hauptkommissar auf, dass der Satz womöglich missverständlich geklungen hatte.

»Es ist ganz anders, als Sie glauben, Herr Riesle«, versuchte er zu erklären, doch das änderte nichts an Riesles süffisanter Miene.

Das Chaos in Riesles Wohnung löste bei Thomsen Entsetzen aus. Pizzaschachteln mischten sich wenig harmonisch mit alten Socken, noch älteren Zeitungen und allerlei Utensilien, die ein Fan der Schwenninger »Wild Wings« so haben musste. Die Wohnung war nicht auf Damenbesuch vorbereitet.

Thomsen überlegte hin und her, was für ihn wohl eine größere Überwindung wäre: Sich in Riesles schmuddeliger Wohnung aufzuhalten oder Fremde in seiner eigenen Wohnung zu empfangen. Sein Reich war tabu, entschied er. Dort konnte er sich dann wenigstens anschließend in Ruhe vom Eindruck der Behausung seines zutiefst unsoliden Nachbarn erholen.

Frau Winterhalter in Riesles Wohnung umzuleiten, war nicht schwierig. Ihr klarzumachen, dass das nicht sein eigenes Zuhause war, zunächst schon, denn die gute Bauersfrau war ebenfalls einigermaßen entsetzt. Noch entsetzter war hingegen die »Überraschung«, die sie mitgebracht hatte und die Thomsens Befürchtungen, dass die Winterhalters Eheprobleme hätten, zunächst zerstreute: Es handelte sich um Gertrud.

Gertrud vom Hausmusikkaffeeklatsch in Linach.

»Um Gottes wille«, sagte die, als sie wie angewurzelt auf der Schwelle zu Riesles Wohnung stehen blieb. Beide Frauen hatten sich diesmal zwar nicht in die Tracht gezwängt, wirkten optisch aber in etwa so, als hätten sie noch einen Theaterbesuch oder Ähnliches vor sich.

»Das … das ist nicht meine Wohnung«, stotterte Thomsen. »Bei mir sind leider die Handwerker. Herr Riesle war so freundlich, uns kurzzeitig Asyl zu gewähren.«

»Hier sollt aber dringend aufg'räumt werde«, entschied Frau Winterhalter und machte sich sofort an die Arbeit. Gertrud wollte nicht tatenlos zusehen.

Während der fassungslose Riesle sich überlegte, ob er das eigentlich ganz praktisch oder doch vielmehr ärgerlich finden sollte, fragte Thomsen: »Entschuldigung, aber worum geht es denn? Ich sollte nämlich bald wieder ins Büro.«

»Um ebbes Privates«, sagte Frau Winterhalter, ohne die

Hände aus dem Waschbecken zu nehmen, in dessen Ausguss sich kleine Pizzareste mit Käsefäden türmten. »Herr Riesle, könntet Sie bitte emol fünf Minute rausgehe?«

Der Journalist dachte, er höre schlecht. Aus seiner eigenen Wohnung?

Frau Winterhalter konnte man aber einfach nichts abschlagen. Es lag vermutlich an ihrer Mischung aus Resolutheit und Freundlichkeit. Jedenfalls gab er nach und verließ kopfschüttelnd seine Behausung.

»Aber nur fünf Minuten«, murmelte er im Hinausgehen.

30. DAS KANZLEISCHILD

Kriminalhauptkommissar Winterhalter war unzufrieden. Zum dritten Mal schon hatte er versucht, mit Dr. Armbruster, dem Kompagnon von Dr. Bröse, zu sprechen, und zum dritten Mal hatte Armbruster gerade einen Termin.

»Saget Sie Ihrem Chef, dass er bald eine Vorladung kriegt«, drohte Winterhalter der Sekretärin.

Ob denn nicht auch Dr. Moser helfen könne, fragte sie.

Winterhalter knurrte ein »Ja«, musste aber dann erfahren, dass dieser soeben Besuch bekommen habe. Und Rechtsanwalt Dr. Bühler sei leider auch außer Haus.

Als Winterhalter in mäßiger Laune die Treppe hinunterging, traf er einen alten Bekannten: Hubertus Hummel samt Gattin.

»Vermutlich haben wir soeben den Fall Bröse gelöst«, sagte Hummel. »Die beiden Tatverdächtigen sind gerade oben bei einem der Anwälte.«

»Vermutlich beim Moser«, meinte Winterhalter trocken.

»Kommen Sie mit nach unten auf die Straße, dann erkläre ich Ihnen die Details«, schlug Hummel vor.

Einigermaßen logisch klang das schon, was Hummel ihm dargelegt hatte, fand Winterhalter, als sie eine Viertelstunde später auf der Straße vor dem Gebäude der Kanzlei standen. Aber wo waren die Beweise?

Als Hubertus darauf bestand, dass der Kommissar gleich das Ehepaar Kuhnert verhaften müsse, schnaufte dieser: »Jetzt emol langam. Wenn die beide die Mörder sein solltet, dann hättet die absolut des Recht, erscht mol mit ihrem Anwalt zu spreche.«

Elke blickte derweil auf das Türschild der Kanzlei und dachte nach.

Winterhalter hatte noch weitere Bedenken: »Herr Hummel, und was mache mir, wenn Ihre Theorie falsch isch? Wenn der Mörder en ganz andere isch?«

Hummel betonte, es habe sich doch mittlerweile herumsprechen müssen, dass er solche Behauptungen nicht ohne logische Beweise aufstelle.

Da fiel ihm Elke in den Rücken. »Was, wenn jemand aus der Kanzlei mit dem Mord zu tun hat?«, fragte sie.

»Was soll das denn jetzt?«, blaffte Hubertus seine Frau an.

»Ich habe noch nie gesehen, dass jemand das Schild nach dem Tod des Chefs so schnell auswechselt«, sagte Elke bedächtig und zeigte auf das neue Messingschild.

»Frauen würden das vielleicht nicht machen, Männer schon«, meinte Hubertus, doch Winterhalter widersprach: »Mir isch des gar nit aufg'falle. Aber wo Sie des so saget, Frau Hummel – ein bissle seltsam isch des schon.«

Winterhalter dachte nach und wählte dann Thomsens Handynummer. Sollte der als Leiter der Ermittlungsgruppe doch entscheiden, wie weiter zu verfahren war.

Thomsen war dankbar für jede Ablenkung. »Aha, sehr interessant«, meinte er. »Herr Hummel ist sich auch sicher, dass die Dame von Bröse schwanger war, aber es gibt kein Kind? Und Frau Hummel vermutet, dass jemand aus der Kanzlei etwas damit zu tun haben könnte? Wegen des Schildes? Und wie heißt das Ehepaar: Saskia und Peter Kuhnert? Ich werde gleich telefonieren und die beiden überprüfen lassen.«

»Saget Sie mal, wo sind Sie eigentlich grad, Herr Thomsen?«

»In Herrn Riesles Wohnung.«

»Wie, in der Wohnung von dem Riesle? Und die eine Frauenstimme da, die kommt mir ziemlich bekannt vor ...«

»Das ist Ihre Frau«, erklärte Thomsen unangenehm berührt. »Und Gertrud ist auch da ...«

»Um Gottes wille«, entfuhr es Winterhalter. »Gibt's wieder Hausmusik?«

»Ist mein Mann am Telefon? Er soll noch drei Bund Schnittlauch mitbringe«, rief Frau Winterhalter aus dem Hintergrund.

Thomsen wurde das Ganze allmählich zu bunt. »Machen wir's doch wie folgt: Ich fahre in fünf Minuten los. Parallel beraume ich die Überprüfungen der von Ihnen genannten Personen an. Sie warten so lange und halten die Hummels davon ab, in die Kanzlei zu gehen. Und hindern natürlich das Ehepaar, wenn es wieder auftaucht, am Weggehen.«

Kaum hatte Thomsen das Gespräch beendet, klopfte es: Es war Riesle, der ein wenig verärgert wissen wollte,

227

wann er denn nun endlich wieder in seine Wohnung zurück-
könne.

Frau Winterhalter hielt derweil ein paar Dietriche und
Sperrhaken hoch, die sie in einer Ecke gefunden hatte. »Was
isch denn des?«, fragte sie.

»Sie warten bitte noch draußen«, erklärte Thomsen
barsch in Richtung Riesle, weshalb er die Einbruchsutensi-
lien nicht sah, die Frau Winterhalter entdeckt hatte. Er wunderte sich nur, dass der Journalist sofort brav die Tür von
außen schloss.

Dann wandte sich der Kommissar den beiden Frauen
zu.

»Ihre Wohnung dät ich schon sehr gern emol sehe«, sagte
Gertrud.

Frau Winterhalter stimmte zu.

Thomsen hätte fast alles getan, um die beiden loszuwerden. »Aber nur von außen – ich öffne die Tür, und Sie
schauen rein. Hinein können Sie auf gar keinen Fall. Die
Handwerker, Sie verstehen …«

Er fragte gar nicht nach, warum die Besucherinnen seine
Wohnung sehen wollten, denn er war zu sehr mit dem Fall
beschäftigt. Wer aus der Rechtsanwaltskanzlei konnte mit
dem Fall zu tun haben? Und was war das für eine merkwürdige Geschichte mit der angeblich schwangeren Frau?

Thomsen zollte Elke Hummel Respekt, dass ihr das mit
dem Kanzleischild aufgefallen war. Für solche Feinheiten
war normalerweise er selbst zuständig.

Gedankenverloren schloss er seine Tür auf.

»Wieviel Zimmer?«, fragte Frau Winterhalter.

»Drei«, antwortete Thomsen. »Sechsundachtzig Quad-
ratmeter. Alles porentief rein – kein Staubkorn.«

»Und wo sind die Handwerker?«, fragte Gertrud.

»Hm. Wohl schon weg. Feierabend.«

Das war ein Fehler, denn sofort drangen die beiden Frauen in seine Wohnung ein, und er hatte große Mühe, sie wieder nach draußen zu bugsieren.

»Es isch wirklich sehr sauber«, bestätigte Frau Winterhalter, als sie wieder im Flur standen.

»Also ich wär interessiert«, meinte Gertrud.

Frau Winterhalter, die von Thomsens Sauberkeitswahn wusste, betonte wieder, dass ihre Freundin ein Putzteufel sei.

»Das ist ja sehr nett, aber ich will die Wohnung gar nicht vermieten«, sagte Thomsen irritiert. In diesem Moment kramte sein Gehirn die Begegnung in Linach hervor, weshalb er schon ahnte, was nun kommen würde.

»Doch nit an de Wohnung, an Ihne isch sie interessiert«, erklärte Frau Winterhalter.

Aus dem Hintergrund ertönte ein dröhnendes Lachen.

Riesle.

Thomsen bemerkte, wie Gertrud ihn anlächelte. Schnell richtete er den Blick gen Fußboden und erklärte, dass er sehr geschmeichelt sei, aber …

»Nix aber«, sagte die Gattin des Kollegen und pries weiter ihre Freundin an. Erst nach etlichen Sätzen kam diese selbst zu Wort und meinte: »Mir könnet uns auch erscht mol zu zweit irgendwo treffe. Mir sind jo beide nimmer die Jüngschte, da solltet mir halt nit zuviel Zeit verliere. Ich kann Ihne aber versichere, ich bin eine anständige Frau …«

»Absolut«, bestätigte Frau Winterhalter.

»Und ich mein's nur guet.«

»Genau«, bekam sie wieder Unterstützung. »Die Gertrud

macht Ihne nix vor. Die haut Sie auch nit finanziell übers Ohr. Die hat selbscht einen Hof geerbt … «

Während Gertrud die Maße des Hofs und die Zahl der Tiere vortrug, meldete sich wieder Frau Winterhalter: »Es gibt gnug andere Fraue, die's nit so ehrlich meinet.«

»So wie die Ehemalige vom Becherer Hermann«, fiel Gertrud ein. »Die hät ihm doch des Kind unterg'schobe. So ebbes dät ich nie mache … «

»Was hat die getan?«, fragte Thomsen.

»Ein Kind unterg'schobe. De Hermann hät denkt, er wär de Vater. Erscht als des Kind erwachse war, hät sich rausg'stellt, dass sie nebenaus isch … «

»Was ist sie?«, fragte Thomsen.

»Nebenaus. Ein Seitensprung. Mit em Freund und Kollege von ihm. Des hät en Ärger gebe, kann ich Ihne sage! De Becherer Hermann war kurz davor, sei Frau und den Kolleg umzubringe, als sich des rausg'stellt hat. Aber wie g'sagt … «

Thomsen hatte als Kind nur selten Fernsehen schauen dürfen. Ab und zu gab es jedoch Folgen der Zeichentrickserie »Wickie und die starken Männer«. Wenn Wickie eine geniale Idee hatte, waren immer jede Menge Sterne auf dem Bildschirm zu sehen.

Genauso fühlte sich Thomsen jetzt. Er hatte den Fall gelöst – fast jedenfalls. Im Überschwang umarmte er die völlig überraschte Gertrud – aber das hatte sie sich wirklich verdient.

»Ah, jetzt hät's endlich g'schnackelt«, kommentierte Frau Winterhalter zufrieden.

Gertrud brauchte einige Sekunden, ehe sie die herzliche Attacke verdaut hatte. Dann lief sie dem Kommissar hinterher. »Wo willsch denn hin?«, fragte sie und wechselte ganz selbstverständlich ins vertraute Du über.

»Ich muss dringend telefonieren«, lautete Thomsens Antwort.

31. KUCKUCKSKIND

Als Thomsen und Riesle vor Bröses Kanzlei eintrafen, diskutierte Winterhalter immer noch mit dem Ehepaar Hummel.

»Bisher isch niemand raus- oder reingegange«, meldete Winterhalter.

»Wir gehen gleich rein – ich denke, ich kenne die Lösung des Falles«, sagte Thomsen.

»Ich auch«, mischte sich Hummel ein, der von Riesle keines Blickes gewürdigt wurde. »Dieses Ehepaar da drin war's – gemeinsam.«

»Nein«, sagte Thomsen. Dann blickte er Winterhalter an: »Ihre Freundin Gertrud hat mir übrigens den entscheidenden Tipp gegeben.«

»Des isch nit mei Freundin, sondern die von meiner Frau«, knurrte Winterhalter. »Aber die Gertrud hät Ihne ernsthaft den Tipp gegebe?«

Der Kollege nickte.

»Und wie verhält es sich nun?«, fragte Elke.

In diesem Moment eilte ein Mann mit Aktentasche von seinem eben geparkten Porsche zur Eingangstür der Kanzlei.

»Herr Armbruster?«, fragte Riesle. Das war der einzige Kompagnon von Bröse, den er wenigstens vom Sehen kannte.

»Ah, Grüß Gott«, mischte sich Winterhalter nun ironisch

ein. »Des isch ja toll, dass Sie sich auch mal die Ehre gebe. Dreimal war ich wege Ihne schon in der Kanzlei. Hat man Ihne des nit ausg'richtet?«

»War er es?«, fragte Elke.

»Was soll ich gewesen sein?«, wollte Armbruster wissen. »Und wer sind Sie überhaupt?«

»Kripo Villingen-Schwenningen«, knurrte Winterhalter wieder. »Ich hät da ein paar Frage.«

»Nein, er war es nicht«, sagte Thomsen trocken.

Armbruster war Mitte fünfzig, hager und fast glatzköpfig. Ein dynamisch wirkender Anwalt, dem es sichtlich missfiel, wenn andere einen wie auch immer gearteten Wissensvorsprung hatten. »Was war ich nicht?«, wollte er nun ungeduldig wissen.

»Die entscheidende Frage war doch die nach dem Motiv«, erläuterte Thomsen unbeeindruckt. »Sehr viele Menschen hätten eines gehabt ...«

»Geht es um Dr. Bröse?«, warf Armbruster ein.

Thomsen nickte und fuhr mit seinem Vortrag fort: »Aber warum war jemand so emotionalisiert, dass er Bröse nicht nur tötete, sondern seiner Leiche mit einem Messer noch weitere Verletzungen zufügte?«

»Hass oder Eifersucht. Vielleicht auch beides?«, rätselte Riesle mit, und Thomsen nickte.

»Aber auch da gab's reihenweise Verdächtige. Schließlich war Bröse ja in der Hinsicht nit untätig«, sagte Winterhalter.

»Ich verbitte mir, dass Sie so über meinen Kollegen ...«, hob Armbruster mit Plädoyerstimme an, doch Thomsen fiel ihm ins Wort.

»Eine Möglichkeit war, dass Dr. Bröse sich durch seine« – er blickte kurz zu Armbruster – »mitunter rauen Verhörmethoden vor Gericht oder durch unzufriedene Mandanten Feinde gemacht hatte.«

Armbruster wollte wieder etwas sagen, doch Thomsen kam ihm zuvor: »Das haben wir überprüft – aber es war wohl nicht das Motiv des Mörders.«

»Also doch Eifersucht wegen Bröses Frauengeschichten«, mischte sich Hummel ein. »Und da oben sitzen die Täter …«

»Wer sitzt da?«, wollte Armbruster wissen.

»Das Ehepaar Kuhnert.«

»Kuhnert?«, fragte Armbruster. »Aber …«

»Warten Sie!« Thomsen wollte seinen Triumph richtig auskosten. »Also, Eifersucht ja und Hass auch. Außerdem ging es um ein Kind.«

»Ein Kind?«, echote Armbruster.

»Wie alt ist das Kind denn?«, fragte Thomsen weiter.

»Es wird wohl noch gar nicht auf der Welt sein«, sagte Hubertus. »Also ist die Frau noch schwanger. Wobei Frau Kuhnert sagte, dass sie nichts von einem Kind wisse …«

»Oder ist es doch schon ein älteres Kind?«, meinte Elke zaghaft.

Winterhalter nervte das Ratespiel allmählich. »Kollege, können mir jetzt dann …«

»Vielleicht hat diese Frau Kuhnert, die da oben sitzt, gar nichts mit dem Kind zu tun?«, beteiligte sich nun auch Riesle.

»Doch«, triumphierte Thomsen. »Hat sie: Sie ist nämlich das Kind!«

»Sollen wir nicht lieber nach oben gehen?«, fragte Rechtsanwalt Armbruster nach einem längeren Schweigen.

»Ja«, sagte Thomsen.

Im Treppenhaus piepte plötzlich etwas. Ein Handy?

Tatsächlich – und zwar die Alarmfunktion.

»Fünf – vier – drei – zwei – eins – null«, zählte Thomsen herunter.

Während alle ratlos schauten, beschied der Kriminalkommissar dem Journalisten: »Herr Riesle, Ihre achtundvierzig Stunden bei der Kripo Villingen-Schwenningen sind in dieser Sekunde um – auf Wiedersehen!«

Dass Winterhalter schmunzelte, wunderte den Journalisten nicht weiter, dass aber Hubertus Hummel ebenfalls grinste, verschärfte die Krise zwischen den beiden weiter.

»Aber Sie können mich doch jetzt nicht einfach rauswerfen«, beschwerte sich Riesle. »Ich habe Ihnen schließlich geholfen, den Fall aufzuklären!«

»Ob Sie mehr Hilfe oder Hindernis waren, das wolllen wir mal dahingestellt lassen. Sie begeben sich jetzt jedenfalls gemeinsam mit Herrn und Frau Hummel ins Wartezimmer«, entschied Thomsen. »Und wagen Sie es nicht, in die Vernehmung hereinzuplatzen!«

Thomsen und Winterhalter gingen mit Rechtsanwalt Armbruster ins Büro von Dr. Moser, der dort mit dem Ehepaar Kuhnert saß.

»Das Kanzleischild unten an der Haustür haben nicht Sie ausgewechselt, oder?«, fragte Thomsen Armbruster.

»Ausgewechselt? Das ist mir noch gar nicht aufgefallen«, sagte der.

»Sie solltet vielleicht öfter an Ihrem Arbeitsplatz sein«, meinte Winterhalter bissig. »Des wär auch für die Kripo einfacher.«

Nach einer kurzen Begrüßung wandte sich Kommissar Thomsen an Frau Kuhnert: »Sie sind die Tochter von Herrn Dr. Moser – richtig?«

Sie nickte.

Winterhalter war baff.

»Das wollte ich Ihnen doch schon draußen sagen – aber Sie haben mich einfach nicht zu Wort kommen lassen«, beschwerte sich Armbruster.

Thomsen ignorierte die Beschwerde und widmete sich der Lösung des Falles. »Einen im weitesten Sinne beruflichen Grund für den Mord an Dr. Bröse konnten wir nach einigen Untersuchungen ausschließen. Diejenigen, die infrage gekommen wären, saßen entweder im Gefängnis, hatten ein gutes Alibi oder wurden – wie der verdächtige Herr Schumacher – bei der Gegenüberstellung nicht erkannt. Auch seine Familienmitglieder haben durchweg ein Alibi, wie unsere Ermittlungsgruppe in den letzten Stunden mit großem Einsatz herausgefunden hat. Wie gut die Alibis sind, müssen wir allerdings noch überprüfen ...«

»Wer ist Herr Schumacher?«, fragte Frau Kuhnert.

Thomsen ging nicht darauf ein. »Viel wahrscheinlicher war eine Tat aus Hass, Eifersucht, enttäuschter Liebe oder Ähnlichem. Doch auch die Spur Dorfmeister hat nicht zum Ziel geführt. Herr Dorfmeister konnte bei der Gegenüberstellung ebenfalls nicht als der Mann identifiziert werden, der sich zur Tatzeit am Teufelsfelsen aufgehalten hat.«

»Dorfmeister?«, fragte Armbruster. »Hieß nicht eine Lebensgefährtin von Dr. Bröse so?«

Thomsen nickte, ließ sich aber im Redefluss nicht stören. »Dann haben wir herausgefunden, dass eine Frau einen Brief an Dr. Bröse geschrieben hat, in dem sie andeutet, dass sie sehr viel mehr mit Bröse gemeinsam habe als bisher bekannt ...«

»Die Frau war ich«, gestand Frau Kuhnert. »Ich kannte

ihn ja durch meinen Vater – und ab und an war er auch bei uns zu Hause, als ich noch ein Kind war. Für mich war er früher sogar Onkel Guntram.«

»Und mir habet vermutet, dass es sich um ein gemeinsames Kind von Ihne und Bröse handelt«, erinnerte sich Winterhalter.

»Oh«, sagte Frau Kuhnert erstaunt.

»Nur war die Frau, von der der Brief war, nicht von Dr. Bröse schwanger, sondern sie war das Kind«, verdeutlichte Thomsen. »Sie hatte offenbar kurz zuvor nach all den Jahren erfahren, dass sie nicht die Tochter von Dr. Moser, sondern von Dr. Bröse ist. Korrigieren Sie mich bitte, Frau Kuhnert, wenn ich etwas Falsches sage.«

Die junge Frau schien sprachlos und starrte Moser an. Der erwiderte ihren Blick, zeigte aber keine Regung.

»Um Gottes willen«, seufzte Armbruster, der auf einmal viel weniger dynamisch wirkte. »Wie haben Sie das alles herausbekommen?«

»Intuition, Recherche, Erfahrung und gute Helfer«, antwortete Thomsen. »Frau Hummel, die draußen wartet, ist beispielsweise aufgefallen, dass das Kanzleischild schon wenige Tage nach dem Tod eines der Inhaber ausgetauscht wurde. Warum sollte es jemand so ungewöhnlich eilig haben, den Namen Bröse zu tilgen?«

»Aus übertriebener Sorgfalt«, vermutete Winterhalter. »Oder aus Hass.«

»Letzteres«, meinte Thomsen. »Zunächst hatte ich Herrn Dr. Armbruster in Verdacht, weil er nie in der Kanzlei war und ich glaubte, er wolle auf keinen Fall mit uns sprechen.«

»Entschuldigung, aber ich habe gearbeitet!« Armbruster fühlte sich angegriffen. »Seit Herrn Dr. Bröses Tod muss ich die ganzen Gerichtstermine für ihn mit wahrnehmen und mich um seine Mandanten kümmern.«

»Künftig werden Sie wohl noch mehr zu tun haben«, meinte Thomsen ungerührt. »Als ich jedenfalls vorhin im … nun ja, privaten Rahmen eine Geschichte gehört habe, bei der jemand erst als Erwachsener erfahren hatte, dass er nicht das Kind seines juristischen Vaters, sondern das von dessen Freund und Kollegen war, habe ich überlegt …«

»Die Herre Anwälte waret jo alle Studienkollege«, erzählte Winterhalter. »Des könnt ja so ungefähr passe … Die Frau Kuhnert hier isch so Ende zwanzig, oder?«

»Neunundzwanzig«, bestätigte diese mit leiser Stimme.

Thomsen schaltete sich wieder ein: »Ich habe kurz vor dem Eintreffen in der Kanzlei ein paar entscheidende Telefonate geführt. Bei Frau Kuhnert habe ich die Personalien überprüfen lassen und herausgefunden, dass Sie eine geborene Moser sind.«

Thomsen war nun in seinem Element. Er fühlte sich wie Hercule Poirot bei der Aufklärung des Mordes im Orientexpress. Leider hatte er keinen Schnurrbart, an dem er zwirbeln konnte.

»Außerdem habe ich erfahren, dass Ihre Frau vor zwei Monaten gestorben ist, Herr Dr. Moser«, sagte Thomsen weiter. »Mein Beileid.«

Moser schwieg.

»Hat Sie es Ihnen auf dem Sterbebett gesagt?« Die Frage galt dem Vater und seiner Tochter, doch nur Frau Kuhnert antwortete – mit einem Nicken. »Ja, sie hat mich über meinen leiblichen Vater aufgeklärt.«

»Und hat sie es auch Ihrem … bisherigen Vater gesagt?«, fragte Thomsen und richtete den Blick auf Moser.

Der saß noch immer stumm und starr da.

Saskia Kuhnert schüttelte den Kopf. »Nein, meine Mutter wusste, dass er es nicht verwinden würde. Doch sie meinte, dass ich ein Anrecht darauf hätte zu erfahren, wer mein leiblicher Vater ist.«

»Herr Moser, haben Sie davon auf anderem Weg Kenntnis erlangt?«, wechselte Thomsen von einer Sekunde auf die andere in einen scharfen Verhörton, doch Moser schwieg.

»Wissen Sie, ob er davon wusste?«, fragte Thomsen nun die junge Frau, nun wieder in freundlichem Ton.

»Ich weiß es nicht genau. Er hat nichts gesagt, aber ich hatte das Gefühl, er hätte vielleicht etwas mitbekommen.« Sie sprach mit leiser, brüchiger Stimme, tastete sich zu den richtigen Tönen vor. »Er schien mir in den letzten ein, zwei Wochen sehr in sich gekehrt. Und ich bin hierher in die Kanzlei gekommen, weil ich ihn fragen wollte, was denn mit ihm los sei. Aber ihm zu sagen, dass er gar nicht mein leiblicher Vater ist, habe ich mich nicht getraut. Ich weiß, wie sehr er an mir hängt.«

»Aber ich habe es getan. Ich habe es ihm gesagt«, mischte sich Peter Kuhnert ein. »Ich war der Meinung, Sie hätten ein Anrecht darauf, es zu wissen, Herr Dr. Moser. Ich wollte Saskia diese Last abnehmen. Ich konnte doch nicht wissen …«

Moser schwieg beharrlich weiter, weshalb Thomsen die Vernehmung stattdessen mit Saskia Kuhnert weiterführte.

»Und Sie haben den Kontakt zu Ihrem leiblichen Vater aufgenommen – zunächst brieflich?«

Sie nickte erneut. »Ich kannte ihn ja schon von Kind an.« Sie blickte Moser an. »Ich wollte mit Guntram darüber sprechen – an einem neutralen Ort. Ich weiß nicht einmal, ob er wusste, dass er mein Vater ist. Ich hätte es ihm noch so gerne gesagt ... «

»Und Sie wolltet Ihre Tochter nit verliere«, folgerte Winterhalter in Richtung Moser. »Außerdem habet Sie den Bröse gehasst. Seine ganze Eskapade, von dene Sie immer mal wieder mitgekriegt habe. Die Tatsache, dass Sie hier in de Kanzlei immer die Drecksarbeit mache musstet. Und dann krieget Sie noch mit, dass Ihr einziges Kind in Wirklichkeit von einem Seitensprung Ihrer Frau stammt, und zwar ausgerechnet mit Bröse.«

Moser schwieg noch immer, auch als Saskia Kuhnert ihn flehend anschaute.

»Papa, stimmt es, was er sagt? Warst du es wirklich? Wenigstens mir bist du die Antwort darauf schuldig!« Ihr versagte die Stimme, und sie nahm einen neuen Anlauf. Erregter, lauter als vorhin. »Ich war gerade eben noch an der Absturzstelle und habe Blumen niedergelegt.« Sie strich ihm über den Arm. »Aber du hättest mich doch nicht verloren! Du bleibst doch mein Vater! Du warst doch immer für mich da ...«

»Herr Dr. Moser wusste aus Gesprächen mit Bröse, dass dieser wieder mit dem Klettern anfangen wollte«, schlussfolgerte Thomsen weiter. »Sie haben ihm vermutlich sogar den Teufelsfelsen als Kletterort empfohlen.«

»Stimmt das?«, fragte die Tochter.

Thomsen war kaum zu bremsen, während Moser noch immer regungslos dasaß, Peter Kuhnert entsetzt mit dem Kopf schüttelte und Armbruster so aussah, als brauche er einen starken Schnaps.

»Wahrscheinlich wussten Sie sogar von dem Keltenmythos – und davon, dass diese Kräuterfrau Unglücke am Felsen prophezeite«, fuhr Thomsen fort. »Diese Märchen kamen Ihnen gerade recht, waren für Sie ein weiteres, ideales Ablenkungsmanöver. Und sie haben Sie auf die Idee gebracht, das Seil zu manipulieren. Vermutlich haben Sie irgendwann kurz vor der Tat im Büro seinen Hausschlüssel an sich genommen, das Seil in Bröses Haus mit Säure behandelt und dann wieder zurückgelegt.« Thomsen schaute Winterhalter an – man hätte seinen Blick fast freundschaftlich nennen können. »Wer konnte sich unbemerkt Zugang zu Bröses Villa verschaffen? Die Putzfrau? Die Verflossenen? Oder irgendjemand aus der Kanzlei – also auch Sie!«

Thomsen zeigte mit dem Finger auf Moser, der ihn immer noch keines Blickes würdigte. »Sie waren es! Sie waren in der Garage und haben das Seil manipuliert. Vermutlich haben Sie etwas darunter gelegt, um keine Spuren zu hinterlassen. Aber die seitlichen Spritzer an der Wand haben Sie nicht bedacht. Die kriminaltechnische Untersuchung hat ergeben: Schwefelsäure, eindeutig. Sie haben alles akribisch geplant, damit es wie ein Unfall aussehen würde«, sagte Thomsen. »Aber dann sind wir Ihnen doch auf die Spur gekommen. Ihr Hauptproblem war, dass Sie Ihre Emotionen nicht unter Kontrolle hatten. Als Sie nach dem Absturz zu Bröse gegangen sind, um sich davon zu überzeugen, dass er auch wirklich tot war, hat es Sie überkommen. Sie haben die Beherrschung verloren und zum Messer gegriffen!«

Endlich meldete sich Moser zu Wort. »Das sind alles leere Vermutungen«, sagte er in seiner näselnden Art. »Sie haben keinerlei Beweise für diese Hirngespinste.«

»Sie brauchet auf jeden Fall ein sehr gutes Alibi«, sagte Winterhalter. »Denn es gibt eine Zeugin, die Sie am Felse g'sehe hat. Die Kräuterfrau. Und wenn die Sie wiedererkennt ...«

»Vielleicht hat sie Ihnen ja auch schon früher einmal ein Flugblatt in die Hand gedrückt, als Sie das Gebiet ausgekundschaftet haben«, meinte Thomsen. »Vielleicht sind Sie daraufhin erst auf die Idee gekommen, es hier stattfinden zu lassen.«

Während sich die Augen der Tochter mit Tränen füllten, beugte sich Thomsen zu seinem Kollegen und murmelte: »Wobei ich ehrlich gesagt skeptisch bin, ob diese verrückte Kräuterfrau den Mann zuverlässig wiedererkennt.«

»Des wär aber schlecht – dann hättet mir einen üblen Indizienprozess vor uns. Und de Beschuldigte isch schließlich selbst Anwalt und kennt sich aus.«

»Vielleicht gestehen Sie ja doch noch«, sagte Thomsen auffordernd.

»Sie haben keinerlei Beweise«, näselte Moser. »Sie können mich jetzt natürlich mitnehmen, aber in vierundzwanzig Stunden werden Sie mich gehen lassen müssen. Ich werde Ihnen auch ein Alibi präsentieren, das besagt, dass ich mehr als fünfzig Kilometer von diesem Tatort weg war. Ich hatte nämlich einen Termin in Freiburg – fragen Sie unsere Sekretärin. Im Übrigen werde ich mich über Sie beschweren!«

»Hoffentlich klappt des mit der Gegenüberstellung«, flüsterte Winterhalter, als sie Moser abführen wollten. »Der Kräuterfrau isch's jo egal, wie des ausgeht. Die isch der Meinung, dass der Fels selbst ...«

»Hören Sie doch auf mit diesem Unsinn«, entgegnete Thomsen, der um die Früchte seiner Arbeit fürchtete. »Sie sehen doch, dass man nur mit glasklarem Verstand zur Lösung solcher Fälle kommt – und nicht mit solchen Mätzchen.«

»Interessant isch aber schon, dass der Absturz ausgerechnet während so einer Mondwende passiert isch«, sagte Winterhalter.

Falls er Thomsen provozieren wollte, klappte das wirklich gut. »Dann besorgen Sie mir eben einen weiteren Zeugen, der zuverlässiger ist als Ihre komische Schwarzwälderin«, fauchte der nämlich.

Das Trio im Wartezimmer hatte einige schweigsame Minuten hinter sich – zumindest zwei Drittel der Anwesenden. Sowohl Hubertus als auch Klaus schmollten – da konnte sich Elke noch so anstrengen. Als sich dann aber endlich die Tür des Büros von Rechtsanwalt Dr. Moser öffnete, bemühten sich Klaus und Hubertus gleichermaßen, als Erster im Flur zu sein.

»Und – haben Sie jetzt das Ehepaar verhaftet?«, wollte Riesle wissen.

»Nein«, erwiderte Winterhalter. »Mir habet den Herrn Moser im Verdacht.«

»Ich«, korrigierte Thomsen.

»Es wär gut, wenn mir noch einen weiteren Zeuge finde würde, der de Herr Moser im betreffende Zeitraum am Teufelsfelse oder in der Umgebung gesehe hat. Vielleicht könntet Sie auch im Kurier einen entsprechende Aufruf lanciere. Mir lasse Ihne einen zukomme … Hallo? Herr Riesle?«

Klaus Riesle starrte Moser an, blickte auf dessen rote Nase und rief dann: »Ha! Natürlich werde ich im Kurier berichten, und zwar riesengroß. Aber der Zeuge, der bin ich selbst, denn ich habe diesen Mann ganz in der Nähe des Teufelsfelsens gesehen!«

»Wann?«, wollten Winterhalter und Thomsen fast unisono wissen.

»Unmittelbar nach dem Mord! Bei der Wilhelmshöhe! Auf dem Westweg! Der hat uns auf seinem Mountainbike bedrängt – auf seinem roten Mountainbike! Und dann gab es einen ... Zusammenstoß!«

»Das ist der Mann, den du verprügelt hast!«, wandte sich Hubertus an Riesle und sah dann zu den beiden Kriminalbeamten. »Das kann ich auch bezeugen!«

»Verprügelt?«, mischte sich Thomsen misstrauisch ein.

»Sieh mal an, deshalb ist bisher auch keine Anzeige gegen dich erstattet worden, Klaus!«, rief Hubertus. »Wenn der Mountainbiker auch der Mörder war, dann hatte er natürlich allen Grund, nicht aufzufallen und niemanden wissen zu lassen, wo er sich zu dieser Zeit aufhielt. Daher kam ihm der Zusammenstoß mit dir wirklich völlig ungelegen!«

Riesle grinste. »Genau so ist es.«

Winterhalter wandte sich an Moser: »Sind Sie immer noch sicher, dass Sie mehr als fünfzig Kilometer vom Tatort entfernt waren?«

»Ich werde mich vorläufig nicht mehr äußern«, sagte Moser.

»Und die Stimme!«, rief Hubertus. »Dieses Nasale: Das hat er vermutlich von dem Nasenbeinbruch. Also ich kann beschwören, dass wir am Nachmittag kurz nach dem Absturz am Teufelsfelsen diesen Mann hier in der Nähe der Wilhelmshöhe gesehen haben! Er hatte es ziemlich eilig.«

»Wie weit ist die Wilhelmshöhe denn vom Teufelsfelsen entfernt?«, fragte Thomsen.

»Mit dem Rad bei schneller Fahrt etwa fünfzehn Minuten«, sagte Hummel.

»Natürlich! Es wäre viel zu auffällig gewesen, sein Fahrzeug in der Nähe des Teufelsfelsens zu parken. Das wäre den

Bewohnern, mindestens aber dieser Kräuterfrau, aufgefallen. Sie waren ähnlich gut durchtrainiert wie Bröse, fuhren mit dem Mountainbike schnell ein paar Täler weiter, wo Sie Ihren Wagen abgestellt hatten. Eilig, aber unauffällig! War es nicht so?«

Moser schwieg beharrlich.

»Unglaublich, wie nahe ich an der Lösung des Falles dran gewesen bin«, staunte Klaus. »Ich hätte während der letzten Tage nur einmal Herrn Moser sehen müssen. Stattdessen habe ich lediglich mit ihm telefoniert – und natürlich nichts gemerkt. Und auch als ich nachts …«

»Wo waren Sie nachts?«, fragte Thomsen misstrauisch, doch Riesle verstummte und schaute verstohlen seinen Freund Hubertus an.

»Also, ich kann beschwören, dass das der Mann ist, mit dem ich die Auseinandersetzung auf dem Westweg hatte«, sagte Riesle. »Und das wird ja dann hoffentlich zusammen mit den Indizien zur Verurteilung reichen.«

Nun meldete sich doch noch einmal Moser zu Wort: »Ich möchte eine Anzeige erstatten. Wegen schwerer Körperverletzung – gegen diesen Herrn hier.« Er zeigte auf Riesle.

Saskia Kuhnert begann nun heftig zu weinen. Ihr Mann nahm sie in den Arm.

»Des isch natürlich hart«, sagte Winterhalter leise. »Zuerst stirbt d' Mutter, dann der leibliche Vater – und der bisher vermeintliche Vater isch dann auch noch der Mörder. Ein bissle viel auf einmal.«

Lange hatte Anwalt Moser sein Pokerface gewahrt. Die Verzweiflung seiner Saskia lockte ihn nun aber doch noch aus der Reserve. »Ich wollte dich doch nicht an diesen widerlichen Typen verlieren«, setzte er an und schien ebenfalls den

Tränen nah. Dann verstummte er und ließ sich widerstands-
los abführen.

»Wo isch eigentlich des Messer, mit dem er die Leiche
geschändet hat?«, fragte Winterhalter, als sie wenig später
am Tresen im Flur der Kanzlei standen. Die Sekretärin war
schon nach Hause gegangen.

»Vermutlich hat er es auf seinem Fluchtweg vom Teufelsfelsen zur Wilhelmshöhe in den Wald geschleudert oder
irgendwo vergraben. Wir werden die Strecke noch akribisch
absuchen lassen.«

Ermittlungsgruppenleiter Thomsen hatte wieder alle Fäden in der Hand. Wirklich alle, denn auch auf Winterhalters
Frage, wie Moser denn wohl an Schwefelsäure herangekom-
men sei, wusste Thomsen eine schlüssige Antwort: »Herr
Dr. Moser hat nicht nur Jura studiert, sondern davor noch
vier Semester Chemie. Auch das habe ich vorhin via Perso-
nenüberprüfung herausgefunden. So jemand weiß jedenfalls,
welche Wirkung Schwefelsäure auf ein Kletterseil hat – und
er hat sicher auch die Möglichkeit, sich solche Säure zu besorgen.«

Er nickte zufrieden.

»Die Tatsache, dass die Herren Anwälte sich bei unserer
Befragung so bedeckt gegeben haben, hat mich angestachelt,
Informationen über sie einzuholen. Leider erst heute.«

»Eine Frage hätte ich da auch noch«, meinte Riesle.

»Ja, bitte?« Thomsen war nun so blendend gelaunt, dass
er offenbar ganz vergessen hatte, dass Riesles Hospitations-
zeit bei der Kripo bereits abgelaufen war. Vielleicht wähnte
er sich auch schon in der Pressekonferenz.

»Eigentlich hätte es ja durchaus möglich sein können, dass

der Mörder Bröses etwas mit dem Vergewaltigungsprozess zu tun hatte.« Bloß nicht noch mal verplappern, dachte sich Riesle. »Sie haben doch selbst gesagt, dass die Akte dazu aufgeschlagen auf dem Schreibtisch in Bröses Büro lag. Die anderen Mitarbeiter in der Kanzlei hatten sie so vorgefunden. Das war doch schon sehr auffällig ...«

»Sie scheinen ja wirklich etwas bei uns gelernt zu haben«, sagte Thomsen recht aufgekratzt. »Sehr aufmerksam. Herr Moser hat bei unserer Befragung offenbar bemerkt, dass auch er prinzipiell unter Verdacht stehen könnte. Deshalb tippe ich auf ein Ablenkungsmanöver. Vermutlich hat er die Akte auf den Schreibtisch gelegt und aufgeschlagen, damit ein Kollege sie findet. Der Vergewaltigungsfall und die Person des Herrn Schumacher waren für uns so brisant, dass er damit zumindest Zeit gewonnen hat. Und wenn die irre Kräuterfrau bei der Gegenüberstellung plötzlich geglaubt hätte, Herrn Schumacher wiederzuerkennen, hätten wir sogar einen erstklassigen Täter gehabt ...«

Dr. Armbruster, dem das Ganze zu viel wurde, setzte sich ermattet auf einen Sessel. Schließlich musste er sich damit abfinden, dass er nun bis auf Weiteres für drei Anwälte schuften musste.

»Ich werde das Kanzleischild noch mal ändern«, verkündete er. »Der Name ›Dr. Moser‹ wird auch gestrichen. Im Gegensatz zu Dr. Bröse hat er das voll und ganz verdient.«

32. BASEL, BADISCHER BAHNHOF

Der Wettergott meinte es gut mit ihm – und das hatte er sich auch mehr als verdient nach all den Strapazen.

Hubertus befand sich auf der letzten Etappe des Westwegs, die ihn zwischen Rhein- und Wiesental führte. Er hatte einen um drei Löcher engeren Gürtel um den Bauch und insgesamt fast zweihundertfünfundachtzig Kilometer, sowie einen geklärten Mordfall hinter sich.

Nun genoss er den Waldweg am Tüllinger Berg bei Lörrach, der ihm immer wieder einen herrlichen Blick in die Ferne ermöglichte. Als er kurz darauf zum Aussichtspunkt Lindenplatz kam, war er restlos begeistert. Unter ihm floss der Rhein ruhig, fast majestätisch von Basel aus gen Norden. Im Westen erstreckte sich der Sundgau, es war nur einen Steinwurf bis Frankreich, und im Südosten war St. Chrischona in der Schweiz zu erahnen.

Hummel erfüllte ein unbändiger Stolz darüber, dass er den Westweg geschafft hatte. Er, der ehemals hundertzwanzig Kilogramm schwere Patient einer psychosomatischen Reha-Klinik. Doch durch diese Wanderung und ihre Begleitumstände hatte er gewissermaßen auf den rechten Weg zurückgefunden.

Hubertus Hummel fühlte sich wieder als Mann der Zukunft – als ein Mann, der sich jetzt sogar ein wenig freute, bald wieder eine Schulklasse übernehmen zu können.

Mit Klaus hatte er sich auch wieder versöhnt und natürlich auch mit den Pergel-Bülows – diese allerdings mehr mit ihm.

Und was war das Schönste?

Das Schönste war die Frau, die neben ihm in die Frühsommersonne blinzelte.

»Ich bin so froh, dass wir diesen Weg gemeinsam gehen«, sagte Elke.

Hubertus freute sich über den doppelten Sinn dieser Worte und drückte ihre Hand ganz fest.

Es war schön gewesen, die ersten Etappen alleine zu laufen. Aber es war noch schöner, nun die Frau an seiner Seite zu haben, die er immer noch liebte und vor der er in den letzten Tagen seine Hochachtung zurückgewonnen hatte. Elke hatte sich bei den Ermittlungen richtig clever angestellt – er hatte sie wirklich unterschätzt. Aber das war natürlich nicht der einzige Grund, weshalb er sich wieder in sie verliebt hatte. Oder hatte er gar nie aufgehört, sie zu lieben?

Umgekehrt war Elke nicht verborgen geblieben, dass sich ihr Noch-Mann (wobei man das »noch« nun getrost wieder streichen konnte) zum Guten verändert hatte. Sie hatten während der Wanderung sogar einmal über Elkes Beziehung zu Dr. Guntram Bröse sprechen können, ohne dass Hubertus sich oder sie in eine Felsspalte hatte werfen wollen.

»Ich werde in den nächsten Tagen Frau Storz am Teufelsfelsen besuchen«, kündigte Elke an. »Sie schien wirklich davon überzeugt zu sein, dass Mutter Erde auch weiterhin Kletterer abstürzen lässt.«

»Beschrei es nicht«, meinte Hubertus. »Zumal wir derzeit wohl wieder eine Mondwende haben dürften ...«

»Ich bin sicher, dass alle Beteiligten zumindest ein bisschen Respekt vor dem Felsen und vor den magischen Fähigkeiten der Kelten gewonnen haben«, behauptete Elke.

»Nicht alle«, widersprach Hubertus sanft. »Kommissar

Winterhalter hatte den Respekt vorher schon, aber Klaus und Kommissar Thomsen halten nach wie vor alles, was sie nicht mit eigenen Augen sehen können, für Hirngespinste.«

Elke setzte sich auf einen großen Stein, blickte auf den Rhein und meinte nachdenklich: »In gewisser Hinsicht passt Winterhalter viel besser zu dir als zu Kommissar Thomsen. Vielleicht solltet ihr beiden Schwarzwälder das nächste Mal gemeinsam ermitteln …«

Hubertus schmunzelte. »Und auf der anderen Seite das Rationalistenduo Thomsen und Riesle. Da passt es ja, dass die beiden schon in einem Haus wohnen.« Er strich Elke über den Arm. »Das Duo Hummel & Hummel hat mir aber auch ganz gut gefallen.«

Elke lächelte. Die Sonne ließ ihre blonden Haare noch blonder werden.

»Mir auch, Huby«, sagte sie dann und umarmte ihn.

So standen sie eine ganze Weile in der malerischen Landschaft. Hubertus hielt sie in den Armen und fuhr schließlich irgendwann mit den Händen in die Gesäßtaschen ihrer Jeanshose. Er stutzte: In der linken war ein kleines Stück Pappe.

»Lass doch, Huby«, flüsterte Elke – doch das war die falsche Reaktion.

Denn natürlich war seine Neugier geweckt. Rasch fischte er den Gegenstand aus Elkes Hosentasche.

Es war ein kleines Foto, und es zeigte seine Exfreundin Carolin – und zwar mit nacktem Oberkörper.

Die Gedanken jagten so schnell durch Hummels Kopf, dass er nicht mehr mitkam. Er musste sich setzen.

Warum um alles in der Welt trug seine Frau ein Nacktbild seiner Exfreundin in ihrer Hosentasche?

»Ich wollte dich schonen«, sagte Elke besänftigend.

»Inwiefern?«, fragte Hubertus verwirrt. Nach einigen Sekunden ging ihm auf, worum es sich handelte. »Die Bilder in Bröses Safe ...«, sagte er tonlos. »Du hast das eine davon eingesteckt, als sie herunterfielen ...«

Elke nickte bedächtig.

»Wusstest du, dass Carolin und Bröse ...?«

Seine Frau schüttelte den Kopf. »Bis zu diesem Moment, als ich das Bild sah, nicht.«

Hubertus brauchte noch etwas Zeit, um sich zu erholen. Es widerstrebte ihm, dass er ganz offensichtlich einen verdammt ähnlichen Frauengeschmack wie der Tote gehabt hatte.

Doch zugleich wuchs sein Respekt vor Elkes Einfühlsamkeit.

Noch besser wäre es allerdings gewesen, wenn sie dieses blöde Foto sofort vernichtet und er es nie zu Gesicht bekommen hätte.

Immerhin half ihm diese Schocktherapie, endgültig mit Carolin abzuschließen. Zehn Minuten später war er beinahe wieder der Alte.

»Was wird eigentlich aus Kommissar Thomsen und dieser Freundin von Frau Winterhalter, von der Klaus erzählt hat?«, lenkte Elke ihn ab.

Hubertus meinte – nun wieder etwas fröhlicher: »Thomsen hat alle Hände voll zu tun, Gertrud und vor allem Frau Winterhalter zu erklären, dass die Umarmung nur auf seine Euphorie wegen der bevorstehenden Lösung des Falles zurückzuführen war – und dass er tatsächlich keinerlei Ambitionen hat.«

»Vielleicht sollte ich ihm dann mal Andrea vorstellen,

wenn er wirklich gerne eine Beziehung hätte. Du weißt schon, die aus dem Yoga. Die sucht auch einen Partner.«

»Oder Regine Pergel-Bülow«, meinte Hubertus grinsend.

»Nein, Elke, dieser Verkupplungsversuch ist allein von Frau Winterhalter ausgegangen. Thomsen sucht keine Frau – er ist und bleibt ein Egomane. Wobei er wohl Frau Winterhalter erklärt hat, er habe seit Neuestem eine Freundin in Freiburg, die Gerichtsmedizinerin sei.«

»Vielleicht sollte er sich mehr mit Spiritualität beschäftigen«, schlug Elke vor. »Er scheint mir trotz allem nicht mit sich selbst im Reinen. Ich fand es nicht schön, wie abwertend er über alles nicht rational Erklärbare gesprochen hat.«

Hubertus zuckte die Schultern. »Die Leute sind halt, wie sie sind. Genieß lieber den Ausblick und freue dich, dass wir es gleich geschafft haben.«

Sie kamen zur Kirche St. Odilien und mussten einen langen Treppenweg hinab zur Verbindungsstraße zwischen Lörrach und Weil hinter sich bringen, bis sie schließlich auf einem Feldweg die Grenze zur Schweiz passierten. An Weinbergen und Wochenendhäusern vorbei führte sie der Weg nach Basel. Sie liefen durch ein Wohngebiet, ehe sie das Ziel der Wanderung vor sich sahen: den Badischen Bahnhof in Basel, den einzigen deutschen Bahnhof auf Schweizer Boden.

Das wiedervereinigte Ehepaar Hummel umarmte sich, und beide hingen ihren Gedanken nach, bis Hubertus an einem Kiosk eine deutsche Zeitung sah: den Schwarzwälder Kurier. Nachdem sie in den letzten Tagen auf Handy oder andere moderne Informationsmittel verzichtet hatten, kauften sie sich die aktuelle Ausgabe, um wieder allmählich von ihrer schönen Auszeit in die Normalität zurückzufinden.

So saßen sie auf dem Bahnsteig und warteten auf einen Zug, der sie zurück in Richtung Schwarzwald bringen würde.

Hubertus blätterte mit weitgehend gleichgültiger Miene die Zeitung durch, doch plötzlich sagte er: »Das gibt es doch nicht!«

Elke schaute ihm über die Schulter – und das Bild, das sie sahen, kam ihnen sehr bekannt vor: Es war der Teufelsfelsen.

»Schon wieder ein Todesfall am mystischen Keltenberg«, lautete die Überschrift. Redaktionsmitglied Klaus Riesle berichtete, dass am gestrigen Spätnachmittag dort erneut ein Kletterer abgestürzt sei. Die Todesursache sei noch unklar, der Kletterer ein einundvierzigjähriger Mann aus Freiburg. Vor zwei Wochen habe sich hier bereits ein Absturz ereignet, der sich schließlich als Mord an dem Gemeinderat und Rechtsanwalt Dr. Guntram Bröse herausgestellt habe. Der »mutmaßliche Mörder« sei inzwischen verhaftet.

Im neuerlichen Fall gebe es jedoch keine Hinweise auf Gewalteinwirkung oder Fremdverschulden. Flugblätter einer »ortsansässigen Kräuterfrau« hätten vor der Begehung des Felsens gewarnt. Zumal wenn gerade – so wie jetzt – Mondwende sei.

»Wir stehen vor einem Rätsel«, wurde der Leitende Kriminalhauptkommissar Claas Thomsen von der Kripo Villingen-Schwenningen zitiert.

»Ich glaube, ich werde mit dir zu Frau Storz fahren«, beschloss Hubertus.

»Siehst du«, sagte Elke und nahm ihn bei der Hand. »Das ist ein weiterer Beweis dafür, dass es Dinge zwischen Himmel und Erde gibt, die sich uns nicht erschließen.«

Hubertus Hummel nickte. »Vor allem im Schwarzwald.«

Alexander Rieckhoff / Stefan Ummenhofer

Strafzeit

Ein Fall für Hubertus Hummel.
176 Seiten. Piper Taschenbuch

Studienrat Hubertus Hummel mangelt es nicht an Problemen: Seine Frau ist zu einem schleimigen Anwalt übergelaufen, seine Tochter lässt sich nichts mehr sagen, und dann wird auch noch während des Eishockeyspiels seiner »Wild Wings« ein Kollege erschossen. Schon bald stellt sich heraus, dass der Tote ein schillerndes Privatleben führte. Zusammen mit dem findigen Journalisten Klaus Riesle beginnt Hummel zu ermitteln. Die Jagd nach dem Täter führt die Freunde quer durch den Schwarzwald und bis an den Bodensee ...

Alexander Rieckhoff / Stefan Ummenhofer

Giftpilz

Ein Fall für Hubertus Hummel.
256 Seiten. Piper Taschenbuch

Herzprobleme! Auch das noch! Ein Kuraufenthalt in einer Schwarzwälder Klinik soll Hubertus Hummel wieder auf die Beine bringen – die Besuche von Familie und Freundin tragen jedenfalls zu seinem Wohlbefinden bei. Doch als ein Mitpatient an einer Pilzvergiftung stirbt, ist es mit Ruhe und Erholung vorbei, denn der Studienrat vermutet dahinter keineswegs nur einen Unglücksfall. Gemeinsam mit dem Journalisten Klaus Riesle begibt er sich im Kurmilieu auf Verbrecherjagd, was nicht nur ihm bald auf den Magen schlägt ...

05/2678/02/L.   05/2582/01/R

Alexander Rieckhoff / Stefan Ummenhofer

Honigsüßer Tod

Ein Schwarzwald-Krimi.
224 Seiten. Piper Taschenbuch

Studienrat Hummel, der immer wieder in Kriminalfälle verwickelt wird, steckt in einer handfesten Ehekrise. Seine esoterische Frau ist in ein einsames Gehöft im Schwarzwald gezogen, zu einer Sekte namens »Kinder der Sonne«. Als der dortige Imker ermordet aufgefunden wird, beschließt Hummel gemeinsam mit seinem Freund, dem Journalisten Riesle, dem Fall auf den Grund zu gehen. Im angrenzenden Dorf beäugt man die »Kinder der Sonne« schon immer mit Argwohn und glaubt nun zu wissen, dass der Täter aus den Reihen der Sekte stammen muss. Ein weiterer Todesfall bringt eine überraschende Wende. Ein besonders heikler Fall für Hubertus Hummel!

Volker Klüpfel / Michael Kobr

Rauhnacht

Kluftingers fünfter Fall. 368 Seiten.
Piper Taschenbuch

Eigentlich sollte es für die Kluftingers ein erholsamer Kurzurlaub werden, auch wenn das Ehepaar Langhammer mit von der Partie ist: ein Winterwochenende in einem schönen Allgäuer Berghotel samt einem Live-Kriminalspiel. Doch aus dem Spiel wird blutiger Ernst, als ein Hotelgast unfreiwillig das Zeitliche segnet. Kluftinger steht vor einem Rätsel: Die Leiche befindet sich in einem von innen verschlossenen Raum. Und über Nacht löst ein Schneesturm höchste Lawinenwarnstufe aus und schneidet das Hotel von der Außenwelt ab ...

»Volker Klüpfel und Michael Kobr sind das erfolgreichste Autorenduo Deutschlands.«
Der Spiegel

05/2507/02/L   05/2629/02/R